Néal Maidine
agus
Tine Oíche

Fáithscéal

BREANDÁN Ó DOIBHLIN

SÁIRSÉAL Ó MARCAIGH
Baile Átha Cliath

An Chéad Chló 1964
An Dara Chló 1998

ISBN 0 86289 067 5 (Bog)

Caoimhín Ó Marcaigh a dhear an cludach

Criterion Tta a chlóbhuail i bPoblacht na hÉireann

Sáirséal · Ó Marcaigh Teoranta, 13 Br Chríoch Mhór, Baile Átha Cliath 11.

Do Róisín Dubh – ar ndóigh !

Nuair a d'éiríodh an néal ón Áras amach, chuireadh Clann Iosrael chun bealaigh . . . Óir de lá bhíodh néal an Tiarna anuas ar an Áras agus d'oíche bhíodh tine ag lonrú sa néal agus í le feiceáil ag muintir Iosrael go léir. Agus is mar sin a bhí, gach seal dá slí.

Ecsodus, xl, 36, 38

CLÁR

DÍONBHROLLACH

A Léitheoir ghráigh, má theastaíonn uait uair an chloig do chur isteach go pléisiúrtha gan stró, fág uait an leabhar seo, impím ort, agus tarraing ort saothar éigin gur cuma lena údar faoi thalamh úr do bhriseadh ná faoi dhaoine do sheoladh ar bhealach a leasa. Is fearr i bhfad de chuideachta a leithéid siúd de dhuine mar ní bheidh dul amú ar bith air i dtaobh chúrsaí an tsaoil agus is beag an baol go gcaithfidh tú éisteacht le rámhaillí chainte ná le seanmóireacht bhaoth nach bhfuil ann, b'fhéidir, ach mórtas tóin gan taca.

Mar níl duine ar bith chomh fadálach leis an té ar mhaith leis ciall do chur ort nó tú d'iompú ar a chreideamh féin nó a phlean féin chun an tír do shábháil do mhíniú duit. Agus, mar is cuí, is í pribhléid an duine shaoir éalú ar fháithe den saghas sin agus a chuid ama do chur amú ins an dóigh is rogha leis féin.

Ach cén leigheas atá ag an duine saor nuair is fáidh gach aon a chastar air; agus, donas an scéil ar fad, nuair a bhíonn an port ceanann céanna ag gach fáidh acu. Ba leor é chun duine do chur ag smaoineamh dó féin, más maslach féin mar obair í. Óir an scéal atá i mbéal gach aoinne, ní gá gurb í an fhírinne atá ann, mar is rud í an fhírinne nach miste a scrúdú go mion uaireanta roimh thabhairt isteach dó.

Maithfidh tú dom é mar sin, a Léitheoir mheasúil, má admhaím nach cinnte gurb í an fhírinne atá á craobh-scaoileadh agamsa. Níl fúm tar éis an tsaoil, dála scríbh-neoirí eile Gaeilge de chuid na linne seo, ach an beartas

atá ar siúl ó aimsir na gCeithre Máistrí do chur i gcrích
—is é sin, oiread agus is féidir dár saíocht do shábháil,
focail do stróiceadh as an tost agus smaointe as dorchadas
na hoíche. Mar is beag Gaeilgeoir, má tá sé smaointeach,
nach mothaíonn lena ais dorchadas an neamhní, scáth
an bháis ar foluain os cionn gach rud is ansa leis. Ní
hiontas dá bharr sin má spreagtar i gcionn pinn ár
nGaeilgeoir dúthrachtach agus gan mórán muiníne ná
dóchais aige as a thallann féin. Ní hé áilíos an chruthai-
theora a bhíonn ag coipiú ann go minic ach an tnúthán
a thagas ón taobh amuigh, an mhian chun a dhualgas
do dhéanamh ar a laghad agus claí do thógáil in éadan
an rabharta as an chré bhriosc atá aige agus é ag súil
go bhfeicfidh sé chuige in am meitheal na saor cloiche.

Agus is í atá gann gortach an chré seo atá ina hábhar
tógála aige, an Ghaeilge seo a chaith, na céadta ag dreo
ina láib nuair a bhí friotail eile á snoí agus ag bailiú nirt
agus ilchumais. An Ghaeilge seo nach bhfuil beo a thuill-
eadh ach i roinnt mílte scórnach agus intinn, atá chomh
bocht easpach sin acu siúd féin, i bhfocail, i gcleachtadh,
i ngléasanna comhréire, gur fada fós go mbeidh aon
duine acu in ann insint chumasach ar an saol do thabhairt
trína meán, gur dána an mhaise bheith ag dréim le ré
úr ina mbeadh deireadh le caomhnú agus le tarrtháil agus
tús le táirim agus le caithréim. An té a mbíonn an tuaith-
leas seo aige faoin chaoi thraigéideach atá ar an Ghaeilge,
ach nach féidir leis í do chur uaidh mar bheadh leannán
na huaire inti, lena chur in aon fhocal amháin, an té a
bhfuil grá aige don teanga agus arbh áil leis gurb inti a
chuirfí colainn focal ar mhian a chroí, ní beag leis aon
chúnamh, cabhair bhaile nó cabhair choigríche, a chuir-
feas leigheas ar chréachtanna a chéile. Ní tógtha air é
mar sin má fhéachann sé le leas do bhaint as acmhainn
iomlán na teanga féin, ag athbheochan focal nó dulanna

cainte agus comhréire a thit i léig nuair a éiríodh as
prós liteartha do scríobh sa Ghaeilge cúpla céad bliain ó
shin. Beidh cead aige modhanna agus nósanna na stíle i
gcoitinne d'úsáid, caint ársa nó canúnachas nó cleasanna
reitrice, cuirim i gcás, d'aonturas chun éifeacht áirithe
d'aimsiú. Ní fheicfidh sé fáth ar bith nach mbainfeadh
an Ghaeilge tairbhe as an fhorbairt a rinneadh ar theang-
acha eile cheana agus déanfaidh sé í do mhúnlú agus
d'aclú dá réir go dtí go mbíonn an fás céanna ar siúl inti
athuair agus a chonacthas ins na teangacha sin ó thús
na nua-aimsire.

Is ionann sin is a rá nach mór don scríbhneoir Gaeilge
ar mhaith leis leas na teanga do dhéanamh stíl do chruthú
dó féin, foirm choincréideach focal do bhualadh ar a
smaoineamh, foirm a bheas ag teacht lena intinn atá ina
toradh ar na céadta bliain de chultúr Eorpach agus a bhí
á dealbhadh fiú i rith na tréimhse a raibh an Ghaeilge
gan saothrú. Ní mór don Ghaeilge aistear chúig chéad
bliain do dhéanamh agus éadáil gach tréimhse do bhailiú
chuici in aimsir ghearr. Is minic a chuirfeas an t-airleacan
seo (óir is íogaire an focal sin mar ainm ar an tseift ná
aithris), is minic a chuirfeas sé cuma aduain ar an scríbh-
neoireacht go dtí go n-éiríonn an léitheoir cleachta léi.
B'fhéidir dá dheasca sin, an uair is mó atá cuma na húire
ar an Ghaeilge, gurb é sin an t-am is lú úire na cuma-
dóireachta.

Ar aon nós, ní mór dúinn an fhoirm do shaothrú mar
is í an fhoirm a bhuanaíos an saothar ealaíne; is í amháin
a bheas ina fál cosanta aige in éadan síorathrú mheon
agus dhúil an phobail, in éadan nuaíocht agus draíocht
na saothar a thagas ina dhiaidh. Ní raibh aon dul amú
ina thaobh sin ar ár sinsir, filí na scol, ná ar cheardaithe
na seanmhiotalóireachta, ná ar na spailpíní bochta a
d'oibir an spád agus an speal de lá agus a mhúnlaigh

foirfeacht an amhráin istoíche. Cinnte, ní féidir an áill-
eacht do chruthú le teoiricí agus le rialacha; is deacra
i bhfad ná sin tíolacadh naoi mná deasa Pharnásais
d'aimsiú. Ach d'fhéadfaimis bheith ag déanamh taighde,
agus ag glanadh an talaimh, agus dá ndéarfainn é, ag cur
eolais ar acmhainn na teanga seo againn in aghaidh an
lae a ndeonófar an tíolacadh do dhuine éigin.

Is é an rud is suaithní, dar liom, i dtaobh athbheochan
na Gaeilge a laghad beatha atá inti. An ní atá beo, bíonn
sé ag bogadh agus ag gluaiseacht, ag borradh agus ag
fás uaidh féin. Ní bhíonn dul amú ar aon duine, nuair
a fheiceann sé dráma puipéad, faoi na cordaí nach bhfeic-
eann sé ná faoin fheidhmeannach ceilte is cúis leis an
taispeántas ar fad. Bhí an lá ann, de réir mar deir muintir
na seanghlúine linn, nuair a bhí an athbheochan beo i
gceart ach níl ansin ach scéal scéil d'aon duine nach bhfuil
seasca bliain slánaithe aige faoi láthair. Ní fheicfear an
bheocht sin arís go dtí go mbíonn idéal beo folláin, saor
ó dhrochamhras, ag daoine i gcoitinne. Agus ní dócha go
mbeidh idéal ag an phobal mura mbíonn idé laistiar de:
idé a dhéanfas a neart agus a bhuaine, agus a choinneos
é ó imeacht le sruth nó ó dhul le báiní agus le fainiceacht.
Seans maith leis go spreagfadh dearcadh réasúnach feal-
súnta dá shórt gluaiseacht nua litríochta.

Pé scéal é, is follas don té a bhfuil bolscaireacht na
Gaeilge ó thús an chéid seo léite aige gur tearc an smaoin-
eamh bunúsach atá laistiar di, gur beag iarracht mhion-
chúiseach a rinneadh chun freagraí d'fháil ar cheisteanna
mar seo:— Cad é an ceangal idir teanga agus cultúr?
An bhfuil cultúr Éireannach ann? Cén fiúntas atá ann?
Cén dualgas atá ar dhuine i dtaobh na gceisteanna seo?
Cad is bun do na dualgais seo, má tá siad ann?—agus a
lán eile a ba cheart a phlé go macánta mar beidh pobal
na hÉireann ag lorg freagraí orthu luath nó mall.

Ach ná bíodh eagla ortsa, a Léitheoir dhil, má tá tú
ag léamh leat go fóill. Ní thugann an leabhar seo faoi
fhreagraí do thabhairt ar na ceisteanna sin, agus is cinnte
nach tráchtas fealsúnta atá i do láimh agat. Cad déarfá
liom, a Léitheoir, dá n-inseoinn duit i modh rúin gurb
é rud atá mé a éileamh ort ná léitheoireacht chruthai-
theach? Ní folamh an cheird í sin agus tugann sí seans
duit suí aniar i do chathaoir uilleann agus bheith i do
chruthaitheoir lán chomh maith le húdar ar bith. Ar
ndóigh, déanann sí páirteach thú ins an toradh a bheas
ar do chuid léitheoireachta, agus mura dtaitníonn sí
leat, b'fhéidir nach mise amháin a bheadh freagrach. Ach
bímis dáiríre! Dá scríobhfainnse leabhar fealsúnachta, lán
de chruthúnais agus de chonclúidí agus de dheifnidí, níor
thógtha ort dá mb'fhearr leat gan tabhairt faoina léamh.
Agus ní theastaíonn uaim anseo aon soiscéal pearsanta do
bhrú ort. Fáithe agus ollúna amháin a dhéanfadh a
leithéid agus tá gráin ag an saol mór ar an dá dhream.

Ach b'fhéidir go mbeadh bá agat le duine atá ag
iarraidh an dabht agus an anbhuain a spreagann cor
cultúrtha na tíre ann do léiriú agus atá ag iarraidh ábhar
dóchais d'aimsiú a mbeadh bunús réasúnach leis. Scaoil
leis mar sin, más é do thoil é—lena chuid aislingíochta
agus leis an eachtraíocht nach fios cén uair ná cén áit ar
tharla a leithéid; agus cead agat do chiall féin do bhaint
as. Má bhíonn tuairim agat ag pointe áirithe gur scéal
do pháistí atá ann, cuimhnigh gur minic a dhéantar scéal
do pháistí as gaisce an ama atá thart—agus ar aon nós,
ní gá duit bheith ag caitheamh anuas ar scéalta páistí.
Más casta leat é ina dhiaidh sin, déarfainn leat nár
theastaigh uaim freagraí réamhdhéanta do dháileadh
amach ach daoine do spreagadh chun smaointe. Más
saoi le healaín tú nach maith leat síorathrú na stíle agus
síorionannas an ábhair, smaoin gurb ilghnéitheach luaim-

neach an saol atá againn agus nach furasta greim d'fháil ar an réaltacht. Cloím leis an nóisean úd gur buan leanúnach an rud é pobal, mar is bealach é chun sólás d'fháil ar dhíomuaine an duine aonair, chun bua do bhreith ar an neamhní a bhíos ina luí romhainn de shíor chun éirí slí do dhéanamh orainn. Seans go ndéarfaí liom i dtíortha áirithe go bhfuil mo ró-dhóthain réalachais faighte agam agus gurb osréaltacht atá á lorg agam mar leigheas air. Ach níl ins an saghas sin cainte ach litríocht, nó rud is measa fós, fealsúnacht!

Saint-Germain des Prés, Cáisc, 1964.

CUID A hAON

TURNAMH

Toutes les nations ont des raisons présentes, ou passées, ou futures de se croire incomparables. Et d'ailleurs, elles le sont.

Tá a gcúiseanna féin ag na náisiúin uile, ón saol a bhí nó atá nó a bheas, lena cheapadh nach bhfuil a macasamhail féin le fáil. Agus ar ndóigh, níl.

— Paul Valéry

SIRIM ar Dhia go scaoiltear mé feasta ón fhaire fhada seo. Oíche in aghaidh na hoíche le cian d'aimsir is gnách mé ceangailte leis an sliabh beannaithe, leis an ard seo na fionraí mar a bhfuil mé ag airdeall ar an phobal a áitíos an chlármhá thíos. Casadh fadálach na spéire ábhalmhóire agus na réalta úd, ina ngéibheannaigh mar atáim féin, is fada aithne agam orthu. Glaoim orthu ina n-ainm, an Céacht, an Treighdín, an Sealgaire, an Bhanlámh, sluaite na síor-rotha, agus ní clos ach glór na cuimhne i gcuas folamh na firmiminte. Is eol dom anois a n-éirí agus a bhfuineadh agus a dtascar malltriallach thart ar mheall na cruinne, ach ní léir dom fós an taispeánadh lena bhfuil mé ag dréim, an lóchrann a gealladh, an bhladhm a d'fhógródh dóchas agus ab éarlais bhua.

An tráthnóna seo na cinniúna theastaigh uaim an sliabh do dhreapú sula gceilfí an tír i gcoim an dorchadais. Cheana féin bhí an ghrian ag buíochtain agus scátha na gcnocán siar uaim ag scaradh in órsholas na nónach. Bhí na machairí ag éirí gléineach, agus choimhéad mé faoi thost an loinnir luaimneach a spreagas dóchas mo chine. Ansin thug mé mo chúl léi agus chrom arís ar an fhána. Mar is mó teagasc atá ag an talamh fánár gcoinne ná mar atá le fáil i reanna neimhe agus ina laomacht. Cuireann an talamh in aghaidh an duine agus ní heol don duine a chumas go dtí go dtéann i gcoimhlint le constaicí an bhealaigh. Chuige sin teastaíonn uaidh buaic agus ardrinn, óir is leor an sracadh i dtreo na mullach chun croí an duine do líonadh. Ar a chrann féin a thigeas ansin cosán agus conair d'aimsiú, agus is do na tiargálaithe an duine do ródadh.

Gurbh é sin faoi dheireadh ábhar mo mhíúna agus toradh mo mhachnaimh ar thuras an tsléibhe seo. Thar an lábán sciorrach agus trí dhosanna dolba an fhraoigh, thar shrutháin ghágacha agus an scealla briosc, i measc conamar crua na gcarraigeacha. Agus níorbh fhaill scíthe dom tógáil an tsleasa dheiridh.

Óir tá an t-amhras ag neadú i mo chroí istigh agus is clé an mana é ar m'fhoraireacht. Breathnaím go fadálach mórthimpeall mar a bhfuil an leathshoilse ag spré isteach ó bhun na spéire. Clapsholas dubhach gan le feiceáil ann ach an corrsholas, ag spréacharnach mar bheadh réiltín ann, i dtithe scaipthe na má. Gach solas acu ag fógairt, as lár aigéan an dorchadais, míorúilt an anam dhaonna. Thart ar an tinteán úd táthar ag scéalaíocht, nó ag smaoineamh, nó ag malartú amharc an ghrá. Tá na tinte seo ag ruithniú thall agus abhus ar aghaidh na tuaithe, tinte arbh fhiú conna do choinneáil leo, ar bheag a ngaisce, tine an fhile, an oide, an tsiúinéara. Ach is iad seo na réaltáin bheo, agus cé mhéid tinte atá gan adú agus cé mhéid fuinneog a fágadh gan solas iontu, agus cé mhéid daoine atá ina gcodladh nó ag fánaíocht go dobhránta amúigh?

Óir níl aon dabht ag neadú ina n-intinn siúd go fóill, ach amháin, b'fhéidir, i seomraí na smaointe agus na scéalaíochta agus tá an corráiste ansiúd lena chois chun é do shrianú. Ba ghá na soilse scaite seo d'aontú le chéile arís; b'áil liom glaoch os ard orthu tríd an oíche spéir-ghealaí, chun teagmháil leo, chun go mbeadh caidreamh againn lena chéile, chun m'amhras do roinnt leo agus mo mhachnamh do riaradh ar a n-uireaspa.

Labhróinn leo agus d'éistfeadh siad liom go foighneach, óir ba dhual sinsear dóibh bhéith measúil ar mo chomhairle. Tá grá acu dom feasta agus tá siad ag dréim le fáistine. Is dá bharr sin a bhíonn a súile leis an sliabh

seo a bhfuilim, d'fhonn is go mbeadh sé ina shliabh an
reachta acu, agus ina thús ar réim nua saoil. Agus ní
mian leo ainimh ná earráid a bheith ionam, mar gur
fuineadh mé as an eagna a dhlíos a mbuanurraim.

Ba de bhunadh aiceanta an phobail seo mo shinsear
agus oileadh mé go cuí ina gcreideamh. I m'óige bhí mé
seal ar altranas leis an aos dána úd ar leo críonnacht
iomlán ár gcine sular deonaíodh dóibh foilsiú an subha-
scéil anoir. Agus chónaigh mé ina measc agus d'fhoghlaim
a scéalta agus a gcomhghníomha, a n-éigse agus a sean-
chas, ná níor chuaigh suas óna n-orthaí agus a laoithe
draíochta. A seacht ngrádha chuir mé díom i ndorchadas
a mbothóg sular thug mé m'aghaidh ar shoilse chléireach
na gclog agus ar chomhcheadal cainticí is salm. Seacht
mbliana a mhair mé i suaimhneas a n-aireagal, i measc
crónán déanfasach na mac-chléireach, gur umhlaigh m'in-
tinn dá léann agus dá laidin chaoin, gur áiríodh mé ar
líon a n-aos grádha féin.

Gurb amhlaidh sin a nódaíodh mé ar bhile mo mhuin-
tire, chun go dtiocfainn i ngéag agus i mbláth, ag diúl
súlach a sainéirime, ag brath ar a gcomhfhréamhacha
agus ar chothú a n-ithir dhúchais, ag spairn leis na
gaotha síoraí, na cruitirí cruadálacha a bhaineas asam
ceol bithdhílis, bithnua. Is é sin an fáth gur thug an
pobal aire agus taitneamh dom. Mar gur aithin siad a
n-éirim agus a meanmain féin ar mo ghnúis. Is dá sliocht
agus dá bhfuil féin mé agus is é a n-anam féin atá ag
preabadh i mo chuisleanna. Dá bharr sin, cheangail siad
m'uiseanna le f
iléad na fáistine, ionas go mbeadh cumh-
acht na bhfáithe faoi gheimhle agam agus iad féin ag
riar ar ár gcinniúin. Sa dóigh gur saolann gach súile mé
feasta de bharr an gníomh tola trínar thaobhaigh mo
mhuintir liom. Ni hann dom a thuilleadh ach mar fhriotal
daonna ar a dtnúthán inmheánach

Is mé guth an dúchais don chine barbarach seo, síol ársa uasal a bhfuil cónaí orthu ar oileán i gcéin, crioslaithe ag an aigéan fiáin a chlagas gan sos ailltreacha a chuid cladach gágach, agus atá á sciúradh go brách ag gaotha na bóchna. Is dúiche í ar ceileadh spalpadh na gréine uirthi ach bíonn na spéartha lán de shundaí taibhseacha, de dhathanna spiagacha. Tíortha áille iontu mar a mbíonn laochra néalmhara ag síorghluaiseacht ar fuaid fearainn sí, agus déithe anaithnide ár gcoimhéad ó bhábhúin óir. Dealramh an airgid leis an uile ní ar thalamh, óir scáilítear léithe na spéartha i súile gléineacha na ndaoine, amhail mar luíonn na scamaill ar ghile a gcuid loch.

Chomh fada siar is a théann ár gcuimhne, bhí ár sinsir tugtha don slógadh agus don imirce. Chluanaítí chun codlata mé, i mo leanbh dom, le ceolta aduana agus chuala mé foinn chogaidh agus chomhraic a fuineadh as eachtraí na gcéadta bliain. Má tá codladh ar spiorad mo mhuintire faoi láthair, tá sé beo iontu go fóill, beo gan teimheal, agus ní fada uaidh anois an mhúscailt. Is fada mise i mo bhráthair gualann acu. Lá in aghaidh an lae ar feadh na n-aoiseanna tá mé á gcoimhéad, faoi anachain agus faoi shó, agus is ionamsa atá a muinín. Níl dul thairis ná gur deonaíodh foilsiú neamhaí dóibh thar na ciníocha, óir dá fhad í an oíche agus dá uafaire, níor bhain siad deireadh dúile riamh den mhaidneachan.

Is fada anois ó chualathas a nguth i measc na nginte, ó chuir siad friotal ar a rún, ó mhínigh siad a gcás. Tuigim don uabhar ciúin sin a chros orthu labhairt amach. Ní bródúil a bhí siad as a náire shicréideach, as a gcinniúin rúnda. Ach ní díomas ba chúis leis ach oiread. Bhí tuigthe acu, cé gur mhór an cathú orthu a seirfean do chraobhscaoileadh, nárbh fholáir dóibh, chun a misneach do ghlacadh, fanacht ina dtost. Nó b'fhearr a rá gur fhan

an tost iontusan; agus chuaigh siad ar a gcaomhnú isteach
ins an tearmann sin, ag machnamh agus ag muirniú a
sean agus a sinsear, na tréin úd darbh áitreabh an tost.

II

Bhreathnaigh mé as an nua an talamh agus na spéartha
agus mhothaigh mé anuas orm ualach mo mhuintire. Bhí
mé i m'aonar agus i m'uachtarán ar an ríocht úd an
chiúinis agus an tsuaimhnis. Guth níor labhair liom as
éamh na gaoithe, ná níor soilsíodh mo shúile le haon
tine ná teannáil i measc reanna fuarchúiseacha na firmi-
minte. Agus líonadh m'anam le tuile an lionnduibh, mar
bhraith mé ag éirí chugam aníos an t-ochlán agus an
éagaoin.

Ag éirí ó mhíolta beaga an talaimh a bhí; screachaíl
aduain na circe fraoigh á tachtadh ag an sionnach agus
glam fuar an ocrais ar fuaid an dorchadais is an chrith-
eagla ina dhiaidh. Ba chlos i bhfad uaim géimneach
bearaigh i dtinneas lao. Uaillghuth beatha agus báis
ag borradh chugam aníos as duibheagán na hoíche. Ach
ní leo siúd a bhí cluas orm ach le holagón ba ghéire, cé
tostach; óir an duine, a bhfuil bua na hintinne ann, tá
foghlaimthe aige conas bheith ina thost. Agus is géire
agus is coscraí an fhulaingt thostach ná an fhulaingt a
ligeas amach a racht. An phianpháis a éisteas, líonann
sí an teach; líonann an tsráid. Agus ní féidir éalú uaithi.
Mhothaigh mé preabarnach na péine ar fuaid chliabhlach
na hoíche.

Bhí mé tar éis na botháin scaipthe thíos do choimhéad
agus iad ag dul as amharc sa chlapsholas. Níor léir díobh
a thuilleadh ach na soilsí mar bheadh cabhlach long fá
chuan, gach ceann acu agus a lasta den bheatha dhaonna
ar bord, ag foirneadh go fadálach thar suaitheadh na

gcnoc. Agus ag téaltú chucu isteach ón fharraige mhór mar bheadh rosamh fáilthí an bháis. Níorbh fholáir dom cluas le héisteacht do chur orm leis an ochlán tostach; mar ní raibh an pobal beo ach ar an dóchas, agus an dóchas sin ar iompar agam féin mar iomprófaí an ríchoinneal os comhair na dtaoiseach fadó.

Chrothnaigh mé taoiseach teann na huile chríonnachta ar fhás mé aníos faoina scáth, an fuaithne fireann ba chrann seasta agam in aois linbh dom. An sciathán griandaite a shábháileadh mé ar an truisle, an ghuala dobhogtha a choinníodh uaim brú an tslua nó a d'ardaíodh mé as coineascar na gcos suas os cionn plódú na gcloigeann go radharc an chluiche. Sciath cosanta a bhí in easnamh orm anois agus crann foirtile, a choinneodh uaim contúirtí na doircheachta agus a d'iompródh an fhreagracht lenar luchtaíodh mé.

Óir má tá dóchas ag an slua seo thíos asamsa, is de thairbhe a n-éadóchais atá. Tá deireadh dúile bainte acu dá n-acmhainn féin agus dá bharr sin chuir siad a muinín ionamsa agus ins an réalt eolais is dual dom a aimsiú. Má tá an dóchas fágtha ionamsa anois go bhfuil siadsan báite san éadóchas, ní hé nach bhfuil mise cosúil leo. Níl ionamsa ach a gcuidsean den dóchas. Is cinnte go bhfuil buaite orainn, go bhfuil ár gcinniúint curtha ar fionraí, gur cuma dúinn beo nó éag. Máisea, braithim ionam fós suaimhneas an bhua, ní as siocair go bhfeicim romham aon léas sóláis, ach díreach cionn is nach bhfuil slí don éadóchas in anam an té ar leagadh freagracht agus cúram air.

Ní raibh iontu inné agus arú inné ach airm a briseadh agus a bearnaíodh, daoscar gan ord gan eagar. Ach fiú amháin daoscar gan eagar, níl siad caillte má tá oiread is duine amháin ina measc a bhfuil ord aige orthu ina aigne. Níl cuma ná déanamh ar na mollta cloch fá ionad

tógála, ach siúlann tríothu agus tharstu an fear a bhfuil
fís an teampaill ina chroí istigh. Bíodh meas salachair
agat ar an chré úrthiontaithe nuair a dhéantar láib di
faoi bháisteach an earraigh, ach tá an síol faoi cheilt
istigh inti agus súfaidh sé as an salachar áilleacht bláth-
anna agus scamhard an ghráin. Ní dheonaítear, áfach,
sainbhua an tsíl ach don té a chleachtaíos an machnamh
de ghnáth.

Is é fáth mo bheaguchtaigh gurb eagal liom gur imigh
uainn an té a chonaic an fhís ina chroí agus a bhuailfeadh
crot agus cló ar ár bhfánaíocht. Cé is fearr a thuigfeadh
tnúthán rúnda a chlainne ná an t-athair ba thuismitheoir
dóibh? Cé is beaichte a bhreathnódh a saintréithe ná an
té ónar thug siad iad, ag meas a suáilcí go grámhar agus
ag aithint a lochtanna le foighid, agus á n-ullmhú le
haghaidh an tsaoil as taithí na mblian?

Ba chuimhin liom an triath ba thaoiseach ar ár gcine
riamh agus a labhair liom mar is gnách le hathair labhairt
lena mhac. Nocht sé chugam as an loinnir órga a shoilsíos
ár n-aois linbh, ar theacht i dtír dó tar éis na loingseoir-
eachta fada; aoibh na lúcháire ar a ghnúis ó chonaic sé
uaidh an toit ag éirí os cionn frathacha a thí féin, agus
é ag brath a mhuintir do thabhairt leis go tír tairngire
agus socrú síos go deo i measc a lucht gaoil, lán de
chríonnacht agus de chiall cheannaigh, ins an dúiche ar
mhó aige í ná ríghe an domhain uile.

Ní raibh mise ach i mo pháiste nuair a chonacthas
é ag filleadh ón iomramh diamhrach a tionscnaíodh nuair
a bhí mé cuachta go fóill i ndorchadas na broinne máth-
artha. Agus feicim arís é, mar bheadh fís ann, ag ríomh
geábhanna iontacha an aistir chianfhada agus eachtraí
a fhoirne. Mar bheadh dia ann is ea thaibhrítear dom é,
nó mar ardathair, an sinsear a raibh cinniúin ár gcine
leabaithe ina éirim. Is léir dom an lasair shuthain ina

rosc mall agus a chraiceann críonta mar bheadh coirt
ann agus é daite ag an ghrian agus ag fearthainn agus
gaoth na n-iomad muir. B'álainn an prionsa é, má ba
chrua. Óir ba é éide an chatha a ghnáthchulaith agus an
cafarr a cheannbheart de shíor. É seanchleachtaithe le
comhrac an lae agus le faire na hoíche, lena chodladh do
dhéanamh ina éide mháilleach agus an íota do mhúchadh i
sruthán na slí, leis an phian agus an gátar agus an mháir-
seáil bhithbhuan ar fuaid na dtíortha agus na n-aoiseanna.
Ina chompánach bóthair ag an tubaiste agus ina chéile
comhraic ag an fhulaingt agus ag an bhás. Breathnaím
arís a cheannaithe caite a bhfuil coimhlintí agus cruadáil
an aistir le léamh ar a suaimhneas agus machnaím ar na
súile a bhfuil scáilí na mílte grian agus drithlí an aigéin
fhonóidigh orthu agus ar an éadan a bhfuil caithréim
agus náire na nglún ina séala air. Agus aithléim ar a
chuntanós stair mo chine óna thús.

Aisling ghéar sea dhearc mé: an t-athair ag caint
lena mhac mar dhéanadh fadó, ag ríomh sealta a sheach-
ráin; agus chonaic mé i mo bhrionglóid mar bheadh múr
gan chríoch, bábhún cianfhada na mblian a tógadh as
eibhear crua ár dtíre agus as fialfhuil ár muintire, foirg-
neamh ónar chlos monbhar na slua. Ba rampar é agus ba
shlua, ar foluain san aer mar bheadh scailp ceo ag teacht
fá thír tráthnóna. Agus chínn mainteacha dubha ann a
raibh súilí tintreacha ag stánadh astu, béil uamhacha a
raibh curaidh an tseanama ris ina n-iarthar, lucht concais
a sásaíodh le fuil, aos léinn agus a ndán á reic acu fós,
amhais faoi éide allmhartha ag glinniúint as a bpluais-
eanna aniar. Aois d'aoiseanna ár gcine ní raibh in easnamh,
iad go léir mar bheadh arm uafar ann a calcaíodh ina
chloch agus é ag strapadh shliabh na síoraíochta. Ba léir
gach re seal, nuair a thagadh caor na tintrí air, na mílte
gnúis ar an bhalla mílítheach. Ba é slabhra fada na nglún

a nochtaítí dom i gcruth an bhábhúin seo a raibh crot
daonna ar gach cloch ann. Agus chonaic mé ansin an
iomláine úd gur neamhní ag cuid againn anois é ach a
tháthaigh na glúnta le chéile ar feadh na n-aoiseanna,
na déithe úd agus na ríthe, na laochra agus na huaisle,
agus laistiar díobh i gclapsholas na staire an damhna as
ar fáisceadh na seoda spiagacha seo go léir, ina ábhar
creiche ag an táir agus an ansmacht, ag an aineolas agus
an bhochtaineacht agus an ghorta, colann chiaptha na
cosmhuintire a d'iompair an t-ualach ó thús ár ré. Ba
dhoiléir an chinniúin a rianaigh an t-uchtbhalla úd na
n-aoiseanna, an tnúthán ba dhorú agus ingear ag lucht
a thógála. An snáithe dubhach sin, nochtaíodh dom é de
bharr an scéil a eachtraíodh dom agus lean mé é siar trí
sheanchas an tsinsir, mar bhraith mé ann an anáil
do-aithne a threoraigh an sliocht ar de mé.

III

Is mar seo a thosaíodh an t-athair acmhainneach ar a
scéal:

  —Bíodh fhios agat go raibh muid riamh faoi gheasa
ag an bhóchna, gur mhothaigh muid riamh ionainn an
ghairm chun imeacht thar an aigéan síoraí. Níorbh aoibh-
inn dúinn ach ag breathnú na n-eitrí a threabhaigh ár
loingeas thar a dhromchla luascach. Ár dtarraingt i gcónaí
ag tnúthán an bhaile, baile nár chuir muid aithne riamh
air ach nár staon dá bharr sin dár síortharraingt ina
threo. Ní raibh fhios againn cén saghas í an tír fuinidh
seo a bhí ár nglaoch thar dhroim solasta na mara siar.
Ach taibhsíodh dúinn oileán séin, i bhfad amach san
fharraige mar a dtéann an ghrian faoi, tír na mbántaí
féarmhara agus na n-iomad gealtrá. Tír gur bheag a
sochar ach a chothódh cineál cróga fear. Agus le linn
ár dtubaistí go léir níor múchadh ionainn tnúthán doiléir

na ríochta sin, ríocht na saoirse mar a gcumaimis ár
gcinniúint féin agus mar a gcanaimis duan na sinsear go
buan inár dteanga aiceanta. Óir ní fios dom aon ní is
binne ceol ná is treise taca ná tnúthán an dúchais.

Chaith muid na blianta ag tógáil ár long, ag obair
i measc boladh an adhmaid agus na pice, callán na
gcasúr agus na sábh, á dtáirniú agus á gcalcadh, á gcor-
cáil agus á rigeáil. Agus d'éistinn le hamhráin saothair
na gceardaithe agus ba bhinn liom fonn seoil agus stiúrach
do chloisteáil ina loinneoga, mar bhí siad á líonadh
diaidh ar ndiaidh le dúil a ngóraí.

Tháinig an lá a raibh sé leagtha amach againn gabháil
chun na farraige. Chuir muid ár n-árthaí ar an snámh,
chuaigh na foirne ar bord agus shuigh gach duine ins
an áit a fágadh aige. Cuireadh na rámhaí ina leapacha
iomartha agus tarraingíodh buille a chuir cúr ar an
uisce. Shín an rás eadrainn thar urlár ciúin na bá, na
fir ag scairteadh ceoil agus iad ag coinneáil buille lena
chéile, nó gur nocht na stácaí amuigh trí ailt i gceann
de na hinse béal cuain. Ansin luigh fir na stiúrach siar
riamh nó go ndeachaigh muid thar ghob na rinne amach
agus thug aghaidh ar an fharraige mhór.

Níorbh fhada ar ár n-aistear sinn gur shéid an ghaoth
ina gála agus go dtáinig an dorchadas anuas ó na spéartha.
Siabadh ár gcabhlach ar fiar thar an fharraige agus
strócadh ár seolta ina mbratóga. Lá agus oíche scinn muid
thar suathadh na dtonn go dtí gur shíothlaigh an t-anfa
agus sheol muid linn go faichilleach faoi scamaill na
spéire agus cháitheadh agus bháisteach. Chiúnaigh an
ghaoth agus le teacht na hoíche fuair muid sinn féin ag
treabhadh trí cheobhrán dlúth, gan fiú léas ón ghealach
ach í i bhfolach laistiar de na néalta. Ní raibh le cloisteáil
ach lapadáil an uisce agus gliúrascnach na gcéasla ina
gcuid leapacha. Le teacht na maidine mhothaigh muid

an tuargain toll soir ó thuaidh uainn. "Gáir toinne le trá é sin," adúirt muid, agus ní mó ná go bhfaca muid na bristeacha romhainn sularbh éigean dúinn rith talaimh do thabhairt do na báid. Léim muid amach agus, fliuch báite mar bhí muid, thit ár gcodladh orainn ar an mhuir-bheach ghlas.

Ar múscailt dúinn, agus sinn ag caitheamh crann ar cé rachadh a dhéanamh eolas na háite, chonaic muid chugainn an scaifte beag fear, dhá chaogad laoch, agus bhí muid beag beann orthu. Ach tháinig na sluaite eile ina ndiaidh agus rinneadh braighdeanaigh dínn uile. Agus fuair muid amach go raibh muid tite faoi smacht na bhfomhórach. Rinneadh sclábhaithe dínn agus chuir siad sinn ag romhar agus ag branar dóibh. Ní raibh d'fhoscadh againn ach crónna mar bheadh ag ainmhithe agus chros siad orainn urnaithe ár sinsear do rá. Thugadh siad leo na hógánaigh ba scailleagánta agus chuireadh ag diansaothrú iad ina gceártain, óir ba ghaibhneacha iad agus gan meas acu ach ar an rachmas agus ar an tseilbh. Bhí mearbhall agus alltacht ar mo chomrádaithe agus iad mar bheadh siad i dtoirchim suain de thairbhe a moghsaine. Ach níorbh é sin an chinniúint ba mhian liom don chine seo, go bhfaigheadh siad bás ina sclábh-aithe agus go rachadh siad as i scátharnach na staire ionann is nach mbeadh siad riamh ann. Labhrainn leo mar sin ina gcuid crónna faoi choim na hoíche, nó chruinn-ínn dream acu i gcompal seanleasa oíche ghealaí. Gur spreag mé tnúthán an oileáin séin ina n-aigne dhallta arís. Chuaigh an lasóg amach uaim gur adhain an barrach i nduine acu thall agus abhus, go dtí go mbíodh an oíche breacaithe leis na baicle beaga sin, i mbuailte sléibhe, i mbothóga sráidbhaile, i seantáin ceártan. Agus ba chuma ár líon arís nó lochán marbhchiúin ag déanamh scáthán-tachta ar réaltáin na spéire.

Ach le filleadh an dóchais, bhris an fhoighid ar an óige; agus d'éiríodh siad in aghaidh a n-aintiarnaí nuair a gheibheadh faill orthu. Ní bhíodh de dheireadh air, ámh, ach an briseadh agus an bascadh. Agus d'alpadh siad coirp ár gcompánach agus dhéanadh íobairt díobh dá ndéithe féin, déithe an rachmais agus an choncais. Agus chros mé ar mo lucht leanúna dul ar aghaidh leis an chointinn dhanartha, mar bhí cleas eile ag faibhriú i m'intinn sheiftiúil.

Chomhairligh mé dóibh géilleadh ar fad dá máistrí, nó ligean orthu gurb amhlaidh bhí. Bheith buíoch dóibh as an sprúilleach a chaití chucu; á moladh as ucht a mórbhua agus a maithis; aithris do dhéanamh ar a nósmhaireacht; neamhdhaoine do dhéanamh díobh féin i súile lucht an chinsil. Ba léanmhar dom a leithéid do mholadh dóibh, do mo chlann féin a cumadh i m'íomhá féin, mar ba ghoin mhórtais dom neamhdhuine do thabhairt orm féin, fiú ar mhaithe le saoirse agus saorchead imeachta. Ba mhó arís m'aithreachas, áfach, dá dtuigfinn mar thuig mé ina dhiaidh sin gur tubaisteach an rud é madraí lathaigh do dhéanamh de dhaoine daonna, mar tá siad ann nach dtig leo scarúint leis an nós.

Diaidh ar ndiaidh d'éirigh le mo sheift. Cuireadh ina luí ar lucht an ansmachta nár ghá a thuilleadh go mbeadh eagla orthu romhainn. Ba mhóide ná riamh a dtarcaisne ár n-umhlóid agus ár lútáil. An dream seo na leathshúile, ní fhéadfadh siad léamh ar aigne chaolchúiseach agus dalladh iad ar an rud a bhí ar bun againn. Nuair a chuimhnigh siad arís mar sin ar íobairt ár scothfhear in onóir dá ndéithe adhartha agus mar shampla do shlua na ndaor, níor léir dóibh, agus iad gan radharc, go n-éalóimis as faoina lámha. Bhailigh muid le chéile chun lia do thógáil os leacht na marbh, chun a gcluiche caointe d'fhearadh. Nuair a ligeadh chun na long sinn chun an bhreolong do chomóradh go cuí, chroch muid uile seolta agus d'imigh i gceo na maidine mar nach mbeimis riamh ann. B'fhada amach ar an aigéan sinn nuair ba chlos dúinn fós a mbúirthíl feirge, ach bhí fánach acu a mbruthanna iarainn do chaitheamh go cíochnach inár ndiaidh nó an t-uisce do shuathadh lena gcarraigeacha. Ba luaithede rith ár mbád i dtreo na fairsinge; agus an bhóchna ar lasadh inár ndiaidh mar ar ghearr ár gcíle créacht.

Thaisteal muid linn ar feadh tamaill fhada gan ach oileáin sceirdiúla creagacha d'fheiceáil nó cladaigh a raibh arrachtaigh a ba chosúla le fathaigh ná le fir iad ag bagairt orainn ó bharr a n-aill. Agus tar éis a mbraigh-deanais thréamanta faoi na fomhóraigh, ní ligfeadh an eagla do na foirne a ndúshlán do thabhairt trí dhul i dtír. Sheol muid ar aghaidh thar an aigéan gan chuimse, é ag glafarnach go fíochmhar le linn a mhórtais nó ag cáraíl go fonóideach linn ar an lá breá. Bhí na fir ag titim leis an ocras agus an gus imithe astu le tuirse na céaslóireachta. Go fiú nach dtáinig aithreachas ar chuid acu gur fhág muid an t-ansmacht inár ndiaidh mar go mbíodh lán a mbolg le fáil acu an t-am sin ar a laghad. Bhí mé ag foghlaim gur beag aicíd a chreimeas an croí mar dhéanann an sclábhaíocht agus go lonnaíonn an nimh a ghorann sí i smior na gcnámh istigh.

Go dtí sa deireadh go dtáinig muid i radharc talún, tír álainn shíochánta mar nach raibh aon neach le feic-eáil ag corraí. Lig na foirne liú faoisimh agus dóchais ar a fheiceáil, ach d'iomair muid go hairdeallach ar feadh achair fhada fan an chósta sula leomhfaimis cos do leagan ar thalamh ann. Ní raibh le feiceáil ach coillte glasa mar a raibh na mílte éan ag ceiliúr agus mínte féaracha a raibh fianna ag innilt orthu gan chuma ar

bith gur chuala siad gleo seilge riamh. D'fhág muid na
báid i gcaslach ceilte agus thit ár gcodladh orainn beag-
nach in áit na mbonn. Le deirge na néal maidin an lae
arna mhárach, chuaigh muid isteach faoin tír ar lorg
bia agus dídin. Stróic muid ár mbealach tríd an chas-
choill agus shiúil faoi stuara staidiúil na foraoise. Agus
tháinig muid amach go tobann ar ardán creagach mar a
raibh an tír ar fad spréite amach faoinár súile. Nochtaigh
chugainn in íochtar leathan an ghleanna an rí-bhrú sol-
asta, sruthán gloiní ag caismirneach thart ar a chuid
gairdíní agus faichí, agus an toit ghorm ag éirí go síoth-
mhall ón díon. Dhruid muid ina threo go haireach ach
garda ní raibh ar a gheataí ná faraire ar a chuid múr.
Ar theacht ina chomhair dúinn, leath na súile ar mo
mhairnéalaigh bhochta de bharr saibhreas agus só a
chuid hallaí agus níorbh fhada go raibh siad ann adúirt
nár mhiste leo bheith ina ndaoir go brách ach a saol do
chaitheamh i measc na galántachta seo go léir. Óir bhí
an tnúthán fearúil tar éis meath i gcroíthe an dream nach
mbeadh sonas orthu gan tiarnaí acu a theagascfadh iad.

Agus chuala muid ceol iontach ag fuaimniú ar fuaid
na hallaí istigh, guth álainn banda ag cantain mhaor-
gacht an chaisleáin agus éachta a mhuintire ó cheann
ceann an domhain agus réim a bhanríona ar nach dtéann
an ghrian faoi go deo. Ansin osclaíodh na doirse gloin-
eacha agus chonaic muid an bhanríon í féin agus í ag
obair ar uige ildathach fhíneálta agus slua a cuid seir-
bhíseach cuanna á moladh agus ag déanamh umhlóide di
de shíor. Agus tháinig náire agus ceann fé ar an bhaicle
scifleogach amuigh nuair a chuimhnigh siad ar chomh
salach bratógach ocrach dealbh agus a bhí siad. Bhorraigh
mian an phálais órga úd ina n-anam agus bheadh siad
ullamh ar aon lábánacht do dhéanamh ach fáil isteach
ann.

Leis sin, labhair an staidbhean isäigh agus thug cuireadh dóibh teacht chuici. Bhailigh an slua soineanta leo isteach ach dream beag nár mhúch ocras ná ansmacht drithle an neamhspleáchais iontu. Cuireadh an chuid eile ina suí ar tholga go dtí gur iarradh orthu suí anonn chun boird mar a bhfaigheadh siad sásamh a n-ocrais. Shuigh siad isteach agus fíoraíodh an rud a gealladh. Óir ar bhlaiseadh na proinne sin dóibh, ghabh áilíos millteanach iad i ndiaidh draíocht an rí-chónaí, ionas gur chaill siad cuimhne ar a ndúchas féin ar fad agus gur thosaigh ag béarlóireacht i dteanga aduain a ba chosúla le gnúsacht muc agus giúnaíl madraí ná le friotal daonna, dar leis an bhfuílleach beag amuigh. Ach níor luaithe an t-athrú sin tagtha orthu ná chuaigh a raibh istigh a gháire agus a fhonóid fúthu agus díbríodh iad ar fuaid an árais ina ngiollaí ag scamhaireacht agus ag sclábhaíocht do bhunadh an tí.

Bhuail scaoll agus sceon an bhuíon bheag thairiseach a fágadh nuair a chonaic siad an anachain seo ag teacht ar a gcompánaigh agus chruinnigh siad thart ag agairt orm fóirithint ar na créatúir ainnise, mar ní raibh teora lena muinín as mo sheiftiúlacht. Ach bhí díomá agus lionndubh mar bheadh reo-leac ar m'intinn, óir cad d'fhéadfainn a dhéanamh do dhaoine a cailleadh dá ndeoin féin?

Sa deireadh ghlaoigh mé chugam an bard a bhí inár dteannta agus d'iarr air a chláirseach do thabhairt dom. Bhain sé dá dhroim í go fonnmhar agus shín chugam í. Agus d'imigh mé suas go dtí na doirse gloiní mar a raibh an guth binn banda ag fuaimniú tríd na hallaí as an nua. Bhain mé striongán coscarthach ceoil as na téada seanda a ba chlos, má b'anbhann féin é, ar fuaid urdhamh an pháláis. Agus shiúil mé anonn is anall os comhair na huirlinne, ag súil go rachadh mo chantaireacht siar isteach i ngach cúinne sa ríbhrú. Duan an aigéin a cheol mé, agus chuir mé isteach ann gach ar tháinig muid tríd le linn ár n-aistir, ag mairgneach na gcuradh a fuair bás ar son a gcine, agus glór na máthar is glór na mac araon i mo cheol. Ag déanamh caithréime faoi na buanna a rug muid i gcuideachta a chéile le tormáil na tóirní agus liúrach na laoch. Ag aithris i meadaracht mhallbhinn grá ban agus gáire leanbh; á gcluanadh le luascadh suaimhneach suantraí. Sileadh súl agus osnaíl an chroí, cian aigne agus cumha chléibhe, agus tnúthán an tséin agus na saoirse ina cheangal ag an siansa go léir, ag glaoch mo chlainne ar ais chugam trí chlapsholas an éadóchais agus thar bhlár folamh na mblianta.

˙ Chonaic mé na deora ag briseadh ar a bhfabhracha agus solas na cuimhne ag bladhmadh arís ina gcuid súl. Gur thug siad cluas bhodhar d'fhuaimníú an ghuth draíochta agus gur éalaigh ina nduine agus ina nduine thar an táirseach amach. Agus tharraing mé iad i dtreo na foraoise le cluanadh mo chruitireachta.

Nuair a bhí muid as an ghéibheann arís agus amuigh ar dhoimhneacht na farraige, d'amharc mé ar fhoirne na mbád mar bhí thar fhios agam gurb iomaí comhalta dár gcuid a d'fhág muid inár ndiaidh. Ba léir iomad áit fholamh ar sheasannaí agus tilí, agus b'iontach lena gcomrádaithe trudaireacht bhliotach na n-éalaitheach, amhail is dá mba aineoil acu fós urlabhraíocht a dteanga féin.

Thiomáin muid ar aghaidh thar dhronn na mara siar, agus dóchas na tíre a tairngríodh mar adhmaint i mo chroí. Is beag suaimhneas a fuair muid, mé féin agus mo chaptaein, ag amharc ar ár lucht iomartha, cuid acu ag tarraingt go spadánta mar go mb'fhearr leo tabhairt suas don aisling amaidí agus a gcónaí do dhéanamh sa chéad chaladh a chasfaí linn, cuid eile agus lámh liobarnach acu ar an chéasla agus buillí tútacha á dtarraingt amhail mar nach dtuigfeadh a thuilleadh rabhcán na céaslóireachta ná orduithe a gcaptaen. Agus luigh buaireamh orm mar ba mhó ná riamh ár ngá le láimh thapaidh an mharaí mhaith.

Bhí an ghaoth ag tosú a ghéarú agus na néalta á gcarnadh ag bun na spéire. Siabadh círín na dtonn ina cháitheadh thar bharr na gcrann agus bhain roisteacha an ghála feadalach as na scóid agus chuir na crainn seoil ag cneadach agus ag criongán. D'éirigh sé ina chlapsholas agus níor léir níos mó ach duibheagán uafar agus an stoirm ag liúrach ann, an spéir chomh dubh le béal uaighe agus eisléine na dtonn go rocach faoinár n-árthaí aibrisce. Na longa eile á gceilt agus á nochtadh arís ina sondaí dorcha tríd an síon, á slogadh síos agus á n-aiseag, ag foirneadh thar an mhórtas.

Bhí mé do mo chiapadh le smaointe dubhacha agus an bád ag longadán agus ag tumadh i ndiaidh a cinn trasna na suainte. Bhreathnaigh mé an t-uisce diamhrach agus d'éist a bhúir, agus smaoinigh ar oitreacha agus ar líonáin fhealltacha. Ní raibh ris ach tréad ábhalmhór an doimhnis ag caitheamh a lomraí bána romhainn amach ar feadh mo radhairc. Ansin chonaic mé an toirt ar snámh go doiléir ins an duibheagán. Conablach míola éigin de chuid an aigéin, nó bruth feamainne ag imeacht le sruth? Ansin scaoth dubh éan ag scinneadh le gaoth thar ár gceann, agus chrap an t-anam i mo chliabhlach mar tuaradh dom gur siabadh sinn ar chóstaí na dúiche sceonmhaire mar a mbíodh taisí na cianaoise ag glinniúint go danartha ar an bhóchna shíoraí. Níor lig mé a dhath orm ach d'áitigh ar an fhoireann tuilleadh fuinnimh do chur ina n-iomrascáil le seol agus stiúir. Ba chlos dom cheana scréacháil uafar na héanlaithe fá na hailltreacha duairce. Chuir muid dlús lenár n-iarrachtaí agus d'éirigh

linn an bád do thabhairt thart ar ghob gearrthach na
n-aill agus fuair faoiseamh ar thaobh na fothana.

Bhí muid ag coimhéad mhullach ceomhar na mbeann,
mar bheimis ag súil le cabhair nó trócaire do léamh ar a
n-éadan gágach, cuid againn sínte ar urlár an bháid agus
mé féin caite mar nach mbeadh i ndán dom éirí go deo
ar an tile tosaigh, nuair a labhair mar bheadh glór na
tóirní as an scamall anuas—agus dar linn go dtáinig
maolú ar an anfa ar chlos an ghlóir sin dó.

Agus d'éirigh crot daonna go dubh as an cheo ar bharr
na n-aill, é ar scaradh gabhail ar na carracamáin mar
rachadh sé i gcois dá leith os cionn an domhain uile. Agus
thug aitheasc tintrí dúinn ag maíomh gurbh fhada é ag
faire ar ár n-aistear dócúlach agus gur thuig sé mian ár
gcroí toisc é bheith greanta go deo ina chroí féin istigh.
Théigh croíthe faonlaga mo mhairnéalach lena chuid
focal agus bhí siad suite de, agus iad ag gliúcaíocht suas
tríd an cheo, gur aithin siad ceannaithe a gcine ar an
chloigeann doiléir os a gcionn. Agus mhol sé a gcrógacht
go spéir agus bhog a gcroí lena chuid cainte ar gheanm-
naíocht a mban agus soineantacht a bpáistí, agus bhain
liú díomais astu ag cur síos ar an chinniúin ghlórmhar
a leagadh amach dóibh. Agus ba é b'ainm dó, má b'fhíor
dó, an domharfach, an leathdhia a bhí ina fhínné ar each-
tra ár muintire ó thús ama. Mar gur shnámh sé ár
n-inbhir agus ár n-aibhneacha gléghlana ina eo fis i measc
scoileanna na mbradán, gur shiúil ár gcnoic is ár gcoillte
agus dord dúshláin aige thar táinte na bhfia, gur ghnáth-
aigh máma creagacha ár sléibhte ina iolar i gcuideachta
fhiáin na n-iolar. Agus rinne fáistine dúinn gur thug
réamhaithris ar na guaiseanna a bhí sa bhealach orainn
agus thairngir go cuí gur dhual dúinn gan teip teacht
i seilbh ar ríocht an tséin.

Labhair as a aithle sin ar an aistear thar na farraigí
siar, agus chuir mé cluas le héisteacht orm gurbh fhéidir
eolas bunaidh do bheith ag an diúlach, deamhnaí nó
diaganta mar bíodh sé. Ba é a rabhadh sinn do sheachaint
ghuairneán an deisil agus ghruagach an tuathail mar go
n-alpfadh an ceann amháin sinn agus go slugfaí sinn sa
cheann eile. Ach rachadh seisean romhainn agus dá
leanfaí go dlúth é níorbh eagal dúinn.

Rith an ama bhí ár gcabhlach beag cúbtha istigh i
bhfoscadh an ghaoith mar bheadh ál circe ag creathnú
roimh an seabhac, na captaein ag plé na ceiste cé acu
leanfaimis an slánaitheoir seo nó nach leanfadh. Thug
mé féin in amhail a rá gur bheag tathag a bhí ina chuid
bladhmainn ach amháin eolas na farraige romhainn agus
nár nuacht an méid sin ach oiread mar gurbh fhada
sinn ag seoladh idir gruagach an ghorta agus guairneán
na himirce ónár ndílseacht aiceanta agus gur dócha gurb
iad a bhí romhainn chomh maith.

Ach cuireadh deireadh tobann lenár ndíospóireacht,
óir d'éirigh an neach ar nós éan mór oíche ó bharr na
binne dorcha agus ghluais leis amach i dtreo na farraige.
Thóg na foirne aon gháir chaithréimeach amháin a chuir
éanlaith na gcreag ag screadach fá na laftáin, luíodh ar
na stiúracha agus shín an tóir i ndiaidh solas ár bhfuas-
cailte.

Bhí orm a admháil go raibh farraige agus gaoth tar
éis síothlú agus gur cuireadh fuinneamh úr i ngleithearán
na bhfear. Lean muid ar aghaidh go subhach, ach amháin
cnumhóg an amhrais do bheith ag neadú i m'intinn féin.
Ghealaigh an lá agus sheol muid tríd oileánrach álainn
agus an ghrian ag spalpadh anuas ar dhuilliúr na gcrann.
Leis sin éiridh romhainn mar bheadh néal deataigh as
an mhuir agus tháinig chugainn ar an leoithne ghaoithe
tormán farraige cáite. Agus ansin mar bheadh ainmhí

allta ann a mhúsclódh as a chodladh agus ocras air, chuir
an fharraige aon bhúirthe amháin aisti agus shiab cúr
céad troigh sa spéir. Thosaigh an bhoilgearnach agus an
coipiú agus tarraingíodh an sáile anuas ina choire a raibh
gaineamhlach an ghrinnill ar guardal ina dhoimhneacht.
Fairíor, an dream ba dhúthrachtaí lean dá dtreoraí, is
orthusan a tháinig an t-ampla agus ní fhacthas fear inste
scéil díobh ní ba mhó ná aon rud ach roinnt clár scáinte
agus maide rámha. An chuid eile againn d'iomair muid
ar shiúl an méid a bhí inár gcorp agus súil ghéar againn
ar gach aird as a dtiocfadh dáinséar. Ach ní tháinig an
tuar fán tairngreacht i dtaobh an phríacail eile a bhí le
castáil orainn. Níor lúide sin muinín na mairnéalach as
a réalt eolais agus rois muid linn ag tarraingt ar pé cinn-
iúin a bhí i ndán dúinn.

Ach tar éis cian d'aimsir nochtaigh mar bheadh néal
gorm ag bun na spéire agus ba ghearr gur aithin mé fíor
na tíre a aibhsíodh dom i m'aisling. Mhothaigh mé gal
reatha i mo chuislí agus ní raibh an fhoireann i bhfad ag
léamh ar mo ghnúis. Thóg siad amhrán an dóchais arís
agus chuaigh an cabhlach uile ag tarraingt a mbuillí le
fonn an cheoil. Bhain muid cuan agus calafort amach
faoi áthas agus faoi mhóráil.

Agus is mar sin a tháinig muid i seilbh ár n-athartha.

IV

GURB é sin eachtra na sinsear mar aithristí dom é
agus mé i mo leanbh. Ba fhileata an scéal é má ba bhrón-
ach go minic; ach tháinig an sonas ina dheireadh agus
bhaininn taitneamh mór as mar ba dhual dom a bhaint
as scéal do pháistí. Ach le himeacht na mblian mheath
dúil na rómánsaíochta ionam mar mheathas ionainn go
léir agus thosaigh na ceisteanna ag borradh i m'intinn.

Mar bhí scamaill ag luí ar dhraíocht na hóige agus ní
raibh suáilce ins na finnscéalta a thuilleadh chun mé do
mhealladh i dtútachas an tsaoil. Ach ní raibh aon duine
agam fán am sin a gcuirfinn ceist air agus a bhfaighinn
freagra éifeachtach uaidh. Ní bhfuair mé réiteach na
gceisteanna sin ach ar toradh moille agus le mórdhua.

Óir thug na tiargálaithe sinn go léir chun an talaimh
nua agus shocraigh muid síos ann, ach d'fhás mé féin
aníos i measc pobail nár léir dom báire an tséin do bheith
casta acu. Ba chúis iontais dom gurbh é a saol siúd an
toradh a bhí ar ghaiscíocht agus ar ghaois a n-aithreacha.
B'ionann cás do lucht mo chomhaoise agus ba ghnáth
iad ag lorg saol na bhfinnscéal d'athchruthú. Theastaigh
uathu na seanárthaí do chóiriú arís (mar bhí siad ag
dreo ins an áit ar feistíodh iad glúin roimhe), agus
imeacht leo i ndiaidh a gcinn ar thóir na tairngreachta
a mheas siad nár fíoraíodh nó d'ionsaí tíortha úra, ba
chuma cad iad ach nuaíocht do bheith ar fáil iontu.

Ní raibh athair na nglún ag siúl i measc a mhuintire
ná aon duine a thuillfeadh a dtairiseacht agus nárbh
fhéidir gan urraim do thabhairt dó. Mar níorbh fhada
lucht líofa an iomramha tagtha i dtír go ndearna siad
a n-oidhreacht do choilleadh agus do chiorrú. Ar ghabháil
longfoirt dóibh ar thalamh tirim, lonnaigh siad ansin ag
brath fanacht ar thuar éigin a threoródh iad. Ach níor
labhair an glór as an néal arís leo ná ní raibh comhartha
ar bith ar thalamh ná ins na spéartha a mbainfeadh siad
fáth as. Gur bhris ar a bhfoighid i ndeireadh na dála
agus gur tógadh achrann agus amhthroid ina measc. Cuid
acu ag maíomh gur imir an domharfach feall orthu agus
go ndearna a n-aimhleas, óir ba tháir leo an tír seo a
tugadh ina láimh. Ní raibh sí slachtmhar mar aibhsíodh
dóibh í sa tairngreacht; ní raibh glaise a cuid cnoc
chomh lonrach agus bhí nuair a nocht siad ag bun na

spéire, ná lacht is mil ag gluaiseacht ina slaoda inti mar
ba dhual.

Bhí na captaein ag cuidiú leis an aicme seo as siocair
gur thréig an daoscar comhairlí a n-athar agus a n-ard-
eagnaí agus gur thrua leo é bheith fágtha go huaigneach
ina ghuala gan bhráthair. Níorbh ionann tuairim, áfach,
don mhórchuid mar bhí a muinín as fáistiní agus míor-
úiltí slán gan teimheal fós. Dá réir siúd, níorbh fhiú an
comhluadar an cúram neamhaí a deonaíodh dóibh agus
níorbh ionadh míshástacht do bheith ar a gcoimirceoir
tar éis an dóigh ar slogadh na hamhlóirí ins an ghuairneán
a raibh sé de chineáltas ann iad do threorú chuige.
Thosaigh an spairn idir an dá thaobh agus chnag siad
a chéile go raibh siad dearg ina gcuid fola agus gur
chuma dóibh uile cén tír a raibh siad ann.

Le linn na bruíne sin bhí a sinsear seanda á
gcoimhéad go tostach brónach, é scaite amach uathu i
leataobh, gan aird ag aon duine air. Mhachnaigh sé ar
aistear ársa an chine seo, ar an anachain agus an anró
a bhí fulaingthe acu, ar an diantnúthán a spreag a
n-iomramh cianda, agus chuaigh goin doleighis ina chroí.
Taibhríodh dó nach fada eile a d'fhanfadh sé ina measc
agus chinn sé ar pé cairde a ligfí leis do chaitheamh le
leas a mhuirir. Go ndearna sé eadaraiscín dóibh, gur
fháisc a gcréachta, gur shuigh dúshraith an phobail ins
an tír. Agus nuair a chonaic geamhar na glúine úire ag
fás aníos agus ag breathnú a ríochta le hiontas na hóige
ina súile, thuig sé go raibh an cine seo a raibh sé ina
eagnaí eolais acu chomh fada sin agus a dhealbh sé féin
as crógacht dhaonna agus cruatan, go raibh sin ag tabhairt
faoi eachtra nua, go rabhthas faoi fhad coiscéim den
tairseach agus nach ar a chrann féin a tháinig an doras
do leathadh ar an domhan mór amuigh.

Chruinnigh sé líon a chlainne thart air agus labhair go sollúnta leo ag ceiliúradh dóibh. Agus ba chuimhin liom féin a ghuth ciúin uaigneach cé gur beag ciall a bhain mé as an chaint go dtí i bhfad ina dhiaidh. Níor bhraith mé ach an tost dothuigthe agus an múisiam amhail leanbh óg sa teach a bhfuil athair nó máthair tar éis bháis ann. Chuir sé ina luí orthu gur tugadh an athartha seo mar oidhreacht isteach ina láimh agus gur dhúal dóibh a saoirse féin do ghnóthú agus do chruthú ina críocha. Níorbh é ba shaoirse ann sólaiste a bhlaisfí faoi shócúlacht agus faoi dhíomhaointeas ach báire ab éigean a bhreith de shíor ar chéile comhraic; níor mhaoin é a shealbhófaí ach fearann sacrálta nár mhór a shaothrú agus a chosaint. Mhol sé dóibh an spadántacht do sheachaint agus an tsaint. Dhéanfaí séan do shoirbhiú ina dtír dá mbeadh siad dílis dá síorghairm agus ní cheilfí orthu aon ní dá mbeadh de dhíth. Baineadh siad sochar mar sin as gach maith ach gan bheith sásta bogásach, mar go raibh ag fás ar chrann na sástachta toradh a raibh blas na meala air ach a shiocfadh an té a d'íosfadh é le heanglach coirp is croí mar bheadh moingmhear ann. Thar aon ní eile, bhí siad leis an bhféile do chleachtadh de shíor agus gan ligean do chíocras na sealbhaíochta í do thruailliú. Ba shuáilce í sin a lonródh ar fuaid a mbeatha amhail grian an tsamhraidh ag soilsiú na tuaithe. Ná santaíodh siad eallach ná airnéis; ná déanadh siad creach ná táin, óir ba chol geasa é sin dóibh dá leanfadh a dturnamh.

Dúirt agus d'imigh uainn agus níor fhidir sinn cá raibh a thriall. Ach d'fhéach muid na néalta ag bailiú ar shleasa an tsléibhe bheannaithe, an chruach os cionn na mara suthaine ab aireagal dá mhachnamh naofa. Choimhéad na daoine a imeacht agus mothú cumha ina gcroí. Agus d'fhill siad ar a ngleithearán laethúil agus d'fhuaraigh cráifeacht na huaire iontu agus rinne siad dearmad ar an uacht a fágadh acu.

V

Ba GHNÁCH ár súil le sliabh an uachta siar, mar a luíodh solas deiridh na gréine. Agus chuaigh an tír faoi gheasa orainn agus dhealródh sé gurb é an coineascar a bheadh ann go deo. Ceo meala ar foluain thar chomarach an tsléibhe agus an ghealach lán ina suí. Aithleá marbhánta gaoithe ag princeam fá laftáin an chladaigh. Sámhán ar na machairí féir; agus ba ris i bhfad isteach faoin tír, trí altáin na gcnoc, na caoráin mhóra agus só orthu faoi ghealas na spéartha. An abhainn mhór ag caismirneach i dtreo an inbhir airgeata anall, iarsholas an lae agus céad-aoibh na gealaí araon ar a brollach fairsing. A bruacha go giobach le caschoill agus foraoisí boga dara is giúise ag gobadh go hard os a cionn i dtreo na ndroim-shliabh.

Ach shuigh an pobal go sásta ar an mhuirbheach agus fá na reannacha, idir dhá sholas, agus b'aoibhinn leo bheith ag cuimhniú ar anró agus tuirse a n-aistir, ar sclábhaíocht na gcéasla agus sciúradh na síne. Chomh luath agus bhlais siad suáilce a bhfearainn nua, bhí tuargain na dtonn agus éamh an ghála mar bheadh siad ag teacht ó i bhfad i gcéin agus rinne siad dearmad ar an tnúthán a chorraigh a gcroíthe i dtús. Gurbh fhann leo fiú guthanna a gcomhlaoch, ionann is dá mbeadh bodhaire ar a gcluasa.

Bhí oiread fuinnimh fágtha iontu agus a choinnigh beo na seanábhair imreasa ina measc agus níor bheag de leathscéal acu iad chun fanacht ina dtáimhnéall só sa dúiche bhraonach seo mar a raibh ceol na sruthán ann lena gcuid fabhraí do chur ag druidim ar a chéile, mar a dtiocfadh leo luí go scítheach ar an chaonach fhionnuar ag amharc suas ar mheirbhe na spéire, agus gan cuma air ach go mb'ionann don lá amárach agus don lá inné.

B'éagóir leo cruadáil an tsaoil do luí orthu féin agus níor
theastaigh uathu ach cian do thógáil dá n-aigne. Chaith
siad a n-éirim le baoithe, ag tiomargadh sliogáin aisteacha
na dtrá agus ag dul in iomaíocht le chéile faoina n-éadáil
thrua. D'fhás an suaibhreas ina measc agus iad mar
bheadh páistí gan chéill ag gleic faoina n-áilleagáin. Ba
chuma iad nó seanóirí a mbeadh an aois leanbaí ag
druidim leo, óir chum siad domhan samhlaíochta dóibh
féin agus chuaigh a chónaí ann go sásta ar a gcaomhnú
ón saol mór. Drochiarsmaí an iomraimh agus a chuid
cruatain, d'apaigh siad ina n-anam go tiubh, cuid acu
ag lútáil ar aon fhágálach a ghlacfadh lena mbaois nó
ag fónamh do gach callaire a gheallfadh móiréis dóibh ar
bheagán stró. Agus b'iad a bhí aisbheartach gan feidhm.
Ba phionós leo bliotachas a gcuid cainte do leigheas sa
dóigh go raibh ag dul díobh tuiscint dá chéile agus go
mba gheall le stráinséirí dá chéile athair agus mac, máth-
air agus iníon. Go fiú a gcaitheamh aimsire bhí sé gan
feidhm, gan leas intinne ná aclú coirp, mar bheadh i
ndán go gcrapfadh agus go gcríonfadh a n-inchinn agus
go bhfágfaí iad ina dtoircheas pobail, toradh anabaí gan
lúth gan láthair.

Ba i dtrátha na haimsire sin a fuair muid lorg na
n-allmharach ar ár gcríocha den chéad uair. Is beag
foraireacht a dhéanadh ár bhfianna ar fuaid a seilbhe
óir ba bheag an baol dóibh dul ag geimhriú ar charraig-
eacha cadranta na sliabh de mhalairt ar a gcónaí cluthair
ar an mhachaire. B'fhearr leo bheith ag éisteacht le ceolta
éagaoineacha a d'aithriseadh an leatrom a imríodh ar a
sinsir, duanta ar mhór a mbladhm agus ar bheag a mbrí
ach a raibh an port céanna acu go léir, cine ionraic a
fágadh faoi chrann smola riamh anall. Agus ba é sin bail
a thug col a ngeasa ar an mhuintir seo liom.

In aimsir bhuailteachais an tsamhraidh sea tháinig siad orainn, an tuaithchine. Bhí muid tar éis éirí amach le gairm na cuaiche a dhéanamh aoibhnis ar an sliabh. Fuair muid croí agus aigne le taitneamh na gréine thar na mínte agus sinn ag breathnú scáil sceadach na spéire ins na gormlocha. Go dtáinig beirt óglach chugainn lá le coim na hoíche agus cnead reatha iontu tar éis na mílte den sliabh do chur díobh. Dream aduain daoine do casadh leo ar mhám sléibhe ó thuaidh ba shiocair dá dteachtaireacht, arrachtaigh uafara faoi éide iomlán iarainn nár chinnte cé acu daoine daonna nó beathaigh allta a bhí iontu. Bhí na mílte acu lonnaithe ar an mhá agus ag brú ar aghaidh i dtreo bhearnais an tsléibhe aníos. Tionóladh an dáil agus ba léir an chorraíl ar ghnúiseanna na gceann fine agus na dtaoiseach an oíche sin agus iad ina suí sa bhuaile faoi scátharnach na dtinte grág. Thosaigh an plé agus an díospóireacht agus níorbh fhada gur léir na seaneasaontais arís cosúil le fachlaigh ag leathadh ar aghaidh móna in aimsir thriomlaigh. Dream na glóiréise ag iarraidh go ndéanfaimis na hallmharaigh do bhascadh le tréan láimhe sula gcruinneodh siad orainn; aicme na haidhleisce ag maíomh nach raibh dochar iontu agus gur cheart dúinn fáilte do chur rompu chugainn isteach. Agus d'fhan mé féin ansin ag éisteacht leo, le lucht na místuaime, agus ní raibh aon duine ann a raibh cuimhne aige ar chomhairle a n-athar nó ar an dúnghaois ba dhual sinsear dúinn. D'fhan mé ansin gan labhairt mar d'aithin mé cén deireadh a bheadh ar a gcointinn. Agus scoradh an dáil gan cinneadh ar cad ba chóir do dhéanamh.

Chuaigh an t-am thart agus mhéadaigh ar ár gcaidreamh thar na sléibhte. Tháinig a gcuid mangairí inár measc ag tathant a n-earraí ar ár mbantracht, éadaí coimhthíocha agus giúirléidí ceardúla. Agus bhí fíonta anall acu agus uirlisí ceoil agus leathar mín. Tháinig a

reacairí agus a n-oirfidigh agus thóg ár bpáistí a n-amh-
ráin andúchasacha agus thosaigh ag briotaíl a ndeilíní
cliste. Agus bhí ár dtaoisigh breá sásta leis an tráchtáil.

Ach níor stad na heachtrannaigh ach ag plódú isteach
orainn, ná níor staon ár muintir féin ach ag tabhairt
urraime dá gclisteacht agus dá rachmas. Bhí ár gcluasa
lán de scéalta faoi iontais a n-athartha agus áilleacht na
tíre as a dtáinig siad, faoina gcaisil agus a gcathracha, a
ríthe agus a n-uaisle, cuannacht a gcainte agus míne a
mbéas. Agus ba dheacair a rá cé acu ba mhó ár meas ar
a mórgacht nó ár saint i ndiaidh a maoine.

Thug mé faoi deara an dóigh a gcuireadh a dteachtaí
tuairisc ár gcríoch agus a mbreathnaíodh ár ndúiche agus
a measadh ár n-acmhainn. Agus chruinnigh an t-amhras
agus an drochthuar ionam mar bheadh tocht ar mo chroí.
Bhí an naimhdeas ag forbairt agus ag fás idir ár dhá
ndomhan agus ní raibh ag teastáil ach go rachadh an
lasóg sa bharrach.

B'fhada a dtréadaithe ag buachailleacht ar aon fhéar-
ach lenár lucht buailteachais féin, a dtréada siúd ag dul
i líonmhaireacht de thairbhe a gcuid mangaireachta agus
hucastóireachta agus ár n-airnéis féin lán galar agus crup-
áin, an méid a bhí fágtha díobh. Agus maidin gheal
amháin go raibh a dtáinte siúd á ligean as na buailte agus
ag liongadán leo fan na logán agus na gcuisleán nó ag
spré amach ar innilt an tsléibhe, bhí ár muintirne á
gcoimhéad ó na mínte anuas. Eallach beathaithe éadan-
leathan agus a ngéimneach ag múscailt macalla i gcomar
an tsléibhe; toirt triúir i ngach ceann acu agus iad ina
sondaí dorcha ar aghaidh na gréine soir. Bhris an t-ampla
ar an fhoighne ag an lucht féachana. Tháinig siad d'aon
ruathar amháin anuas ar an dream a raibh cúram na
tána orthu, scaip soir siar iad mar bheadh gearraidíní
roimh liús, agus thiomáin a gcaoraíocht leo isteach in

ascaillí na gcnoc. Má chaith siad fleá agus féasta an oíche sin, ag rúscadh agus ag ragairne agus ag déanamh scléipe, ba luath chucu ina dhiaidh an imeagla agus an t-aith-reachas. Agus rinne siad na taoisigh do thiomargadh as an uile aird, agus na cinn fhine agus cinn urraidh i gcoitinne agus shuigh siad i ndáil chomhairle le chéile.

Thosaigh an briatharchath as an nua, na meatacháin agus lucht na leisce ag moladh go n-umhlóimis don namhaid agus go ndéanfaí aon phobal amháin dínn faoi shíocháin is faoi rathúnas go deo. Ach mhaígh aicme na glóiréise go mba chol onóra dúinn a leithéid de chladhair-eacht agus go mba cheart dúinn éirí amach agus iad do bhá faoi thuile ár slua. Ná níor chuir aon duine an cheist arbh é seo ba dhual sinsear dúinn.

D'éist mé lena mbeartaíocht gan cur isteach orthu óir ní cuí don óg labhairt i láthair a shinsear nó go n-iarrtar a bharúil air. Agus bhí ag dul díobh fiú a chéile do thuiscint de bharr an cheas labhartha a bhí ag dul dá mbunús agus de bharr na randamándadaíochta a bhí á stealladh ag dream na gceann teasaí agus na dteangacha scaoilte. Bhí a mbladhmann seo ag dul i bhfeidhm de réir a chéile agus rosc dar chuir duine acu thairis, chuir sé deann díbhirce ina rois trí sheomra na comhairle gur éirigh a raibh i láthair ar a mbonna agus gur scairt amach ag soinniú cogaidh ar an allmharach.

Agus cinneadh air agus glaodh ar chách a mhóid do thabhairt. Nuair a tháinig ar mo chrannsa clocha an chatha do thiontú, bhagair mé ar an chomhthionól ag lorg éisteachta agus labhair mé leo.

— A dhaoine maithe muinteartha, adúirt mé, níl fúm aon bheart ná seift do chur romhaibh mar dhéanfadh an t-athair a d'imigh uainn ach an tocht atá orm de bharr na tubaiste a bhain dom féin agus dúinn uile do scaoileadh. Ár n-ardeagnaí do chailliúint atá mé a rá, agus an tionscnóir a bhí ina thaoiseach oraibh tráth agus grá athar aige díbh lena chois. Bheinn i mo mhac gan nádúr mura ndéanfainn a chaoineadh agus mura meabhróinn díbh an chinniúin a chuir sé romhainn agus an chomhairle a d'fhág sé le huacht ina dhiaidh. An tír seo ar threoraigh sé chuici sinn, ba dhual di bheith ina máthair ag ár sliocht, an bhroinn ina nginfí na glúnta nár saolaíodh fós. Ach in ionad an chéile chríonna agus an chinn urraidh a bhí dlite di agus a dhíbir muidne lenár neamart, tugadh ar láimh í do shlua cúirtéirí agus suiríoch nárbh áil leo ach a maoin do dhiomailt le scléip agus lena sochar féin. Meabhraím díbh an ghairm ba réalt eolais do sheachrán ár sinsear, agus an uacht a fágadh againn féin. Is maith is cuimhin libh iad agus ní dhéarfaidh mé níos mó, mar bheadh col orm scéal scéil do dhéanamh díobh. Saothraigí bhur bhfírinne féin; déanaigí freastal ar an drithle atá beo ionaibh go fóill agus ní heagal díbh brú na n-allmharach ná síorathrú an tsaoil.—

Thost mé nóiméad, óir ba chlos an monbhar agus an manrán ag éirí ón chomhthionól. Bhris a racht orthu go raibh siad ag búirthíl le tréan feirge agus ag bagairt a ndorn aníos orm. D'éirigh duine acu ina sheasamh, an t-amhlóir ba lú stuaim agus ba nimhní teanga ina measc, agus thug aghaidh a chraois orm.

— Nach mór an croí a fuair tú a theacht a bhaint aithis asainne agus a chasadh achasáin linn! Tú féin agus do chuid bladhmainn agus do chuid gangaide! Ní orainne atá an locht agus an milleán ach ar an athair sin agat, más é d'athair é, mar is críonna an mac a bhfuil fios a athar féin aige. Cé hé an gasúr amhulchach seo go rachadh sé a chur comhairle orainne faoi ghnóthaí cogaidh?—

Ach chuaigh sé thar fóir lena chuid scalladóireachta agus chreathnaigh a raibh i láthair nuair a chuala siad an masla a tugadh don laoch a bhí mar athair acu go léir.

Agus ba é a mbreith nach mbeadh rath ar an té adúirt agus chreathnaigh a gcroí iontu arís le náire agus le heagla. Agus d'agair siad orm gan a thógáil orthu. Tháinig ceann faoi agus aithreachas orthu agus ba chuimhin leo nár mhaith mar a chaith siad le tionscnóir a bpoblachta agus cruthaitheoir a ndúchais, ag meabhrú gurbh olc an mana é ar a raibh i ndán dóibh ins an uair seo na héigeandála. D'impigh siad orm mar sin leorghníomh do dhéanamh ar a son agus iad do thabhairt ar ais chun muintearais lenár n-athair coiteann. Agus gaireadh táoiseach díom agus treoraí agus slánaitheoir mo mhuintire. Agus leath an scéala ar fuaid na sluaite lasmuigh agus tógadh gáir mholta agus ollghairdis nach raibh dul agam a dhiúltú.

Óir bhí fhios agam nach domsa a tógadh an gháir sin ach don dóchas a lasadh arís gan fáth ina gcroí. Shuigh mé ansin sa seomra comhairle folamh faoi sholas preabarnach na lóchrann agus mhachnaigh mé ar an athair a díbríodh agus ar an chlann nár aithin a bhfírinne féin. Óir ba bhocht a gcás, agus é imithe thar taomadh. Bhí sé ródhéanach anois chun meanma do chothú iontu roimh an ghátar, ródhéanach chun lucht tacaíochta do lorg, ródhéanach chun rogha ar bith bheith againn ar an chinniúin a bhí romhainn. Bhaileoimis le chéile an líon slua a bhí le fáil agus chuirfimis fios ar ghallóglaigh na n-oileán, agus dhéanfaimis troid ós é a bhí dlite dúinn. Ach ní raibh seachrán ar bith orm i dtaobh iarmairt na troda sin; ní ormsa a chuirfí an fheagracht dá mb'é an bua a bhí i ndán dúinn.

Ba mhó ba chás liom mo mhuintir do shlánú ar dhíothú a n-anama go deo. Smaoinigh mé ar an leochaile ina gcroí agus ba cheist liom cé léireodh gnúis úr a n-athartha dóibh, cé threoródh iad ina treo, cé thabharfadh orthu aithne do chur ar na ceannaithe sinsearacha arís.

Agus tháinig tuirse agus dobrón orm, óir cé eile a bhí ann lena dhéanamh ach mé féin, nó cé eile a thug grá dóibh agus dá n-athair araon? Ghuigh mé go ndeonófaí soilsiú do m'intinn agus uchtach do mo chroí, mar bhí mo laige agus doiléire m'aigne ag goilleadh orm. Agus ní raibh dul agam a thuiscint cá has a dtiocfadh chugam an cumas agus an neart a chruthódh croí úr i gcliabh mo mhuintire. Deonaíodh dom léas sóláis, áfach, agus taibhríodh dom ansin in uaigneas na hoíche an fhírinne seo: na smaointe a athnuas aghaidh na talún, go dtagann siad chugainn de shiúl na gcolúr.

VI

Bhí ár naimhde ag dul i dtreise agus i méid. Le fada an lá bhí ina chomhrac idir ár dhá muintir agus ba chosúil sinn le dhá thaoide ag éirí agus ag titim. Agus murar fhéad ceachtar againn dul ar aghaidh d'ainneoin ár ndícheall agus ár ndianbhrú, sinn féin ba shiocair le neart a chéile. Agus thuig mé i ndeireadh dála gur taca dúinn ár gcéile comhraic agus comhfhortú ar ár bhfírinne féin. Ach tháinig an lá go raibh orainn géilleadh agus an sealúchas do mhalartú ar an tairise. Is cuimhin liom go glé mar ar casadh ar a chéile sinn. Bhí na machairí clúdaithe lena bpubaill agus ranganna a sleann mar shruth airgid faoin ghrian. Agus tógadh pailliún corcar ar chnocán i lár báire agus thángthas don dáil. Shuíomar ar aghaidh a chéile ar an bhféar. Dhéanfadh ár n-eachtra dhá dhomhan do chroitheadh.

— Tá na mílte fear inár measc gan talamh, adúirt siad, agus is leitheadach bhur ndúiche. Táimidne ar bheagán eallaigh agus is líonmhar iad bhur dtáinte.—

Ach ní thiocfadh linn glacadh leis na mílte tréadaithe agus na haithigh a thabharfadh a nósanna agus a gcreid-

eamh isteach chugainn leo, a phlanndódh inár bhfearann
in éineacht lena gcuid barraí an t-amhras a chuirfeadh
ag dreo sinn. Conas iad d'fhulaingt, na háitreabhaigh seo
as domhan eile? Agus d'fhreagraínn iad agus deirinn:
— Tá na mílte leanbh againn a chaithfidh a bpaid-
reacha d'fhoghlaim agus seanfhocail a sinsear agus fírinne
a gcine. Mar gan an fhírinne, ní bheidh crot orthu ná
déanamh, agus gan a bpaidreacha conas a ghuífeadh siad
ar son na marbh nó conas a d'aithneodh siad lorg na
sean?—

Ní hé gur dhíol táire agus tarcaisne dom a mórgacht
agus a saibhreas, sleanntracha a saighdiúirí, ná clocha
snoite a gcaisleán, ná síodaí a siopadóirí. Mar is é fear
an bheagmhaithis a chlaíos le tarcaisne de bharr laige a
fhírinne féin, gur riachtanach di gach fírinne eile do lochtú.
Is iad na tréin amháin a thuigeas go maireann na fírinní
guala ar ghualainn agus ní heagal dóibh iad féin do
laghdú trí fhírinne a gcomharsan do aithint. Crainn na
coille, ní chaitheann siad dímheas lena chéile cé nach
meascann siad a bhfréamhacha. Ach tá ina choimhlint
eatarthu agus iad á sá féin aníos ionsair an ghrian, poib-
leog agus fuinseog, dair agus coll. Coinníonn gach aon a
chruth agus a eisint féin cionn is gur rachmas é sin nach
bhfaightear a luach agus nach ceadmhach a thruailliú.
Mar éilíonn Dia a sainphaidir féin ó gach crann acu.

Íslíodh dá bharr sin an pailliún corcar agus scar muid
gan chomha gan chonradh agus gháir na galltrompaí
chun catha. Cath nár fhéadamar ach a chailleadh; cath
nach ndéanfadh a chailleadh ach an bua fírinneach do
bhuanú ionam agus i mo chine i mo dhiaidh.

Tháinig siad le chéile, ár dtuairgnithe catha agus ár
dtaoisigh céad, agus chaith siad an oíche ag plé agus ag
díospóireacht, agus líonadh teach na dála le focail, forairí
agus fir fhaire, cathláin agus tascair agus íonaí áir; agus

bhainfeadh trup na gcomhlacht agus sodar na ndíormaí macalla as na táblaí. Lasmuigh faoin ghealach bhí na dearcaithe ag glaoch ar a chéile ó ardán go hardán, agus ba uaigneach a nglórtha i bhfoilmhe na hoíche mar mhothaigh gach aon go raibh sé ina aonar os comhair an namhad. Ach mhair na taoisigh ag conspóid as siocair gur lucht tomhais a bhí iontu agus ní treoraithe; bhí siad i mbaol ag cumhacht nach raibh aithne acu uirthi. Mar mheas siad go raibh a n-airm mar stopallán uisce, ullamh ar a naimhde do bhá, agus ní raibh ann ach greallóg ar cheil an caileann an lofacht ina íochtar. Cuirfidh aon chloch amháin uisce marbh an locha go léir ar crith, ach is é an t-uisce a ritheas le fána a chartas ar shiúl an dramh agus a chuireas roth an mhuilinn ag casadh.

Ba é sin an fáth gur dhreapaigh mé le coim na hoíche an aill dhubh os ár gcionn agus gur bhreathnaigh mé sondaí dorcha an champa, gríosach na dtinte, na dearcaithe ar ard na faircsine, an trealamh agus an lón cogaidh. Agus ar feadh na hoíche sin go léir choimhéad mé mo lucht leanúna, oíche gan imeacht aimsire ina raibh toit luisneach na dtinte á tiomáint thar aghaidh na gealaí agus irse na sciath go fliuch faoi shioscaireacht an cheatha. Agus ar feadh na hoíche d'éist mé leis na fir fhaire ag scairteach ar a chéile, ach ní raibh ina nglór a thuilleadh ach liúireach fhadálach gan chreideamh agus b'fhollas ann uaigneas an éadóchais.

Bhí buaite ar an slua úd cheana; bhí a gcroí go fabhtach fochallach mar bhí sé gan tnúthán gan mhian agus is ón mhian amháin a thig fuinneamh agus foirtile. Amhail an seabhac a lingeas ón aill, a chrúba go háilíosach chun creiche. Nó an fharraige dhothuirsithe ag dornáscadh an chabhsa go bhfaighe sí an scoiltín a osclós di bealach an bhriste. Níor chosúil m'airmse leis an uisce ag tromú in éadan an bhalla, óir taos gan deasca a bhí ann, daoscar

gan ardmhian. Ní fhéadann na saighdiúirí leanúint nuair
nach dtuigeann na taoisigh treorú.

Is mar sin a mhachnaigh mé ar an aill go deireadh
oíche; agus le teacht dheirge na néal shocraigh mé go
nochtfainn arís don slua a bhfírinne féin, mar gineann
fírinne creideamh. Chuir mé chucu dá thairbhe sin na
filí agus na reacairí mar chuimhnigh mé gurb amhlaidh
a adaíodh fadó an lasair a rinne fir de lucht na moghsaine
iar bhfáil dóibh aithne fhíorga orthu féin. Agus cé nach
raibh dóchas ionam, thug mé an t-ordú agus chuaigh na
reacairí agus na filí i measc na míle. Tharla ámh go raibh
na filí agus na reacairí gan éifeacht agus thosaigh na
saighdiúirí ag magadh is ag ábhacht faoina rannaireacht.

— Bíodh ciall le bhur gceol, adeireadh siad, agus
canaigí dúinn faoi na rudaí is tábhachtach linn, faoi
bholadh an bhia tráthnóna, faoi loinnir an airgid agus
faoin só a fhorálann sé. Cá fearrde sinn an rámhaillí
seo?—

Mar bhí an t-aos dána ag móradh a gcine, a n-eacht-
raí is a n-uaisleachta agus ag tathant a ndualgaisí ar a
gclann.

Leis sin tháinig na taoisigh chugam, dream aingiallta,
agus rinne siad gearán faoi na filí.

— Droch-cheoltóirí iad, a mhaígh siad, agus is gráin
leis an slua na téada taidhiúire seo.—

Ach is rómhaith a thuig mé fáth an cheoil nár chorr-
aigh croíthe; bhíothas ag salmaireacht le dia a bhí bás-
aithe. Óir bhíodh binneas na fírinne i gceol na seanfhilí
agus bhí cluas don bhinneas sin ag a lucht éisteachta. Ach
cén luach atá ag an phéarla i measc na sliogán néamh-
ainne san abhainn nuair nach bhfuil duine ann chun é do
shantú? Cinnte maireann a áilleacht díreach mar mhair-
eann an áilleacht bhanda, bíodh sé i lúb cruinnithe nó ar
an uaigneas. Ach cén chumhacht atá ag an áilleacht sin,

cad a chuirfidh á dhéanamh, mura bhfuil súil fhireann
ann a ghéillfeadh di? Mar an gcéanna, ní chorrófaí mo
mhuintir arís ag banghuth na sinsearachta go bhfoinseodh
an fhearúlacht iontu athuair. Ach ní éistfí choíche le
siansa filíochta gan acmhainn cheoil.

Mar bhí caillte acu an rud a thug ciall dá gcuid
gleithearáin. Is fearrde threabhfar an gort cluas do bheith
ag an treabhdóir do cheol na sinsear; ceol a cumadh do
bhriseadh an bhranair le háirleoga láigheann. Is den oidh-
reacht iad araon, gort agus ceol, agus is uaislede an
leanbh an taisce a fhearann an t-athair air ina dhiaidh.
B'amhlaidh dár n-aithreacha a choscair an caorán le ceol
agus a theilg iad féin ar an namhaid ar son fhonn na
bhfilí. Ach thuig mé nárbh iad na filí a chuir faoi dhraí-
ocht cheoil iad ach guth séisbhinn na síorghairme. Gidhea,
ní raibh maitheas a thuilleadh ins an fhilíocht agus ní
raibh agam aon ghairm slua a bhaileodh neart na mílte.
Ina theannta sin, thosaigh saobhfhilí ag cluanadh na
ndaoine agus fuair gach aon a lucht leanúna. Ach níor
réitigh siad le chéile ina soiscéalaíocht agus bhí ár neart
á sceanadh acu. Le barr éadóchais, d'iarr mé ar Dhia
ansin foilsiú na fírinne a chruinneodh iad go léir faoina
thearmann.

Ba chrua áfach agus ba chasta an chonair a leagadh
amach dúinn.

VII

AIMSIR an fhómhair a bhí ann ach níor stad an bháis-
teach ar feadh na hoíche. Agus níor chodlaigh ár dtaoisigh,
ach ag marcaíocht leo ó thine go tine fan na líne ag caint
leis na gardaí agus na forairí le linn bhúirthíl na tóirní.
Ghéaraigh ar an bháisteach arís; toit na dtinte cnámh
á siabadh in éineacht leis an cheobhrán agus luisne na

lasrach á scáiliú ar tharr na scamall tormach. Ní raibh aon rud ag corrú; bhí ár n-óglaigh ina gcodladh. Ciúnas ar aghaidh na talún; ní raibh torann ann ach torann na spéartha.

Chomh luath is a nocht léithe fhuar na maidine, cuireadh ord is eagar ar an slua. Bhí seilbh acu ar fharragán leitheadach a d'imigh ina fhána chrochta síos i dtreo an namhad agus rianaíodh na gallóglaigh téagartha ina ranganna fan a fhaid. Is ann a bhí socraithe acu fogha na marcach scanrúil d'fhulaingt, san áit a mbainfí dena luas de bharr láib agus crochtacht na fána. Ní mó ná go raibh siad eagraithe ina n-ionad agus ag stánadh go fuar amach thar an mhachaire thíos nuair a chonacthas na sondaí doiléire ag bogadach sa cheo ag bun na spéire. Nocht chucu tascar fada an mharcshlua ag caismirneach thar an mhá isteach, mar bheadh nathair nimhe ann faoi sheiceann cruach. Agus ina ndiaidh anall, colúin na gcoisithe gan bun cleite isteach ná barr cleite amach, dromaí á mbualadh agus buabhaill is galltrompaí ag glórthaíl; iad go buacach, caithréimeach, lúcháireach; rabharta clogad is claíomh is sleá ag líonadh thar an bhán aníos.

Cóiríodh iad in íona catha agus d'fhan an dá shlua ag breathnú ar a chéile. Tháinig an tost sin orthu a mhothaíonn duine roimh bhriseadh na stoirme. Ansin d'éirigh gáir mhillteach ó na ranganna thíos, gáir tarcaisne agus bua, iolach coscair, agus chonacthas an marcshlua ag réiteach chun ruathair.

Ba chosúil le radharc ó shaol eile é. Cuimhne éigin mar seo, ní foláir, a bhí in intinn na sean nuair a chum siad na scéalta uafara úd faoi arrachtaigh a raibh gnúis duine agus cliabh capaill orthu agus a thug fogha faoi áras na ndéithe; neachanna sceonúla, dothreascartha, uaisle, agus nádúr na ndéithe agus na mbeithíoch araon iontu go léir.

Bhí siad míle ann, nó deich míle b'fhéidir, nó b'fhéidir céad míle. An machaire clúdaithe ag a ranganna tosaigh ar feadh radharc na súl. Fathaigh fear a bhí iontu, ag marcaíocht ar eacha ábhalmhóra, ina scuadrúin, ina ndíormaí, ina gcathláin. Cafairr chruach gan chleití ar a gceann, lúireacha cruach ar a mbrollach, claimhte dhá fhaobhar nocht ina láimh.

Ansin, scar marcach aonair ón slua go mall, réidh. Tharraing sé a chlaíomh, d'ardaigh os a chionn é. Agus bhog na díormaí ábhalmhóra chun siúil. Anuas leo, an marcshlua millteach úd, a gclaimhte in airde, a meirgí agus a mbratacha ar foluain, cathlán ar ghuala cathláin, cathlán i ndiaidh cathláin. Anuas leo ag gluaiseacht mar bheadh aon duine amháin ann, mar bheadh aon tonn fhada amháin á caitheamh féin le cladach agus na lúireacha ag drithliú amhail scoil éisc ina lár.

Spréigh an tuile arrachtach amach ar urlár an ghleanna; chítí iad trí bhréidí taise an cheo nuair a scaipeadh an guairneán gaoithe é. Bhí siad ar lánsodar anois, chomh dlúite táite agus a bhí ar dtús, go dúrúnta bagarthach ciúin. An talamh ar crith le torann bodhar na gcrúb. Tranglam áibhéileach na lann agus na gcafarr, agus mása na gcapall ag léimneach.

Ar an chnocán os a gcomhair, laistiar den imeall, bhí lucht ár gcosanta ag feitheamh, ranganna dochta na ngallóglach ag éisteacht leis an rabharta sceonmhar ag líonadh aníos chucu. Chuala siad trup na mílte crúb ag teacht i ngar, gíoscán rithimiúil na lúireach, glagarnach na gclaíomh, in aon srann fadálach fíochmhar amháin. Thit tost uafásach orthu nóiméad, agus iad ag dul as amharc ag bun na fána. Ansin nocht líne fhada lann chucu thar fhíor na spéire, lanna á ndiúracadh in airde, agus líne cafarr ina ndiaidh, agus meirgí agus bratacha agus trompaí, agus gáir chatha as na mílte scórnach. Bhí an marcshlua ar bharr an aird, agus an cnoc go hiomlán ar crith faoina satailt.

Thug siad faoi na ranganna téagartha mar bheadh maidhm sléibhe ann. D'fhan na coisithe gan corraí, an chéad rang ar a leathghlúin ag glacadh forrán na marcach ar a bpící, an dara rang ag láimhseáil a dtua scanrúil ar a dtáinig tríd. D'imigh ranganna iomlána as amharc, á mbrú faoi mheáchain na n-each. Scoilteadh cafairr agus maistríodh capaill i measc rothlam marfach na dtua. Na gallóglaigh seo, ba ailltreacha cladaigh iad, agus bhí na marcaigh amhail tonntracha an lán mhara. Níl ní ar bith is seasmhaí ná an aill, ach níl sárú le fáil ar an lán mara. Fuarthas na laochra treascraithe ar fhód an chatha, ach fágadh a muirín gan chrann foirtile ná sciath a gcosanta.

Bhí an spéir faoi chlúid scamall an lá ar fad. Ach díreach nuair a bhí an dá arm ag bailiú fuílleach a nirt, scar na néalta go tobann óna chéile ag bun na spéire agus lig eatarthu, trí bhearnais na mbeann anonn, deirge uafar ábhalmhór na gréine ag dul faoi.

D'éirigh cathláin a gcoisithe as foscadh na fána, ag teacht ina rúide, agus thosaigh an doirteadh fola deireanach. Mhothaigh gach óglach an t-arm ar fad ag géilleadh sa chlapsholas; bhraith siad bogadh leitheadach an bhriste. D'fhill an slua isteach ar a chéile ar gach taobh i bhfaiteadh na súl agus thosaigh an rith mar bheadh sruth na habhann á shaoradh ar uair na cascairte. Lúbadh an líne, agus feacadh, agus briseadh, agus scoilteadh. D'imigh gach aon rud ina thuile, á chartadh, á dheifriú, á theilgean chun reatha.

Tháinig marcshlua úr aniar aduaidh ar an daoscar briste, ag brú, ag maistriú, ag ropadh, ag tuairgniú, ag gearradh. Dlúthaíodh leis an mheilt agus an smísteadh, agus d'imigh an guairneán uafar leis thar choirp na marbh agus na mbeo araon, ag plúchadh na mbóithre agus na

gcosán, ag líonadh na machairí agus na gcnoc, ag pulcadh
na ngleann agus na gcoill. Screadanna an éadóchais, búir-
thíl na feirge, airm agus éide á gcaitheamh i measc an
arbhair agus ar fhéar na bpáirceanna; daoine ag gearradh
bealach éalaithe dóibh féin le faobhar an chlaímh; deir-
eadh le cairdeas na gcomrádaithe, le húdarás na n-oifig-
each. Uamhan nach bhfuil inse béil air ar an uile thaobh.

Thall agus abhus, áfach, d'fhan díorma óglach ina
seasamh ar pháirc an chatha, á gcosaint féin ar ardán
beag nó i muine scaite crann, gan corraí astu mar bheadh
carraigeacha i lár tuile an teichimh. Chruinnigh dorcha-
das na hoíche thart orthu agus a naimhde ina dtimpeall
mar bheadh slua taibhsí ann. Scáilí marcach agus each
idir iad agus léas, loinnir dheireadh lae ina beochan
solais ar lann agus ar chlogad, spéir an iarthair go bán
idir crainn na sleá agus cafairr na bhfear, badhbhanna
an áir ag foluain os a gceann anuas. Cornaíodh iad go
fadálach i gcoim an dorchadais agus dhruid siad leo go
righin brúite ó láthair na tubaiste, chun tarrtháil do
dhéanamh ar an méid a bhí ar láimh tharrthála.

CUID A DÓ

TURAS

Ionas go mbí fhios ag an ghlúin atá le teacht, ag an chlann mhac a shaolófar; ionas go n-éirí siad agus go n-insí siad dá gclann féin.

— Salm 77

I

LE TEACHT na maidine bhí an ghrian ag lonrú mar bhí riamh, éanacha ag ceol, aoibh shamhrata go fada leitheadach thar choill is mhachaire, ar neamhchead do chruadáil dhaonna. Ba bhocht an t-amharc a bhí le feiceáil ar pháirc an áir agus ba é mo chrá nach bhfuair mé bás i gcuideachta mo churadh. Agus sinne ag déanamh ár mbealach go brúite as an ghéibheann ina raibh muid, ag bailiú linn na mná a bhí ag déanamh ar an láthair a chuartú a muintire agus ag glacadh chugainn na teifigh a bhí ag plódú as bailte scaipthe na tuaithe, gheibhimis corrspléachadh ar fhaolchoin ag téaltú as an bhforaois nó ar fheannóga agus fiacha dubha ár gcoimhéad ó bharr crann nó iolair ag screadach anuas ó bheanna na sliabh. Ba choscarthach an chongháir sinn ag streachailt suas isteach sa bhforaois agus iarmhar na ngallóglach ina bhfál cruach ag déanamh sciath thar lorg dúinn go dolba, agus sinn ag iarraidh an fiodhbhach do chur eadrainn féin agus farairí an namhad.

Ba chrua an chinniúin a bhí tar éis teacht ar shean-bhunadh na tíre agus iad á seilg mar bheadh beathaigh allta ann ar fuaid a ndúiche. Mura mbeadh nós na buail-íochta ar an sliabh, bhí muid caillte, óir ba dheacair do na teaghlaigh seo, idir sheanóirí agus mhná, leathstócaigh agus leanaí cíche, a ruaigeadh as a mbailte cónaithe gan trua gan trócaire, ba dheacair dó sin a mbeatha do bhaint as seisce na sliabh. Ach d'éalaigh muid isteach i mbothóga a dhéanamh ár scíthe agus chreach muid iomairí buailte ar lorg beagán bia agus d'aimsigh muid pé eallach a tarrtháladh óir ba sháreolach ár gcine ar chosnamh creiche.

Agus le linn don namhaid agus dá bhfeidhmeannaigh bheith ina gcaor thine thar na mánna agus iad ar fiuchadh chun fola, rinne muid baiclí sceonmhara na ndíbeartach do thiomargadh amuigh ar uaigneas na cúlchríche. Is ann a rinne muid sos agus cónaí gur chuir muid an t-aoitheo tharainn, gur théarnaigh ár gcréachta agus gur chneasaigh ár gcneá, ag cruinniú nirt agus ag glacadh uchtaigh. Óir níor mhian liom go gcluinfí goileog ár gcine go fóill beag.

Ach tháinig an pobal thart orm agus d'iarr orm iad do threorú chun an tsléibhe bheannaithe mar a raibh cónaí, dar leo, ar an athair a ndearna siad feall air. Éileoimid maithiúnas air, adúirt siad, agus feicfidh sé ár gcroíbhrú agus ár dtruamhéil, agus maithfidh sé ár mídhílseacht, mar is sinne a chlann agus an cine a thionscnaigh sé. Agus rachaidh sé romhainn ar ais ins an tír a thairngir sé dúinn agus béarfaimid bua agus beimid saor.

Agus d'fhreagair mé iad agus dúirt:

— A phobail liom, is áil liom sibh bheith dílis agus buan agus saor. Ach is é tús na dílseachta bheith dílis díbh féin. Cén fáth ar éirigh sibh tuirseach den tír a tugadh díbh? Bronnadh tobar uisce oraibh nach dtráfadh choíche agus chuaigh sibh a bhrionglóideach faoi fhuaráin úra. Baineadh an fearann sin díbh agus chaill sibh cuid éigin díbh féin ina theannta, ach feictear díbh gur leor seilbh d'fháil arís air agus go mbeidh an saol mór ina cheart. D'éirigh sibh bréan den tobar fíoruisce mar ba dhua libh bheith ag tarraingt as, agus theastaigh uaibh foinse a dháilfeadh uisce oraibh gan stró.—

Ach bhris siad isteach ar mo chuid cainte agus d'agair orm go práinneach iad do threorú ionsair shliabh a slánaithe, mar bhí fios acu go ndeonófaí domsa agallamh an athar mar go raibh sé sa tairngreacht go dtiocfadh sé ar

ais a tharrtháil a chlainne in aimsir a mórghátair. Gur
thug mé éisteacht dá nguí agus gur fhreagair iad.

— Ní hé nach áil liom, adúirt mé leo, sibh an sliabh
seo romhainn do dhreapadh ná lorg bhur n-athar agus
bhur n-ardeagnaí do chur. Ach ba mhaith liom go mbeadh
tuiscint ionaibh don mhian seo atá in bhur gcroí agus go
mbeadh eolas agaibh ar inchiall na dreapadóireachta.
Rachaidh mé romhaibh agus treoróidh mé sibh agus
déanfaidh eolas an bhealaigh díbh ach ní comharthaí
fearainn ná marcanna talaimh atá de dhíth oraibh ach
léargas ar fhíorbhrí an turais. Agus ní dul ar deoraíocht
a thairgim díbh de rogha ar áitreabh an bhaile, óir féad-
ann a bhrí féin do bheith le ceachtar acu. Is é is cás liom
an té a fhanas ina theach féin gan sonrú do chur ann,
mar ba cheart go mba bháire aige an teach, báire a
bhéarfadh sé gach aon lá ar an neamhní. Mar an gcéanna,
ní haithin dom lucht deoraíochta ar bith nach bhfuil faoi
chumha.—

Scairt siad amach arís, áfach, á rá go mb'fhearr leo
gan smaoineamh ar an teach a raibh siad lonnaithe ann
(óir bhí tús tuisceana ar mo chuid fáithscéalta á fháil
acu), mar gur dhíol na cladhairí go daor as a lofacht agus
gur mhithid dúinn anois imeacht linn ar lorg taca.

Agus chuir mé an cheist orthu:

— Ar theip ar bhur ndúchas, dar libh? Má theip,
éilím uaibh go dtabharfadh sibh breithiúnas oraibh féin,
mar is uaidh a tháinig sibh. Is táir liom an t-athair a
shéanas a mhac de bharr peaca do bheith déanta aige.
Is de féin an mac agus má théann sé i measc na gcomh-
arsan ag casaoid, scaoilfidh sé an ceangal idir é féin agus
a mhac, cinnte, agus seans go bhfaighidh sé suaimhneas
intinne. Ach is lúide é féin a bheart agus is é suaimhneas
a gheobhaidh suaimhneas an bháis. Is fearr liom an
t-athair, ach a mhac peaca do dhéanamh, a ghlacas a

sciar féin den mhilleán, a scrúdaíos é féin agus a dhéanas aithrí. Óir an té nach n-admhaíonn an teip, conas is féidir leis mórtas do dhéanamh as an bhua?—

Ba bhocht liom riamh an dream nach eol dóibh cad leis a bhfuil a bpáirt. Bíonn siad ar síorlorg cumainn agus caidrimh, ag déircínteacht fabhair agus faomhadh ar an domhan mór agus gan ach draothadh fáilte le fáil acu. Ní bhíonn fíorchaoin fáilte le fáil ag duine ach san áit a bhfuil a fhréamhacha.

Níl mé á rá nach mbainfear lasadh asat os comhair na gcoimhthíoch. Glac do chuid féin den náire ort agus bí páirteach inti; ansin beidh tionchar agat ar ábhar na náire agus beidh tú in ann é do ligean, agus do chneasú agus do mhaisiú. Agus bíodh amhras ort i dtaobh an dream a deireas:

— Féach an salachar úd acu, níl aon bhaint agamsa leis.—

Ach níl aon ní acu a bhfuil siad rannpháirteach ann. Cinnte, déarfaidh siad leat gurb é Dia a bpáirt, agus an tsuáilce. Níl ansin ach borradh gan bhrí. An bhean uiríseal a chaitheas a saol ag sciomradh urlár, is trí sciomradh urlár a fheicfidh sí Dia. B'fhusa i bhfad di dul le Dia agus éalú as glanadh na n-urlár. Óir ní i bhfocail atá an bheatha le fáil. An té, mar sin, a thugas breithiúnas gan a dhílseacht do ligean le haon chúis, níl ann ach baois in áit an ghrá. Agus má chuireann lucht do chomhthíre náire ort, níl maith ar bith a rá go bhfuil tú féin saor. B'fhéidir go bhfuil tú féin slánaithe, ach sacann tú iadsan siar isteach sa láib.

Cinnte go mb'fhéidir go gcuirfidh meatacht nó truaill-íocht do bhunaidh féin fearg agus diomú ort agus go mb'fhearr leat féin an tsuáilce do chleachtadh. Ach ná habair, ó tharla tusa do bheith glan, go ndéanfaidh tú iadsan do ghlanadh. Mar is comhartha tú féin ar an

eithne fholláin i gcroí do mhuintire; is í an drithle atá
beo iontu siúd atá 'do spreagadh. Agus is tuar é go bhfuil
daoine eile ann ag dreapadh as an dorchadas.

Ansin má deireann daoine leat gur den salachar sin
tú féin, bíodh cúiléith ionat agus déan freagra:

— Tá an ceart agaibh, is uaidh sin a tháinig mé.—

Is é mo mhian an grá do bhunú i gcroí mo mhuintire
istigh. Agus ní féidir don ghrá bheith ann go dtí go ndéan-
tar rogha, agus rogha nach bhfuil dul siar air. Óir ní
foláir an duine do chuimsiú agus do chúngú chun go
bhfása sé.

Gurbh ar an dóigh sin a chomhlíon mé fonn mo
mhuintire agus a fhréamhaigh an sólás ina n-anam. Agus
bhí siad lán lúcháire agus áthais nuair a thuig siad gur
ar na sléibhte a bheadh ár dtriall. Ná ní leomhfainn a
soineantacht agus a sóntacht do bhogadh, ná faitíos
m'anama féin do ligean leo.

Thosaigh muid agus d'ullmhaigh muid chun imeachta.

II

Bhí an uair buailte linn; níorbh fholáir bogadh chun
siúil. Chuaigh mé thart i measc mo mhuintire ag blaiseadh,
mar bheadh mil dofhála ann, an ghleithearáin dheirean-
aigh. Bhí na hearraí cruinnithe agus na boscaí tairnithe,
agus ghluais mé liom idir na beathaigh mífhoighneacha,
trí bholadh na gcapall agus ghíoscán na n-úmach, ag
peataíocht beathaigh acu thall agus abhus, ag cur glúine
le gad-tarra nár teannadh. Agus ba chúis uabhair dom
an t-ord agus an t-eagar a chonaic mé ar an slua, óir
b'éarlais é ar an rialacht agus an neart a chruthófaí arís
ins an dream briste seo. Bhain mé taitneamh as teocht
agus téagracht mo mhuintire mar bhí siad ullamh don
turas fada agus don teirce, don fhásach agus d'aimsir

a bprofa. Bhí mé ar tí a gcothú le carraigeacha agus a
n-íota do mhúchadh le láib; agus labhair mé leo i dtaobh
a mbeadh le fulaingt acu, na caoráin gan fhothain, na
haibhneacha gan áth, na coillte gan chosán. Shiúil mé
ina measc arís ar uair na himeachta, i measc gíoscán na
srathar agus srantarnach na mbeathach agus díospóireach-
taí faoin bhealach a bhí le triall, an obair a bhí le roinnt,
an cruatan a bhí rompu. Ach níor ní liom an gearán ná
na mionnaí, óir thuig mé gurbh é sin an toradh a bheadh
ar ghrá danartha an anró. Agus ba chúis áthais dom bun-
úsacht mo mhuintire. Dá bharr sin, thug mé an t-ordú
agus ghluais muid linn. Ba chríochnaithe am na cainte
agus na hóráidíochta. Bhí an t-am ann anois don tost
agus don amhras, don phian agus don fhíréantacht gan
tuiscint.

Ba léir feasta eisint agus inchiall na himirce seo. Lig-
eadh chun dearmaid callán na cainte agus baoithe béar-
lóireachta. Ní stadfaí feasta; ní rachfaí ar ais. Dá mba
aill a choscfadh an bealach againn, rachfaí timpeall air;
dá mba bhoglach, gheofaí cosán tríd, ba chuma chomh
casta leis. Dá rachadh an beathach in abar, tharraingeofaí
as é; dá dtitfeadh, luchtófaí droim na bhfear. Ansin
chasfaí ar an treo arís, ionsair an aird chéanna i gcónaí,
i dtreo an réalta a bhfuil ár líon faoi smacht aige. Dá
mhéid ár bhfulaingt, is ea is mó ár ndíbheirg. Tá muid
athraithe; is ionann anois sinn agus cloch a ligtear le
fána nó lasair a chuirtear leis an chonna tirim.

Agus ins an oíche, nuair a bhrisfí ar eagar na máir-
seála agus a lasfaí na tinte cnámh, ghluaisfinn ó thine go
tine ag cur síos ar an aistear a bhí romhainn. D'éistfinn
na gearáin agus scéalta áibhéile an bhealaigh agus níor
mhiste liom ann iad, óir is amhlaidh sin a chumtar na
finnscéalta agus is amhlaidh fós a chruthaítear eachtra an
chine. Nuair a bheadh an chuairt críochnaithe agam,

bheadh an seanchas ar siúl cheana thart timpeall na dtinte
agus fonn ar ógaibh eachtra an lae inné do shárú. Gurb
amhlaidh sin a ghinfí mian chun imeachta, agus bheadh
fuinneamh an tslua ag síoréirí mar bheadh sruthán ag
at chun tuile, nach féidir le haon bhac seasamh ina
choinne.

Bhuail muid bóthar, cé go raibh neoin bheag agus
deireadh an lae ann, óir theastaigh uainn bheith i bhfad
ar shiúl ó ghreim an namhad agus ó chuimhní coscar-
thacha na tubaiste roimh theacht na maidine. Oíche álainn
a bhí ann, den chineál a gheibhimid go minic ins an tír
seo againn, chomh mín moiglí sin nach acmhainn do
scuaibín péintéara ná d'fhocail fhile a háilleacht do léiriú.
An ghealach ris i gceartlár na firmiminte agus cuirtíní
néalta thart timpeall a bhí á scaipeadh de réir a chéile,
dar leat, ag a gathanna. Leathnaigh an solas go formhoth-
aithe thar na sléibhte agus thar a gcuid beann gur fhág
loinnir ghorm airgeata orthu uile. Puth gaoithe ní raibh
le mothú. Ba chlos ins na coillte agus i ngága na gcarraig
píobarnach éan agus siosarnach duilliúir mar a raibh siad
á socrú féin i gcomhair na hoíche agus gliondar orthu
de bharr gile na spéire agus séimhe an aeir. Siabhrán
sruthán ag éirí go síochánta as íochtar na ngleann.

Chuaigh muid an t-áth thar an abhainn ag bun an
ailt agus shín linn suas ar sheanchosán na mbeathach
tríd an fhoraois. Bhí muid ag fágáil inár ndiaidh na mach-
airí glasa ina luí go suaimhneach thíos fúinn agus iad ag
dul as amharc faoi cheo bog na farraige. B'éagsúil leo an
radharc a bhí romhainn. Ag crochadh thar na srutháin,
ina ndosanna ar na creagacha agus ar na beanna, ina
bhfolt catach dubh ar fuaid an ghleanna, nocht romhainn
crainn den uile shaghas agus den uile dhéanamh, iad
snadhmtha ina chéile os cionn an chosáin nó á dteilgean
féin i dtreo na spéire chomh hard sin go mba thuirsiúil

bheith á mbreathnú. Ghearr muid agus stróic muid ár mbealach romhainn go saothrach fadálach, agus stráice leathan bharradhóite á fágáil inár ndiaidh againn. Agus níorbh fhada eireabali na scuaine bailithe leo isteach sa choill, agus dusta a n-imeachta ar foluain go fóill thar a n-éis, nuair a bhí an chasarnach ag tanú roimh a dtosach agus na forairí ag brúchtadh amach ar na caoráin arda.

Maidir liom féin, bhí mé ag taisteal liom, ag breathnú síos ar an talamh agus mé crom mar bheadh ualach á iompar agam. Óir bhí uair na héigeandála buailte liom féin cé nárbh eol dom é. Chonacthas dom go raibh an ghairm seo mar chloch bhrón a cheanglófaí dom, ualach nach raibh mianaithe agam agus a chuirfeadh mo chinniúin ó mhaith. Ní raibh mé riamh ag dréim leis an bharrchéim seo, sa dóigh nach raibh fiú sásamh mo mhian mar shólás agam. Mhothaigh mé anois an mheáchain a thromaíos ar an uile thaoiseach agus an t-uaigneas a scaras é óna chomhdhaoine agus a bhrús síos go talamh é. Le teacht an leatroim agus an bheaguchtaigh, shíolraigh an t-amhras ionam chomh maith agus bhorraigh ionam agus d'fhás gur chuir an saol ó aithne orm, ionas gur theastaigh uaim tabhairt suas don mhire seo go léir. Óir dar liom gur bhrionglóid a fuair greim orm, mian ársa éigin de chuid mo shinsear nár comhlíonadh riamh agus a ghlac mé chugam i ganfhios, á tógáil in ainriocht mo dhualgais féin. Phlódaigh na mianta a bhí in aice le mo chroí ina gcongháir ar ais isteach ionam, gach a ndéanann saol an duine infhulaingthe; aisling ghrianmhar a bhí comhdhéanta de thráthnónta síochána agus d'aithleá teolaí an ghrá, d'áiteanna aithnidiúla agus den aoibhneas beag, agus dul in aois faoi ómós agus ar fhoscadh mo shleachta. Go dtáinig searbhas orm leis an dóigh ar mealladh mé agus an fhearg ina rachtanna, ag cuimhniú dom ar an chinniúin a d'fhág i sáinn mé agus a bhí gnóthach riamh

ag cumadh mo chriche. Cén fáth go mbeinnse a mo chrá
le mórcheisteanna, ag fuascailt fadhbanna mo chomharsan
agus ag déanamh íobartha díom féin ar mhaithe le daoscar
do shlánú nach raibh slánú i ndán dóibh?

Dar liom gur léir dom feasta chomh díomhaoin is bhí
mo chás. Mé iata isteach i gcillín m'aigne féin agus a mo
chnagadh go dall in éadan na gceithre ballaí mar bheadh
éan ann a tháinig fá theach. Cime a bhí ionam i gcathair
ghríobháin mo smaointe féin. Óir gach uair a mheas mé
éalú ar an ghábh, agus an duán do tharraingt as an bheo
ionam ar deireadh, thógtaí agóid aimhréiteach i m'intinn
mar bheadh monabhar na n-iomad glór ag teacht chugam
ó i bhfad i gcéin, agus bhaintí stad asam faoi mar ba
ghuth gaoil a labharfadh liom, guth nár dhual dó ach comh-
airle mo leasa do thabhairt uaidh cé go raibh ag dul díom
a aithne. Agus ní fhéadfainn cinneadh ar tharraingt siar,
mar gur léir dom cinniúin mo chomhdhaoine do bheith
ag brath orm, agus gur léir fós, ach cúl do thabhairt aon
uair amháin leis an fhírinne, nach mbíonn deireadh leis
an bhréag choíche. D'iompaínn mar sin go leascúil ón
leas fealltach agus thugainn m'aghaidh go dáigh le dor-
chadas na pluaise chun dul i ngleic arís le cumhachtaí an
chathaithe, leis an ollphéist seo ba ghiorra do mo chroí
ná mo choinsias féin. Ba bheag an mhaith dom aon
chosnamh do thógáil ina choinne mar bheadh laistigh de
ar an toirt, ag lúbarnach thart orm as an nua agus a mo
chornú leis síos i nduibheagáin na haimiléise agus an
éadóchais. Óir ní mó ná go raibh mé tagtha i méadaí-
ocht agus is annamh tuiscint ag an óige ar acmhainn
fhulaingte an duine.

Bhí mé ag creathnú mar sin idir an dá chomhairle
agus méid m'uamhain roimh gach rogha acu a mo shíor-
chur de shlí mo smaointe. Nóiméad gearr agus bhreath-
naigh mé ar an todhchaí. Dul ar aghaidh agus leanúint

don ghairm seo a fuair mé! Tháinig éadóchas gan chuimse orm nuair a chuimhnigh mé ar gach a gcaithfinn scarúint leis, gach a gcaithfinn aghaidh do thabhairt air. Chaithfinn slán d'fhágáil ag an saol sámh a chleacht mé, ag an tsaoirse agus ag lucht mo pháirte, ag gach a raibh an saol ag geallúint dom—agus is dúire tabhairt suas don dóchas ná don tseilbh. Agus ina ionad sin, cúram athar do ghlacadh chugam gan grá céile ná clainne mar mhalairt air; uaigneas an treoraí de rogha ar mhuintearas na gcarad; bheith i m'imirceoir i seirbhís mo mhuintire gan slándáil gan seasmhacht ar feadh mo shaoil. Sin nó cúl do thabhairt le dualgas agus le fírinne. Ba chuma cad a dhéanfainn, thiocfainn ar an aincheist chéanna i gcónaí in íochtar mo smaointe thíos: filleadh ar pharrthas an tsaoil agus bheith beo ann i m'ainspiorad, nó gairm na fíréantachta d'fhreagairt agus aghaidh do thabhairt ar an chéasadh gnách.

D'fhilleadh an crá croí orm i gcónaí an dá luaithe agus a mhothaínn go raibh sé caite díom agam. Théadh meascán mearaí ar mo smaointe. Thagadh an támh agus an toirchim sin orm is saintoradh ar an éadóchas. Ó am go chéile dhéanainn iarracht an tuirse do chur díom agus greim d'fháil ar mo chéill arís. Thugainn faoin cheist do chur orm féin agus do fhreagairt aon uair amháin agus an uair dheireanach. Tabhairt suas dó nó dul ar aghaidh? Ní fhéadainn ceachtar acu do thuiscint ina cheart. Na hargóintí go léir a chuir mé trí mo mhachnamh, bhí siad ansin ina gcrithloinnir os comhair m'aigne agus scaiptí iad ceann i ndiaidh an chinn eile mar nach mbeadh iontu ach toit. Agus fuair mé aithleá fuar an bháis i mo thimpeall, óir ba chuma cén bheart ar a gcinnfinn, bhí an t-éag i ndán do chuid amháin de mo shaol. Bhí béal na huaighe ar leathadh ar chlé agus ar dheis araon, agus uair na hagóine buailte liom nuair a chaithfinn scarúint leis an fhírinne nó leis an só.

Ní raibh sos ná stad in imirce mo mhuintire rith an ama. Choimhéad mé laethanta deiridh an fhómhair ag sileadh uainn agus sinn ag gluaiseacht linn thar chaoráin agus dhroimshliabh, trí ghleannta cúlriascmhara agus altáin chnapánacha. Bhí an geimhreadh ag druidim linn agus dá ghruama d'éirigh an séasúr, b'amhlaidh ba mhó a bhí sé ag teacht le mo mheon. Dar liom, agus an lionndubh a bhí orm, go raibh dreach na tíre ag freagairt don dubhchinniúin a leagadh orm féin. An duilliúr ag imeacht ó na crainn amhail blianta m'óige ag sleamhnú uaim, na bláthanna ag seargadh mar ciorraíodh mo dhóchas féin, na héanacha eachtrainn ag teicheadh ina scaothanna roimh an ghairfean mar scaiptear ár n-aislingí ag cruadáil an tsaoil, glagarnach na ngéanna fiáine ag teacht chugainn oícheanta seaca mar bheadh glór an uaignis i gcroíthe na n-imirceoirí dearóile seo idir dhá dtír. Óir dar liom go raibh níos mó cuimhní agam ná mar bheadh dá mbeinn céad bliain d'aois, agus bhí gach rud ag labhairt le mo chroí faoi cheilt ag scaoileadh rún an am a bhí le teacht.

III

Go DTí sa deireadh gur shroich muid gleanntán seasc i gcroílár na díthreibhe a raibh an chuma air nach bhfásfadh aon lus ná tor ar a ithir nimhe. Bhí lochán marbhánta ina íochtar gan oiread agus cuilithín ar a dhromchla dúghorm ach oiread is bheadh ar linn luaidhe, agus scáilí gruama na mbeann thall ag cur le fuaire a dhreiche. Thosaigh an scuaine fhada ag caismirneach go fáilthí síos agus alltacht ina súile ag féachaint seisce an talaimh agus dúrún an uisce dóibh. Áit a bhí ann, dar leo, a cuireadh faoi chrann smola anallód agus ba scaollmhar mar a bhreathnaigh siad an radharc úd na hainnise agus an bháis.

Bhí mé féin ar tí dul síos ar dheireadh an tslua agus
léan an bháis i m'anam agus sheas mé go dtabharfainn
súil thart arís ar an ísleán garbh tárnocht seo i gcrioslach
na gcnoc. Tháinig ga gréine aniar trí bhearnas an tsléibhe
gur fhoilsigh an comar dorcha ar imeall an locha thall.
Bhain sé drithle seal nóiméid as an toirt íseal bhán.
Bhreathnaigh mé go grinn ina threo agus rinne mé amach
sraith carn den aon déanamh amháin fan an chladaigh
thall. Sciord scáth na néal leis suas an sliabh agus léirigh
an gealán dom rang leachtán grianchloch ag glioscarnach
go neamhshaolta ar urlár dorcha an chaoráin. Agus
chuimhnigh mé ar lucht seanchais ag trácht ar an adhlacan
dearmadta, ar an bhrú sí mar ar leagadh ríthe an tsean-
saoil fá chónaí. Dhruid mé liom síos gan mo shúil do
thógáil díobh mar bheinn faoi dhraíocht ag a maorgacht
ársa. Agus ar toradh moille bhí mé in ann na galláin
ábhalmhóra d'fheiceáil ina bhfáinne thart ar gach tuaim
acu, agus linnte dorchadais faoi na fardoirse is iad ar
leathadh go craosach le héirí na gréine.

Shuigh muid ár gcampa cearnógach an oíche sin ar an
gharbhfhraoch agus carra is cairteanna ina sonnach dain-
gean mórthimpeall air. Shiúil mé amach uaidh i m'aonar
go mbreathnaínn teacht na hoíche, agus choimhéad mé an
sprais dhubh nár mhó ná cearnóg sráidbhaile ar an bhlár
doicheallach mar a raibh dóchas agus cinniúin ár gcine
i dtaisce. Ba chosúil le margadh é faoi láthair, mná ag
gleithearán fá na tinte agus páistí ag súgradh i measc na
mburlaí, na fir ina mbaiclí ag caint nó ag stánadh amach
thar an chaorán. Agus tháinig sceon ionam nuair a
chuimhnigh mé ar chomh haibrisc tréithlag agus bhí an
mhuintir seo liom.

Chuimhnigh mé ámh go raibh neart sa chur le chéile
agus go raibh ord curtha againn ar an fhásach seo trí
chrot cearnógach ár gcampa do bhunú ina lár. Agus ar

eagla go dtiocfaí as lár an aeir air, bhí lucht faire amuigh agam ag éisteacht le fuaimeanna na hoíche, ionas go raibh mo champa á bheathú féin ar bhagairt agus ar dhoicheall na díthreibhe.

Thug mé mo chúl leis agus d'imigh amach ar bhruach an locha mar a raibh tuamaí na marbh go mílítheach faoi sholas fuar na réalt. Ag dul i méid a dhealraigh siad a bheith de réir mar bhí mé ag teacht i ngar dóibh, ag éirí aníos ina sondaí taibhseacha as an charraig dhubh. Shiúil mé go hurramach timpeall a gcompail choisricthe mar a raibh na galláin ghreanta ina mbábhún ar spioraid na marbh. Agus níor mhothaigh mé rompu ach urraim agus ardmheas.

Bhí mé ag cuimhniú go mb'éigean do lucht a dtógála an ghrianchloch seo do bhailiú ó i bhfad i gcéin, agus ní fios cén t-anró agus cén cruatan a ba ghá chun na galláin seo do thógáil agus clocha na bhfardoirse do shuí ina n-ionad féin. Agus taobh istigh den bhrú diamhrach, ar chaith pobal anaithnid a neart lena chumadh, níl ach cnámharlach duine nó moll beag luaithe. Nár bhocht, nó nár bharrúil, an scéal é nach raibh fágtha de shaothar an chine seo ar fad ach uaigh! Ba é a rith liom gur fás bheith ag iarraidh dúchas mo mhuintire do shábháil nuair is é seo is deireadh ar an uile ní.

Ach chonacthas dom nárbh é fios a neamhní féin a thug ar an duine a leithéid de leacht do thógáil, ach dóchas na beatha suthaine. Ní carcair a tógadh anseo a gcuirfí an corp fá chónaí inti ach urdhamh a d'osclódh ar shonas gan chríoch. Ba chuid riachtanach de shaol an chine na séadchomharthaí seo. Agus anois bhí siad ag coinneáil a gcuimhne buan i bhfad tar éis éaga dóibh féin, agus á n-athbheochan le linn na nglúnta a tháinig san áit a fágadh folamh acu.

Mhachnaigh mé ar shruth malltriallach na mblianta agus na gcéadta, ar chreimeadh coscarthach an ama. D'fhéach mé na tuamaí ársa agus smaoinigh ar an taisce bocht a bhí ar caomhnadh iontu. Tháinig chugam ar an ghaoth boladh toite an champa agus a challán déanfasach. Agus ba bheag liom a ndéanfainn d'íobairt chun an taisce a bhí beo do tharrtháil agus do bhuanú agus do chur i bhfriotal, dá mba ghá, i séadchomharthaí cloiche agus ceoil agus focal. Óir thuig mé gurb iomaí slí inarbh fhéidir do chine bás d'fháil ach gurb í an tslí is lú pian agus is marfaí éifeacht ná a gcuimhne do ligean uathu. Óir is cuma cad iad na séadchomharthaí a fhágann siad ina ndiaidh, níl iontu go léir ach tuamaí nuair nach beo don chine a thuilleadh, nuair nach nglacann siad lena ndúchas féin. B'fhiú liom feasta mo shochar féin do ligean le sruth ach é bheith ar mo chumas cinniúin mo mhuintire do thabhairt in éifeacht. Ba chuí an ball do dhíthiú ar acht an corp iomlán do shábháil ar an léig.

Gur ar an bhealach sin a shábhálfaí mé féin ar ionradh an bháis agus an neamhní. Dhéanfaí scrín de mo mhuintir, má bhí an bhuaine i ndán dóibh, ina gcoinneofaí mo chuimhne beo amhail taisí naoimh ina gcumhdach beann-aithe. Ní bheadh scaradh ag m'ainm le scéal mo mhuintire, ach oiread agus is féidir rún an ailtire do dhealú ón teampall; ná níor ghá dom clann a chuirfeadh ordóg an bháis ar mo shúile, mar gach glúin dá dtiocfadh bheadh ina shliocht agam. D'aithneofaí mo thréithe ar a gceann-aithe agus ba chúis bhróid dóibh bheith ag maíomh a n-atharthachta orm. Tuigeadh dom gur mar sin is féidir an bás do chloí agus teacht thart ar an neamhéifeacht is baol dúinn, tú féin do dhiomailt ar mhaithe leis an fhírinne agus do mhalartú ar an ní is buaine ná an duine. Óir is é is fíorshaoirse ann do shaoirse bheag féin do thabhairt uait.

Gurb amhlaidh sin do mo mhachnamh agus mé ag spaisteoireacht ar chladach na cianaoise agus ag baint fátha as torchar na haimsire i mbéal na trá. Shiúil mé le hais mhian chroí an duine agus caolaíodh mo mhór-chúis féin. Foilsíodh dom go raibh ré na féinspéise caite agus gur ar scáth a chéile a mhairfimis, mé féin agus mo mhuintir, dá mba shaol a bhí i ndán dúinn in aon chor. Mhothaigh mé tinfeadh na marbh ar mo ghaobhar, na tréin úd a chreid gur dhual dóibh bheith beo. Ní hé gur spreag a sampla mé mar ní raibh aithne ná eolas agam orthu. Ach bhorraigh an t-uchtach i mo chroí as an nua agus bhraith mé mar bheadh tine a lasfaí i m'anam, a leágh a dhromchla reoite. Agus shíl mé go raibh uaráin bhoga ag beathú mo thola arís leis an dóchas agus an díbheirg. Mar bheadh an ghrian tar éis éirí thar dhearóile an gheimhridh, agus mo mheanma ag teacht i gcrann arís faoi lonrú na gréine sacrálta. Gur ghlac mé arís leis an ghairm a deonaíodh, ní le fonn maoithneach ach le toil ba dhoimhne agus ba bhuaine, mar bheadh an lúithnire ag dréim leis an fhéacháil ghéar.

Agus chuaigh muid i gcionn ár n-aistir go hardaigeantach anóirthear, óir théigh croíthe mo mhuintire ag dearcadh shíocháin mo ghnúise dóibh. Thiomáin siad leo faoi ghliondar agus é creidte go daingean acu gur deonaíodh fís nó taispeánadh dom an oíche sin i ngleann na scál agus nárbh fhada uathu anois an sliabh beannaithe mar a mbeadh furtacht a n-athar le fáil acu agus fuascailt ar an uile fhadhb.

Ghluais siad leo gan staonadh, lán den chreideamh simplí agus den mhuinín, mar nach mbeadh iontu ach rudaí beaga agus iontaoibh iomlán acu as an té ab athair dóibh. Ach bhí sé i ndán go ndéanfaí iadsan do thriail agus do thástáil chomh maith.

IV

ÓIR dreasaíodh cumhachtaí na ndúl iontu agus sciúrsáladh iad le síon agus préachadh le fuacht. Cailleadh iad i bplúchadh sneachta agus caitheadh le haill iad i ndorchadas na n-oícheanta. Bhí siad ag stiúcadh le hocras agus á loisceadh le fiabhras, agus ní raibh siad beo, an méid a fágadh díobh, ach ar mhian doscartha a gcroí. Go dtí i ndeireadh dála gur léir go raibh cruatain na ngarbhchríoch beagnach thart agus fearainn úra ag oscailt romhainn sa tslí. Ní raibh le cur dínn ach aistear aon lae amháin.

Bhí muid ag déanamh ár mbealach go fadálach trí chlais chreagach sléibhe agus ailltreacha mearbhlánacha ar an dá thaobh dínn. Bhí sé ag druidim le meán lae. Néalta na spéire á seoladh go neamhchúiseach os ár gcionn, iad beag beann ar imeachtaí na buíne suaraí thíos fúthu. Bhí míshuaimhneas ag teacht ar ár gcuid ainmhithe, seitreach capaill le clos ó am go chéile thar tormán toll ár n-imeachta agus aoibheall ar an eallach mar bheadh siad ar tí dul chun scaoill agus imeacht uainn ina dtáinrith.

Bhí na tréadaithe agus an lucht buachailleachta ag streachailt leo ina ndiaidh. Iad ar bheagán líon. Seandaoine cuid mhór acu, tar éis ar teascadh uainn d'óigfhir. Iad marbh tuirseach. Níor ghá ach amharc ar an dóigh a raibh siad ag tarraingt a gcosa ina ndiaidh, agus a gcuid bataí go trom ina láimh. Níor mhóide go raibh rún daingean ina gcroí. Steallóga láibe ó bhonn go baithis orthu. Baicle acu amach chun tosaigh, a gceannbheart siar ar a gcloigeann, gan focal astu ná feadalach ná oiread agus comhartha láimhe uathu. Tháinig siad fhad le cor san altán; stad siad tamall, agus chonacthas iad ag dearcadh uathu síos thar an chosán cnapánach, ag tomhas anró agus contúirt an bhealaigh. Rinne siad moill seal faiteadh na súl ag breathnú go dolba suas agus anuas. Ansin tharraing fear acu an bairéad anuas ar a éadan, agus chuaigh siad ar aghaidh ag tarraingt na gcosa ina ndiaidh.

Bhí siad i bhfad chun tosaigh cheana féin, leath bealaigh síos an fhána, agus an t-eallach agus tréada caorach ag teacht go fadálach ina ndiaidh. Na caoirigh bailithe go faiteach i gcionn a chéile mar bheadh tonntracha lábáin ann, driseacha agus tráithníní fraoigh i bhfastú ina gcuid olla agus féar brúite ar a gcrúba cáidheacha. Shiúil asal as lár an tsrutha amach agus sheas le taobh an chosáin i gcois dá leith. Tháinig searrach ina diaidh, a chloigeann amscaí ag slaparnach ó thaobh go taobh; chuardaigh an tsine agus thosaigh ag siolpadh go cíocrach, a mhuinéal sínte amach agus a eireaball ag croitheadh.

Leis sin chuala muid osna shnagach mar bheadh an sliabh ag múscailt as suan, osna fhada a d'éirigh ina búiríl thréamanta, agus d'imigh an airnéis go léir ina sí reatha le fána. Bodhraíodh ár gcluasa le tormán tóirní. Chrap muid isteach faoi bhrollach crua na haille agus d'fhan leis an rud a bhí ag tarraingt orainn.

Ar deireadh an tascair a thit an mhaidhm sléibhe; líon sí an bearnas inár ndiaidh agus d'fhág an dream a tháinig slán ag caoineadh. B'fhada fós an scileach agus an conamar creagach ag bogadh agus ag geitíl os ár gcionn agus ag sciorrú thar bhruach na haille. Fuílleach brúite a chorraigh go faiteach as a bprochóga sa deireadh agus a bhog leo i measc na mullán carraige a caitheadh fan an chosáin. Dar leat gur bhotháin tithe a bhí iontu, gan doras ná fuinneog orthu, caolsráideanna cama eatarthu mar bheadh baile beag ann. Ach ní raibh páiste ná bean

ná fear ann mar bhaile, ná foghar gutha, ná tormán
oibre ná gogarsnach cearc, ach tocht an bháis agus an
charraig dhanartha. Agus néalta na spéire ag seoladh go
neamhchúiseach os ár gcionn.

Fuair muid a raibh fágtha dár dtréada scaipthe i gcéin
agus i gcóngar ar fuaid an ghleanna amuigh, ach tásc ní
raibh le fáil ar na fir dholba a bhí ina gceannródaithe
romhainn. Thóg muid a leacht agus chaoin muid na
mairbh go cionn na tréimhse cuí. Agus lonnaigh muid faoi
dhobrón le cois na habhann móire a bhí ag sileadh an
ghleanna ó dheas, agus níor thógáil chroí dúinn é go raibh
muid tagtha sa deireadh go ceann riain. Óir chonaic
muid uainn fíor an tsléibhe bheannaithe ina cruach státúil
os cionn chromshlinneáin na gcnoc.

D'imigh na laethanta thart agus bhí an léan agus an
t-éadóchas i gcroíthe mo mhuintire agus iad i láthair a
ndóchais. Ach bhí foighid agam leo mar bhí sé tuigthe
agam go dtagann bás roimh aiséirí. Oíche agus lá, bhí
tuargain toll na habhann inár gcluasa. Ag ardú go tréan
sa chiúnas agus ag leathadh a draíochta thar aigní daonna.
Uaireanta thagadh cuthach uirthi agus dhéanadh sí gla-
farnach mar bheadh sí ag tabhairt aghaidh a craois orainn.
Ansin gheibheadh sí faoiseamh agus ní chluintí ach mona-
bhar muirneach, gáire páiste, seoithín diamhrach, ceol
rince sí.

Agus shiúil mé i measc mo mhuintire agus labhair mé
leo faoi ghuth na habhann. Guth máthar, nach ndéanann
codladh choíche. Déanann suantraí dúinne mar rinne do
chiní eile a shuigh fána bruacha agus nach aithin dúinn
iad, mar dhéanfas ar feadh na gcéadta do shliocht ár
sleachta, ó fhás go haois agus ó aois go bás. Púscann aníos
trínár smaointe agus tuilíonn ar fuaid ár n-aisling; saip-
ríonn sinn go cluthar ina cheol cluanach agus bíogann sinn

ar uair na spadántachta le práinn a hurlabhra. Go dtí an lá a sínfear sinn faoi na fóide ar imeall na mara síoraí.

Machnaímis fuinneamh an tuile sin a thugas leis ár n-aigne. Dhiúl sé a bheatha ó chíocha ceilte na gcnoc agus bhailigh a urra óna sleasa, ag teacht ón sliabh mar tá muid féin tar éis teacht; agus sníonn sé gan staonadh i dtreo na farraige suthaine ar dual dúinn féin filleadh ar a bordaí lá is faide anonn. Spreagann a ghlór cianaosta an iomad aisling ionainn, aislingí ón am atá thart, barr-shamhailtí agus dóchas, cumha agus aiféala i ndiaidh na rudaí a bhí nó na rudaí nár cuireadh i gcrích; rudaí nach raibh aithne againn orthu ach a raibh muid iontu as siocair go bhfuil siad beo arís ionainne. Tá creathán tochta sa cheol sin le cuimhní na gcéadta bliain. An iomad brón, an iomad caithréim!

Agus thug mo mhuintir éisteacht do mo chaint. Agus nochtaíodh oileáin chuimhne dóibh as an abhainn sin na beatha. Oileáin bheaga scaipthe ar dtús, carraigeacha ag roiseadh dromchla an uisce. Timpeall orthu sa chlapsholas mar a raibh an lá ag breacadh, an sreabh leathan ag caolú leis go sámh. Nochtaíonn oileáin úra ansin, faoi órsholas gréine. Ardaíonn na cuimhní as duibheagán a n-anam faoi chrot gléineach na síochána agus nascann le chéile thar imeacht na laetha agus na mblian. Agus chuir mé ina luí orthu go dtiocfadh an tráth, nuair a d'imreodh abhainn na haimsire a draíocht, a mbeadh meas laochra orthu ag sliocht a sleachta, sea agus ag a naimhde féin, de bharr an éachta a bhí déanta acu, de bharr a ndílseachta don réalt eolais a rinne a dtreorú. Agus dúirt mé leo go mbeadh a bhfíréantacht ina heiseamláir ag na glúnta nár rugadh go fóill agus ina sampla ag lucht na dea-thola go deo. Óir bheadh cuimhne ar a n-ainm agus beannacht leis ó ghlúin go glúin agus bheadh an scéal ina fhoinse bheatha ag cách, ag aontú na gciní in aon chlann bhráthar amháin.

Mheabhraigh na daoine dá chéile mar ghlac Dia trua
dóibh féin agus dá sinsear agus bhorraigh an mhuinín
ina gcroí arís.

Gurbh ann a d'impigh siad orm dul in airicis a n-athar,
go bhfoilsítí dom a gcinniúin agus go ndéanainn a sábháil
agus a slánú, as siocair gur mise a oidhre róghrách ina
mbíodh a shólás. Agus rinneadh deasghnátha an íonaithe
go sollúnta agus ceangladh fíléad na fáistine fá m'uiseanna.

Agus chuaigh mé amach agus chónaigh ar an díth-
reabh. Rinne mé faire na ndaichead oíche ar shliabh an
reachta. Fís ná taispeánadh níor deonaíodh dom, ná ní
raibh saoi ná slánaitheoir ag fanacht le mo theacht. Ach
tá foilsiú faighte agam dá ainneoin sin; tá fios na bhfáth-
anna ionam de thairbhe mo mhachnaimh aonair, agus rún
i mo chroí a shaorfas mo mhuintir go deo. Is mithid dom
filleadh ar mo mhuirín, go scaoile mé mo rún agus go
roinne mé orthu fios a gcinniúna, go saora mé iad ar
gheimhle na fallsachta agus go dtreoraí mé a gcoiscéim
ar bhealach na dílseachta.

V

D'FHÁG mé an sliabh ina dhiaidh sin agus d'fhill as an
díthreabh ar mo mhuintir. Agus ba lúcháireach iad nuair
a chonaic siad chucu mé agus tháinig siad amach i m'airi-
cis le ceol agus le caithréim, mar ba bheag nach raibh
deireadh dúile bainte acu de mo theacht. Ná níor chuir
aon duine ceist orm ar bronnadh fear a slánaithe orthu,
ach d'umhlaigh romham go hurramach agus rinne mo
thionlacan ar ais go dtí a n-ionad cónaithe, mar bheadh
an foilsiú a tugadh dom ina luan láith ar chlár m'éadain.

Riar mé toradh mo mhachnaimh orthu dá éis sin agus
d'iarr mé orthu ullmhú chun bealaigh. Agus rachainn féin

rompu sa tslí agus dhéanfainn a súile dóibh, óir bhí sé
ceaptha dúinn dul ar bhóthar na fírinne agus teacht
isteach i dtír mar a ndéanfaimis áitreabh, mar a mbail-
eoimis neart agus mar a gcruthófaí croí úr ionainn. Agus
gheall mé dóibh nach raibh i bhfad eile le taisteal againn.

Ba mhithid deireadh do chur le gluaiseacht ár slua,
le seachrán agus le síorimeacht mo chine. Óir ba leasc
liom go gcaillfeadh siad a gciall don treo agus go ndéanfaí
díobh síolta á gcartadh ag an ghaoth. An oíche úd sular
fhág muid foslongfort agus mórchónaí, theastaigh uaim
an t-uaigneas agus théaltaigh mé liom amach ins an fhor-
aois. Bhí sé i bhfad anonn ins an oíche; oíche spéirghealaí
agus niamhar néamhanda ins an fhirmimint. Ní raibh
néal ná cuma néil le feiceáil, nó sin a mheas mé ar dtús;
spéir chomh ciúin, chomh loinnireach sin gur fhéach sí
mar bheadh foilmhe sárdhomhain sárnocht ann. Ach bhí
ceobhrán beag dofheicse ag tuirlingt ón spéir gan scamall
—ceobhrán a chuaigh go cnámh ionam agus a mhúscail
monabhar ceolmhar sí i nduilliúr na gcrann, i ndoirche na
dtor, i dtáipéis gheal an chaonaigh.

Bhí uair na héigeandála tagtha, uair an dualgais,
uair na héirime. Is mise an ceannaire agus an ceann urra
agus is mise atá freagrach in athchruthú an chine. Anois
nuair a bhí muid i ngar dár n-áit chónaí, chaithfinn ár
ndlithe do scríobh, ár bhféilte do bhunú, ár saol do chur
i bhfriotal agus i bhfoirm. Is ar mo chrannsa a tháinig
an teampall do thógáil, an chloch d'athrú ina phaidir,
an t-ábhar do shnoí agus do chumadh de réir na samhailte
a chuir Dia i mo chroí. Is mise a rialaíos agus a riaras.
Is mise a thoghas agus a eagraíos. Mise a thógas, trí thin-
feadh na físe a fheicim, gan d'fhiachaibh orm mo shamh-
ailt do chosnamh le loighic. Mar is é Dia féin a léirigh
dom é le gutha na sean agus na sinsear; agus is aithin
a fhírinne do mo chroí.

Ach beidh an pobal in ann guí i mo theampall, ins an chiúnas agus ins an fhothain a cumadh as na clocha. Na clocha a eagraíodh de réir cuspa mo chroí istigh. Mar is mise an máistir tógála; mise an freagrach. Agus dá thairbhe sin, éilím ar mo mhuintir cuidiú liom; mar tuigim nach é is taoiseach ann an té a shlánaíos a bhráithre ach an té a éilíos orthu é do shlánú. Óir is tríomsa agus tríd an tsamhailt atá ar iompar agam a bhunófar an aontacht; aontacht a tharraingeoidh mé as mo dhaoine; as a dtithe, as a n-airnéis; as a sléibhte, as a mbánta; as a gcéachta, as a gcuraigh. Tiocfaidh an lá a dtabharfaidh siad a ngrá dó, don áras seo a léireos mo mhian, agus domsa, an t-ailtire, trí mheán m'ailtireachta. Óir dá luachmhaire é an t-ór nó an chré-umha nó an cria, is í súil an tsnoíodóra a thuilleas an grá.

Nascfaidh mé ansin lena n-áras iad, mo mhuintir. Mar is éigean dóibh a n-oidhreacht do thuiscint. An t-áitreabh seo a fhágfar mar uacht acu, conas ba luachmhar leo é gan eolas acu ar fháthanna a thógála, ar shuíomh a sheomraí, ar ársacht agus ardluach an damhna as ar maisíodh é? Beidh siad ullamh an uair sin ar a gcuid fola do chaitheamh lena chosaint, ar a n-allas do dhoirteadh lena shaibhriú. Éileoidh sé orthu a bhfuil agus a gcolainn mar is é a macasamhail agus a mbrí féin é. Ní féidir leo ansin gan grá do thabhairt dó agus beidh a bhféilte go háthasach agus a n-obair faoi lúcháir. Agus tar éis obair an lae, caithfidh an t-athair a scíth á chur in aithne dá chlann, an dá luaithe a thagann radharc ina súil nó tuiscint ina gcluasa. Agus ní chaillfear a chiall i meascán mearaí an tsaoil.

D'éirigh mé i mo sheasamh. Bhí feocháin ghaoithe ag rith ina sruthanna tríd an fhoraois, ag siosarnach go síochánta ins an fhéar agus i measc na ngéag. Bhí an fhearthainn thart. Tháinig solas an lae ar na coillte taise agus dhúisigh an talamh le hosna ábhalmhór. Bhí gadlach eallaigh ag innilt ar na sratha cois abhann. An abhainn féin ag roiseadh léi go tuarganach idir na carraigeacha. Thíos ansin a bhí an campa. Toit bheag ghorm ag éirí uaidh mar a raibh na corcáin á gcrochadh os cionn na dtinte. Tháinig ga gréine ó bhun na spéire gur bhuail ar uaine agus ar dheirge na gcarraig. Ins an spéir ghlan bhí néal ag borradh os ár gcionn ina cholún loinnireach, agus imir airgeata ina chiumhais le héirí na gréine. Ba léir dom feasta an treo ina ngabhfaimis agus bhí mé muiníneach as mana na spéartha. D'fhill mé go fuadrach ar mo mhuintir. Séideadh na galltrompaí.

<h1 style="text-align:center">VI</h1>

Bhí mé ag taisteal ar thús an tslua ag cumadh ionam buanchónaí mo mhuintire, mar a ndéanfaí fos agus áras dóibh, mar a dtabharfainn dóibh an foroideas a léireodh a bhfírinne féin. Fearann a bheadh ann ina mairfimis go haonarach, uaigneas ina ndéanfaimis machnamh, mar is mór é cumhacht an mhachnaimh agus is mór le mo mhuintir a chumhacht. Chuirfeadh siad aithne orthu féin arís ann, trína gcuid oibre, trína gcuid siamsa, trína gcuid cuimhní. Óir ní thig cian gan chuimhní ná eolas gan athchíoradh an ama atá thart. Agus ní bhíonn an feirmeoir foirfe go dtí gurb ionann a ghrá don síolchur agus don bhaint. Ba chuimhin liom seanóir a fuair críonnacht na haoise á rá:

— Ba lúcháireach mé ag rómhar d'ainneoin na sclábhaíochta. Agus anois go bhfuil mo neart agus mo laetha caite, nár mhéanair dom dá mbeinn i gcionn rámhainne. Mar is léir dom nach moghsaine é an rómhar, ach saoirse.—

Bhí sé nascaithe leis an talamh a d'fhág sé ina dhiaidh, nascaithe leis le geimhle an ghrá; agus ní lena chuibhreann féin amháin a bhí sé nascaithe ach le cuibhrinn a chomharsan agus le tailte an domhain uile. Mar driogadh an grá sin ón obair agus ón scíth, agus ó chuimhní na mblianta a cíoradh in aimsir na scíthe. Is é sin is tiarnas ann go fírinneach.

Beatha fhíorga an fhásaigh agus an uaignis, ní hionann í agus seachrán na dtreabh ar lorg tamhnaigh. An saol a mhairtear tar éis tearmann d'fháil, is é a chruthaíos na fíorfhir, bunadh daingean na díthreibhe. Is cuma é nó cluiche na leanbh, nuair a fheicimis sluaite na sí agus brú na ndéithe i bpáirc rúnda, órga, ins an ríocht gan chuimse úd a dhéanaimis as ár bpaiste beag talún, ríocht nár tais-cealadh go hiomlán riamh. Chruthaímis domhan iomlán ann, saol iomlán mar a mbíodh ciall agus tábhacht faoi leith ag gach coiscéim, gach cúinne. Cad tá fágtha ann nuair a fhillimid air in aois fir dúinn? Nach ionadh linn é d'fheiceáil chomh suarach, chomh míofar sin, an pháirc órga a bhíodh lán de scáilí na hóige. Nach éadóchasach mar a shiúlaimid é, an mhainnir seo a bhí ina ríocht againn, ag cuimhniú nach ceadmhach filleadh ar an ríocht sin go brách arís. Mar ní isteach ins an pháirc ab éigean dúinn iontráil, ach isteach ins an chluiche.

An saibhre dó anois, an duine a fhilleas ar aislingí leanbh? Anois go bhfuil an domhan siúlta aige, go bhfuil a súile lán de ríochta agus a mhála trom le hór? An amhlaidh nach raibh ann ach aisling, an rud a bhí á thóraíocht aige in aois na leanbaíochta? Ní hamhlaidh; mar ba iad úire agus ionracas na súl a chuir dath an óir ar an aisling. Ina dhiaidh sin, na samhailteacha a bhí á seilg aige ceann i ndiaidh an chinn eile, chailleadh siad a n-órgacht cosúil le sciatháin na bhféileacán i ngreim na lámha taise. Ach níl d'ór fírinneach ar domhan ach an t-ór atá ar eiteoga na bhféileacán.

Saoirse an tseanóra úd agus úire na n-aisling, is iad a theastaigh uaim a ghineadh i gcroíthe mo mhuintire. Is iad a tharraing amach ar an uaigneas sinn agus a threoraigh chun ár ríochta sa deireadh sinn.

Chonaic mé a cuid sléibhte i bhfad uainn. Raon fada dorcha ag máirseáil go maorga trasna na spéire agus na néalta mar bheadh droichid aeracha thar a nguaillí. Thosaigh scuaine streachlánach an tascair ar a gcasbhealach aníos isteach, a súile lán le halltacht. B'éigean dóibh a n-aire do thabhairt don chosán aimhréidh, agus a n-aire á tarraingt de shíor ag gach amharc ab áibhéilí ná a chéile. Uaireanta, creagacha ábhalmhóra ag crochadh ina gconamar os a gcionn. Uaireanta, easa arda torannacha a d'fhliuchadh iad lena gcáitheadh plúchtach. Uaireanta bhíodh sruthán sléibhe ag léimneach óna gcosa síos amach i nduibheagán nach leomhfadh súil a bhreathnú. Faoi dheireadh, cailleadh as amharc iad i bhforaois chatach dhubh. Ar theacht amach dóibh ar mhám seasc an tsléibhe, nochtadh rompu tír thostach leitheadach, tír ghréine agus shíochána.

D'fhágamar slán ag an sliabh agus chuamar síos; síos go bun na sleasa sin a d'ardaigh iad féin ón ghleannmhá agus a theilg a mbeanna ionsair na réalta. Ba é mo mhian go ngreanfaí na beanna neamhchothroma sin in intinn mo dhaoine chomh glinn le gnúiseanna a ngaolta; go n-aithneodh siad búiríl na sruthán mar ghlórtha a lucht aontís. Ba bhrónach fadálach ansin coiscéim an té a bheadh ag imeacht uathu. An té a d'fhágfadh iad dá dheoin féin, á mhealladh ag aislingí óir, chaillfeadh an dóchas sin a mhaise ag an nóiméad sin. Dá fhad a rachadh sé amach ar an fhásach, b'amhlaidh ba mhó a chasfadh a shúil siar agus é lán déistin agus duaircis ag an fhairsingeacht úd gan chuma. Nach go fuarchúiseach a rachadh sé isteach

ins an chathair challánach; tithe ar ghualainn tithe, sráid-
eanna ag tabhairt ar shráideanna. Agus nach gcuimhneodh
sé, os comhair na bhfoirgintí a thuilleas moladh an chuairt-
eora, ar an teaichín a mbíodh sé ina thiarna ann, agus i
bhfad níos mó ná tiarna.

CUID A TRÍ

SANCTÓIR

Hazlo y te juro yo con mis dolores
Levantar a mi pueblo por los siglos
Donde sus almas tormentosas canten
Otra basílica.

Déan sin agus dar mo dhóláis
Tógfad do mo phobal trí shaol na saol
Mar a mbeidh a n-anamacha anacracha ag ceol
Baisleach úr.

— Miguel de Unamuno

I

THÁINIG ollghairdeas ar mo mhuintir nuair a fuair siad an talamh, gach aon agus a ghabháltas leathan féin ina sheilbh. Ba bheag orm, áfach, a n-óráidí buíochais agus a n-amhráin áthais mar bhí fhios agam go dtiocfadh an iomaíocht agus an t-éad ina n-am féin. Idir an dá linn, cromadh ar an fhearann do bhreathnú, ar fhéarach do ghlanadh don eallach, ar thalamh righin do chnuasach a dhéanfadh ballaí tí agus giúis phortaigh a chuirfeadh taobháin agus creataí ar na botháin. D'imigh lucht seilge isteach ins na coillte agus dhreapaigh siad sleasa crochta na gcnoc. Chuir na hiascairí curaigh ar na locha agus lean claiseanna na n-abhann siar isteach i mbleántracha an tsléibhe. Agus níorbh fhada go raibh úspairí ag meas na n-altán foscaíoch ar lorg áit tí, agus ag aimsiú na bpollán de thalamh mhéith, agus ag buachailleacht ar gach léana glas ar fuaid na caschoille.

Ach ní ar an ghleithearán seo uilig a bhí m'aire, mar bhí mé muiníneach as mo mhuintir agus níorbh eagal liom nach mbeadh siad in ann a mbeatha do thabhairt i dtír. Is maith an spreagadh an t-ocras agus is buaine ná an t-ocras saint na seilbhe. Is cás liom, áfach, bás de shaghas eile, bás atá ag bagairt ar an chine seo fadó riamh. Is é sin an bás dofheicthe, nuair a théann an duine agus an pobal d'éag gan fhios dóibh féin. Iad ag carnadh rachmais agus ag tógáil cathracha, ag pósadh agus ag saolú clainne, ag lúbadh agus ag múnlú na ceathairdhúile de réir a dtola, ach mar sin féin, fuarbhlas an éaga ar a n-éachta uile. Óir tá an neamhní ag leathadh ar fuaid a n-anama mar nach bhfuil aon duine ag déanamh machnaimh ina chroí féin. An slua seo an fhuadair agus an driopáis, níl iontu ach creatlaigh dhaoine; agus in ionad na gnúise suthaine is fíorbhrí don saol, níl ach blaosc tirim rompu amach agus cár air le tréan táire.

Ar an bhás inmheánach a chaithfinn an pobal seo do shábháil feasta. Ansmacht agus anró, gorta agus díbirt agus tarcaisne, fuair siad seo uile faill orthu agus chuir mo mhuintir díobh iad agus mhair agus tháinig slán, mar bheadh clann pháistí ann a chuir a muinín as a n-athair agus nár loic an t-athair ar a n-iontaoibh. Ach bhraith mé duibheagán an neamhní romhainn go fóill agus an priacal ag téaltú ar mo chúram as aird úr. Agus ba é mo dhualgas iad do dhíonú ar an rosamh fáilthí sin, an spréach sárluachmhar do choigilt ab údar feidhme agus fáis iontu, a dhealaigh ó gach cine eile ar chlár na cruinne iad agus a bhunaigh an daonnacht i ngach aon acu ar leith.

Sinne an t-iarmhar a mhair. Tá muid ann, tar éis an oiread sin mílte nach bhfuair saol. Is éigean dúinn mar sin an tine shacrálta d'adú ionainn féin. Tá muid ann; ní foláir dúinn rud éigin do dhéanamh dínn féin. Ní hé amháin gur chladhartha an mhaise dúinn gan an tallann tearc seo do chur chun tairbhe; ach mura bhfreastalaimid an cumas a fágadh againn, táimid ag dul i bhfiontar titim siar isteach i dtáimhnéal nach bhfuil ann ach tuar eile ar an neamhní. Ar ár gcrann-na tháinig, mar sin, an fíor-dhuine do chruthú, do ghaibhniú, ionainn féin. Múnlaíodh an duine é féin faoi shúile Dé agus teilgeadh sé é féin ins an íomhá shíoraí.

Is é is bunghairm don duine é féin do chur i gcrích. Ach ba thearc ár dtuiscint ar an ghairm sin dá ndéanfaimis é do mheas ar an seal ghearr saoil a dheonaítear do gach aon. Millfidh tú an saol daonna ar fad má fhéachann tú lena idirdhealú ina chodanna de réir imeacht

aimsire nó má dhéanann tú miondealú ar thréithe a
éagsúlachta. Mar is cuma an duine nó bláth. Cén bhrí
atá fágtha má scáineann tú é ina chomhpháirteanna agus
béarlagar an luibheolaí do bhualadh ar gach ceann acu
faoi leith? Níl ann ach corpán a maraíodh le sceanairt na
heolaíochta; agus déantar dearmad ar an áilleacht a bhí
ina céile ag an ghrian. Mar an gcéanna leis an duine, má
fheiceann sé é féin ina ghéag glas ag cur leis an fhréamh
ó dtáinig agus ag sú maithis chuige féin ón ithir as ar
fhás, agus á shearradh féin go grámhar i dtreo ghile na
spéartha, sásófar an mhian atá ann chun buaine. Agus ní
bheidh eagla air a thuilleadh roimh an am do bheith ag
sileadh uaidh mar bheadh gaineamh in orláiste, mar beidh
an fómhar á bhaint aige, agus á cheangal agus á charnadh
in iothlann.

Ba léir dom gur choir é an duine agus an oidhreacht
as ar fáisceadh é agus an pobal ar de é do bhaint anuas
mar bheadh uaireachán ann. Sin é an fáth nach bhfág-
fainn treorú mo mhuintire faoi lucht tomhais agus cun-
tasaíochta. Tá feicthe acu chomh héifeachtach is atá an
modh seo chun cur lena suim bheag eolais. Ach ní hionann
dlithe don ábhar agus don spiorad. Agus is baolach go
scriosfadh siad a n-oidhreacht go deo. Is é dála an duine
é nach dtig leis léamh ar ghnúis an tsaoil mura bhfuil
ord agus eagar ar a éagsúlacht a dhéanas sanctóir suaimh-
nis mar ar féidir leis machnamh ar bhrí a bheatha. Ormsa
a thiteas sé na clocha scaipthe do bhailiú i dtoll a chéile
agus an teampall do chur á thógáil; ormsa a tháinig an
duine do fhréamhú agus do shaothrú ionas go dtiocfaidh
sé i mbláth.

Gnóthóidh an duine an bhuaine is mian leis ach é
bheith athnódaithe ar bhile an tsleachta ar a dtáinig sé.
Nó deirtear gurb é an féinchaomhnú is bunúsaí i ndúchas
an duine. Agus is cinnte gur mór an tíolacadh an bheatha

agus dá ghaire tháinig an bás dúinn, is ea is luachmhaire linn í. Ach thug mé faoi deara go bhfuil tréith eile sa dúchas ag an duine atá lán chomh bunúsach leis siúd. An fear gur mian leis clann mhac aige agus a thiomnaíos teach agus talamh agus eallach don té is sine, cad ab áil leis ach go mbunófaí a ainm agus a cháil agus a shaothar ina dhúiche? Nó an scríbhneoir a dhoirteas garr a éirime isteach ina leabhar agus a fhearas é ar chlann deisceabal nach gcuirfidh sé aithne orthu go deo, nach bhfuil sé ag dréim go bhfuil fiúntas ann féin nach ndéanfaidh an aimsir á dhiomailt? Agus an dóchas is mó, aon dóchas na slua a mhair amhail is nach mairfeadh siad riamh, nár fhág a n-ainm ina ndiaidh ná nach raibh tailte le tiomnú acu, ach a sheachad go hanaithnid an traidisiún sárluachmhar, is é a ndóchas siúd an bhuaine le nach gcuirfear críoch.

Agus creidim gur mian fhónta sa duine é an mhian seo na buaine nach mbíonn buan. Is cuimhin liom an seanchaí a raibh na scéalta is áille aige faoi éachta ar muir is ar tír agus a chuir eolas, shílfeá, ar bhealaigh thír na tairngre. Feicim é chomh soiléir is dá mbeinn ina fhianaise, a mhéara altacha fá mhurlán bata agus cromadh ann faoi ualach na mblian. Ach mhair lámh thapaidh agus crógacht a óige ina chuid eachtraíochta; agus gairdeas is tocht ár sinsear, buanaíodh iad ina chuid scéal. B'iontach liom go bhféadfaí dúchas an duine d'iompar ar anáil an aeir agus tháinig dobrón orm nuair a smaoin mé ar bhagairt an bháis. Thuig mé ina dhiaidh sin go mairfeadh an seanduine i gcúirialtacht fhocal mar mhair seanchaithe an tseansaoil roimhe, agus léiríodh dom an taisce a bhí i bhfolach ina chaint. Óir chaith na glúnta a ndúthracht lena dealbhú agus lena snoí, agus rinne tocht agus tubaiste agus crógacht a mbeatha cuimhne agus cuspóir do chothú ina n-aisling. Mar is é díon is fearr ar scáthar-

nach an bháis luaimneacht an choirp do mhalartú ar
bhua na seastachta. Níl ciall leis an bheatha mura gcaitear
í le cuspóir do bhaint amach.

Shiúil mé i measc mo mhuintire agus dhearc mé seala-
dacht na mbothóg a bhí tógtha acu, agus a mbratóga
bochta éadaigh, a dtrealamh tútach. Agus chuimhnigh
mé ar na tulcha grianchloch mar a bhfuil laochra an
tseansaoil ina gcodladh agus iad díonta ar chreimeadh
na haimsire. Loinnir ghréine agus lascadh síne ar a ndroim
ar feadh na gcéadta, agus an abhainn shíothúil ag cais-
mirneach léi de shíor rompu thíos. Go dtí gur fhás na
driseoga tharstu agus gur réabadh na huaigheanna agus
gur briseadh na galláin snoite a bhí ina ngarda os comhair
na hurlainne. Mar tá rud ann atá níos buaine ná áilleacht
chloiche nó mhiotail. Aibhsíodh dom arís ár dtearmainn
chreachta agus ár leabhair stróctha agus an líne fhada
dár muintir dar tugadh bás anaba, agus ina dhiaidh sin
is uile bhí an aibhleog beo agus foireann ina feighil. Chuir
léan mo chine agus crá a gcroí leatrom orm agus d'éiligh
mé sólás. Agus léiríodh dom nach é dhéanas mórgacht
cine, ach oiread le mórgacht duine, méid a seilbhe ná
oirearcas a n-éacht, ach an méid a thug siad uathu agus
dínit a bhfulaingte.

Mhachnaigh mé ar an dream a rinne ár mbrath. Ní
hiad atá mé a mhaíomh an dream a dhíol a muintir féin
nó a threoraigh complachtaí an namhad tríd altáin na
sléibhte nó a thréig a dtairiseacht chun ár leagan catha
do thabhairt leo anonn. Ag cuimhniú ar an leochail i gcroí
an phobail a bhí mé, ar an dream nár aithin idir smaointe
marbha agus an réaltacht bheo, ar na géaga úd a scar
leis an chrann agus ar theastaigh uathu teacht i dtír ar
an súlach eachtrannach. Is ina n-anam siúd a cailleadh
an chéad chath agus ní in aon chomhrac spleodrach amh-
áin ach beagán ar bheagán, de réir mar bhí drithle an

spioraid á múchadh diaidh ar ndiaidh ag ionradh fadál-
ach na mbréag. Lig siad uathu a ngrá de mhalairt ar an
suaibhreas, a neamhthuilleamaí i bhfabhar na haithrise,
a saoirse ar mhaithe leis an tsaint, a stuamacht chun
iompú ar an bhaoithe. Ba de bharr a bhfoilmhe féin a
rinne, mar bhí brí na nithe caillte acu agus a mbeatha á
caitheamh gan chiall gan chuspóir. Shíl siad a n-anam do
líonadh le sealbhachas agus bhí meas amhlóra acu ar aon
duine nach raibh ag tabhairt isteach dá gcaighdeán. Ach
is gá coimhlint chun anam an duine do chur i bhfeidhm
agus tá gá le fréamhacha chun é do chothú agus saorfhear
do dhéanamh de.

Smaoinigh mé arís ar an bhfine a chónaigh ó thuaidh
agus arbh fhearr leo gan a gcinniúint do chur san imirt.
Aníde ná ampla ní bhfuair siad, ach tugadh beatha agus
seilbh dóibh agus ní iarrfaí fiú amháin saothar ná saigh-
diúireacht orthu os a choinne sin. Ionas go dtiocfadh
leo a rá:

— Is beag í m'aird ar an rud nach mbaineann liom.
Tá arán is siamsa ar fáil agam; tá mo chuid eallaigh
beathaithe agus mo chlann ag dul in aois agus in eolas.
Ní iarrfainn a thuille.—

D'fheicinn iad ó am go ham, agus cinnte bhí siad ar
a sáimhín; ach ní mar sin a tuigeadh domsa an t-aoibh-
neas. B'ionann beatha dóibh féin agus don eallach agus
chonacthas dom go raibh siad ag lobhadh go sámh ina
gcroí istigh. Cad ar a shon a ndéanfadh siad troid? Ar
son aráin? Bhí sé acu cheana. Ar son a saoirse? Go
deimhin, laistigh dena ndomhan cúng féin, ní raibh cuimse
lena saoirse. Ach níor bhuan dóibh, mar ní raibh aithne
acu a thuilleadh orthu féin.

Agus ba é an bás a bheadh i ndán dóibh siúd uile a
rinne dearmad ar an sanctóir ina léireofaí dóibh brí an
tsaoil. Is rud é a chruthaítear ins an chroí istigh agus a

mothaítear a anáil mar bheadh leoithne chumhra ann ar feadh na hoíche. Agus an té a tharraingeas anáil an ghrá, is geall le míorúilt aige an domhan agus a dhúile. Is amhlaidh sin don gheatóir a iompras ann féin rún agus maorgacht na bhfaichí agus na gcoillte istigh, nó fear an dorais a bhfuil stáidiúlacht an tí mhóir le haithne ar a ghnúis. Ach má chailleann siad a n-urraim don impireacht seo lena mbaineann siad, ní fheiceann siad ann a thuilleadh ach manglam atá ina thrúig tuirse agus sclábhaíochta. Mar an gcéanna don dream a dhéanas dearmad ar an chomhphobal a bhfuil siad ina mbaill de. Cealaítear a muinín agus a n-urraim agus tagann leatrom orthu agus éadóchas. Deir siad:

— Ní hí seo an tír a bhí in allód ann. Chaith muid ár neart in aisce.—

Agus ní léir dóibh gurb iontu féin atá an easpa ná nár aithin siad an chíoch dhiamhrach a bhí ag tál orthu. Óir an sanctóir seo agam, aileann sé ár gcroí.

Ní chaitheann an duine a bheo féin ar son rachmais ach chun iarracht éadóchasach do thabhairt ar ghnúis aitheantais do dhearadh ar éagsúlacht an tsaoil. Suimítear an duine go hiomlán ina chumas grá. Ach ní mór an t-ard do dhreapadh ionsair an fhíorghrá; ní mór dó é féin d'athchruthú de réir cuspa a ghrá. Agus bíonn an dreapadh pianmhar mar ní bhíonn athrú ar bith gan fhulaingt. Dá mhéid an fhulaingt is ea is treise seilbh an ghrá sin ar a chroí; agus go díreach, is é an fonn ceoil is coscarthaí is mó a chuireas draíocht orainn. Is í an phian a d'fhulaing siad, iad féin agus a sinsear rompu, a choinnigh anam mo mhuintire folláin glan, agus is láidrede iad anois a n-aistear cruatanach. Agus ba mhaith liom feasta a gcneánna do leigheas agus a gcolainneacha do shólású. Agus sheinnfinn dóibh ar théad a bhfuil seanaithne acu air, ionas go mbeadh síocháin acu agus eagna agus soirbhiú

Dé. Ach sheinnfinn ar an téad sin fonn nua a spreagfadh agus a d'aithbheodh iad agus a chuirfeadh fás úr faoina gcaschrann ársa. Más dream bocht idir dhá dtír iad fós, níorbh áil liom go ndéanfaí slua imirceoirí díobh gan oidhreacht gan ionad. Déanfaidh mé a mbeatha rúnda d'atógáil agus fillfimid ansin ar an láithreán inar chéadleag muid dúshraith.

II

Bhí an lá fada samhraidh ag druidim chun deiridh, ag cur de a loinnir agus a luisne. Bhí an solas ag cailleadh na hóige agus roicneacha ag teacht ar ghnúis an lae. Ba sholasta go fóill na mánna, gur oscail scáthanna na gcnoc a scáiní in ór an tráthnóna. De réir a chéile, thromaigh ar na céadscáthanna éadroma. Crainn agus carraigeacha, tithe, sléibhte agus néalta, tláthaíodh iad go mall righin i gcoineascar mín álainn a raibh cumha an fhómhair ann cheana.

D'oibrigh siad go díochra, an fuílleach pobail seo a bhí tar éis a bhfearann úr do shroichint. Ar feadh na laetha fada, ó dhubh go dubh, mhair siad ag sclábhaíocht leo; saoir chloiche ag tógáil ballaí, saoir adhmaid ag snaidhmeadh na gcúpla agus tuíodóirí ag scolbú díon; lucht céachta ag briseadh branair agus ag síolchur; lucht iascaireachta ag sá curach ar na locha agus ag leagan a líonta ins na haibhneacha. Saoir rotha agus saoir mhuilinn, mná sníomhacháin agus fíodóireachta, ní bhfuair siad sos ná faoiseamh, agus ba lán ár gcluasa le seordán a gcuid rothlam. Óir b'fhurasta leo a gcuid oibre mar gur thalamh nua a bhí á threabhadh acu agus tithe nua á dtógáil.

Tháinig an lá, áfach, nach raibh contúirt ocrais a thuilleadh orainn, ná díth foscaidh, agus b'éigean fós na goirt chéanna do ghnáthú agus na tithe a tógadh do

sciúradh agus do choinneáil glan. Agus mheath an dí-
bheirg dhéanfasach úd i measc na ndaoine. Ní raibh luise
ná laochas ag baint leis an obair a thuilleadh; níor léir
don mhuilleoir a thuilleadh go raibh beatha na leanbh
ag brath ar phlúr an lae a bhí á tháirgeadh aige; ní raibh
an treabhdóir ag machnamh a thuilleadh ar an bhfómhar
órga agus ar an gheimhreadh ocrach ina dhiaidh; an
gabha a chuirfeadh tairne i mbeo, níorbh eagal dó a
thuilleadh an capall do lot, agus an tseisreach agus an
t-arbhar ina theannta. Agus na hóglaigh a bhí mar gharda
ar ár mbaile, ag ruathar leo thar na mánna ar a n-eacha
meara agus ag iomlat ó cheann ceann na tíre, lucht slean-
tracha agus sí-rith, ba mharbhánta leo an saol socair seo.
Ba mhó mo chomhbhá leosan mar b'athrú saoil agus
beatha dóibh é, ach ba dhifriúil an aicíd a bhí ar mo
ghaibhne agus mo threabhdóirí agus mo mhuilleoirí a
tháinig slán ón anró agus ón ghanntanas agus a raibh
stuaic orthu anois in aimsir a leathmhaoine. Dá mhéid
iad na nithe a bhí ina seilbh, b'amhlaidh ba lú a sástacht.
Óir níorbh iad na nithe a bhí in easnamh orthu ach ciall
do na nithe a bhí acu.

Bhí tír agus talamh ag mo mhuintir anois ach b'fhada
go fóill go mbeadh siad fréamhaithe ann. Ba chosúil iad
le gallán cloiche i bpáirc a thugas tábhacht don pháirc
agus a bhronnas a ainm air. Ach tá an gallán cloiche
neamhspleách ar an pháirc, mar bheadh sé insonraithe
ann féin i bpáirc ar bith; agus ní shúnn an gallán a bheatha
ón pháirc, mar tá an gallán cloiche marbh. Mo mhuin-
tirse, áfach, beidh siad mar an chrann glas a thógas sú
an talaimh isteach chuige féin agus a chruthaíos a bheatha
féin as fiúntais ilchineálacha na hithreach. Tá aontacht
idir an crann agus an talamh, óir eascrann áilleacht an
chrainn as méithe an talaimh agus áirítear mar aon áill-
eacht amháin iad. Is áilleacht í a bhíos ag fás de shíor agus

ag síorchur crutha nua uirthi féin, óir rud beo is ea an crann; agus is rud beo é náisiún daoine freisin. Ormsa a tháinig a bheith i mo fhoraoiseoir do chraobhchrann mo mhuintire; ormsa cúram na hithreach agus comhaltram na bhfréamhacha.

Chromfainn mar sin ar chothú an chrainn, ar theagasc mo mhuintire agus ar thógáil mo theampaill iontu. Ba choscarthach dochuimsithe an t-uaigneas a bhí orm. An t-ualach a bhí le hiompar agam, mo fhreagracht ins an ghairm a tugadh dom, mhill an smaoineamh sin réabghlóir na físe a bhí 'mo spreagadh agus choill sé foirtile mo thola. Lorgaigh mé an tost agus an t-uaigneas do mo mhuirín agus bhí mé 'mo threascairt ag a gcumhacht. Ach d'imigh uair na laige thart agus deonaíodh neart dom arís. D'amharc mé idir an dá shúil ar aghaidh na haonarachta agus d'fhulaing mé a fuacht go ndeachaigh chun diúnais orm. Is moiglíde deoch an tsearbhais a dhiúrnadh go fuílleach.

Bhí an oíche ann, oíche chiúin rinneach. An fhirmimint lán réalta agus reanna, scáilí gorma agus glasuaine ag fógairt éirí na gealaí agus ag caocharnach i ndoimhneas na spéire, ionann is dá mba chuas sliogán mara bhí ann. Choimhéad mé an sliogán ábhalmhór os mo chionn agus lig sé liom an ceol a bhíos i ngach sliogán mara. Ach ba é an ceol seo na réaltan ceol na mara síoraí.

Nochtaíodh dom mo laghad agus mo shuaracht féin nuair a mhachnaigh mé ar shíocháin na gnúise suthaine. B'ionann agus balsam ar chneá mo mheanman mallord máirseála na reann. Agus chas mé mo shúile ar ais ar shoilse na hoíche i dtithe mo ríochta. Bhí an domhan beag sin ina dhúiseacht go fóill agus mhothaigh mé ag éirí aníos chugam ó na fuinneoga úd an glaoch dochloíte a tharraingeas agus a tháthaíos le chéile daoine aonaracha an aon bhaile, glór nach múchtar go mbíonn siad aontaithe,

nascaithe, cimlithe le chéile. Ansin chonaic mé iad á gcur
as, ceann i ndiaidh an chinn eile, na soilse, de réir mar
bhuaigh an leimhe nó an tuirse ar an lucht faire; ar dtús
an dream a bhí bréan dena neamhní féin; ina dhiaidh sin,
an aicme a raibh tuirse an lae go trom orthu agus nach
bhfaca rompu amárach agus anóirthear ach tuilleadh
sclábhaíochta. Go dtí nár fágadh ach roinnt bheag, a raibh
a gcuid solais mar fhianaise ar a ngrá; cuid acu ag faire
ar leanbh breoite, b'fhéidir, cuid acu ag áirneál agus ag
aithris scéalta faoi na rudaí ar thug siad grá dóibh riamh
anall. Scéalta oibre, scéalta cleamhnais, scéalta leanaí,
scéalta na sean. Ach tharstu go léir, ba í an fhuinneog ab
fhaide a choinnigh an solas fuinneog an té a bhí i
ngleic lena shaothar, lena shaincheird féin agus nach loic-
feadh go dtí go mbeadh an phunann bainte agus ceang-
ailte.

D'fhan mé ansin ar an fharragán ag coimhéad na
soilse; ní raibh fágtha díobh ach scata scáinte, ag glinniúint
amach ins an oíche, gan faiteadh, go dolba, amhail súile
an fhir fhaire. Bhí a leithéid agam mar sin, faireoirí a raibh
a n-aghaidh ar Dhia. Mar na lampaí úd, ba é an grá a
choinnigh ar lasadh iad; ba é an grá a gconnadh. Cé acu
bhíothas ag beachtú rann filíochta nó ag fí na huige il-
dathaí, nó ag tabhairt aire don leanbh breoite, mothaíodh
an mhian mhistéireach úd, an riachtanas chun an duine
do bhuanú ina oidhreacht, chun páirt éigin dá bheatha
luaimneach féin d'fhágáil go marthanach ina dhiaidh.
Agus is é ainm a bhíos go minic ar an ardmhian sin an
dualgas; agus is é an múnla síoraí a fhágas é mar shéala
ar an chroí. Óir ní fada a mhaireann an corp lag trua
agus nuair a thagann uair a scaipthe, is ansin a nochtar
a eisint. Níl i meon an duine ach ceirtlín coibhneas agus
bíonn snáithe a shaoil á dtochas aige ar an cheirtlín sin.
Agus tagann an t-am a gcuimhníonn sé ar an oidhreacht

atá le tiomnú aige agus ar an stór nár tháinig sé ina sheilbh
fós, coibhneas lena shliocht, coibhneas leis an dream ar
de é, leis an té ar de é.

Bhí na soilse ag stánadh ar an dorchadas agus bhí mé á
rá liom féin:

— Sin iad na faireoirí, an dream a íobraíos, an dream
a bhfuil íota na marthanachta orthu. Sin é urgharda an
phobail nua.—

Agus theastaigh uaim glaoch orthu in ard mo ghlóir
agus mo ghutha. Agus déarfainn leo:

— A cheanna feadhna, is trom orainn an oíche seo,
mar is beag é ár líon agus tá orainn ualach na ndaoine
d'iompar. Sinne dream na foighne, dream na híobartha,
dream an dóchais. Seasaigí teann, a cheanna feadhna,
chugainn an lá.—

D'éirigh gaoth fhuar ins an dorchadas agus shéid go
polltach ar chnoc agus ar fharragán. Chaith na réalta a
cheathanna rinneacha le talamh agus le tithe na gcodal-
tóirí. Ní raibh aiféala orm i ndiaidh laethanta an chogaidh
agus na hanbhuaine, mar thuig mé gurbh iomaí slí ina
gcosaintear an cine. Is bunúsaí an gníomh inmheánach ná
an gníomh forimeallach, an rún daingean ná an gaisce,
agus bhí cogadh eile le cur anois a bhí lán chomh tábh-
achtach le cath na saoirse. Ba í laige mo mhuintire nár
thuig siad gur in anam cine a fheartar na cathanna is
fíochmhaire agus gurb ann is marfaí an briseadh. Chaith-
finn foighne d'iarraidh orthu agus tuiscint agus muinín
as an treoir a gheobhadh siad uaim. Bhí fhios agam
feasta go raibh beagán ann ar a laghad a chreidfeadh
agus a thuigfeadh agus a dhéanfadh beart. Thug mé
m'aghaidh ar ais agus mé ag smaoineamh ar an dream
a dhéanfadh dídean dá mbráithre.

III

Shocraigh mé gur orthu seo a leagfainn foras agus fuinnimint an phobail nua, d'aonturas mar chuir mé críoch le taisteal an chine agus iad ag scinneadh leo thar talamh is thar tír, cosúil le gráinne síl i ngreim na gaoithe. Ach bhain mé an síol as sian na gaoithe agus chuir mé go ceart i gcré é mar is mian liom go bhfásfaidh crann uaidh a thábhós moladh na fírinne i measc daoine.

B'éigean dom dá bharr sin an míshuaimhneas do shólású agus do chur ar ceal, mar is é a bhí ag tiomáint na n-óganach i dtreo an chogaidh agus ag milleadh foighne na dtreabhdóirí i ndíriú na n-eitre. Agus níorbh é an saibhreas saolta ná an mhaoin a leigheasfadh a ngalar. Óir bhí na hóglaigh ag santú gaiscíochta agus lucht na gcéacht ag crothnú bróid as a gcuid oibre agus na muilleoirí ag cnuasach stóir. Bhí siad uile ag tóraíocht tine shí, dála na hóinmhide a léimfeadh ins an loch chun breith ar an ghealach a scáilítear ann. Agus leanfadh siad leo ó spréach go spréach agus iad ag súil i gcónaí go raibh acu faoi dheireadh an rud a shásódh iad.

Cuirim téarma agus críoch lena gcuid brionglóidí, óir tá a ngrá á thabhairt acu do rudaí nach bhfaighidh siad greim orthu choíche de bharr nach bhfuil aithne ná grá acu orthu féin. Cuimseoidh mé iad agus tabharfaidh mé saoirse dóibh. Mar ní bhfaightear an fhírinne tríd an tuar ceatha do leanúint ach trí thobar do thochailt. Nuair a scaipeann an duine a aire ar iomad nithe, cailleann sé radharc ar an aon ní riachtanach, agus cailleann dá bharr sin a réalt eolais agus an adhmaint lena stiúrfadh sé a árthach. Ní fheiceann sé a thuilleadh ach é féin, agus creideann de thairbhe fiaradh a shúl gurb é féin is mó ar an domhan. Na fallaí a ba chaomhnú dó go n-uige sin, déantar cúngú agus ríochan díobh agus leagann sé iad chun fairsingeacht do bheith aige. Ní dún ná daingean atá aige a thuilleadh ach fothrach creachta, agus gintear an crá ina anam, an crá a thagas ón neamhní agus ón neamhbheith.

Is í mo ghairmse í an duine do shábháil. Ní mór don duine teacht chun bheith agus chuige sin forordaím aireaglán inmheánach ann mar a bhfaighidh sé tost i gcomhair a phaidir féin agus eagróidh mé na daoine, amhail mar eagraíonn an saor na clocha scaipthe, agus tógfaidh mé mo theampall agus cuirfidh sé a phaidir suas chun Dé. Ní tíoránach a bheas ionam, áfach, ná aintiarna; nó braitheann mo theampall ar an mhian atá i mo chroí. Agus is rud í an mhian sin a shéidfidh mé isteach i mo mhuintir, tine a chuirfeas a meanma trí thine, fána lena rithfidh siad go faoileach. Ná ní bhacfaidh mé le mionobair an teampaill sin, le snoíodóireacht snua ná le greanadh cloch, óir ba chóras droim ar ais a leithéid agus bheinn do mo chiapadh féin le fadhbanna nach bhfíorófaí go deo. Is iomaí glúin atá le teacht agus is iadsan a mhaiseos agus a chríochnós teampall a gcine. Is leo siúd an todhchaí; ach sinne a dteastaíonn uainn foras agus fuinnimint do shuí don todhchaí, caithfidh muid an t-am i láthair do scrúdú agus machnamh do dhéanamh air.

Tháinig an nóiméad mar sin chun tabhairt faoi thost an teampaill do chruthú. Mar ní féidir guí gan tost; is ins an tost amháin a dhéantar caidreamh le Dia. B'éigean teampall do thógáil a mbeadh Dia ina chónaí ann, a mbeadh an tost, an tsíocháin, mar anáil ann. Chonaic mé ansin cad is síocháin ann agus cá has a dtagann. Is toradh é ar an ord, ar an eagar. In am na síochána, bíonn fhios agat cá bhfuil gach rud le fáil. Gach rud mar ar cheart é do bheith. An t-athair ag filleadh ar a chlann ag deireadh lae agus an fear chuig a bhean chéile; an coirce cruinnithe ina chruacha tar éis an fhómhair agus na húlla ag aibiú ar an lochta; an tine ag búiríl ar an teallach agus an línéadach go cumhra ins an almóir. Bíonn fhios agat cá háit a gcasfar do chara ort agus cén dualgas atá le comhlíonadh an lá arna mhárach.

Dá thairbhe sin, cuirim teoranna le lucht na luaimneachta. Na hóglaigh, ar theastaigh uathu ruathair an chatha agus ragairne an bhua, cuimsím iad le freachnamh ceirde. Suím an claíomh agus an buabhall agus an campa mar theoranna orthu ionas go bhfeicfidh siad, i ndeireadh na dála, gnúis inaithne laistiar de na rudaí sin. Mar is é is síocháin ann an ghnúis mharthanach d'aithne trí chomharthaí sóirt na nithe, nuair a bhíonn na nithe suite ina n-áit agus ina gciall cheart, nuair is cuid iad de neach atá níos leithne ná iad féin, cosúil le duilleoga an chrainn nó saighdiúirí an airm. Ní chuirfear amú a ndíbheirg ins an tslí sin; an bramach nár cuireadh úim riamh air sáraíonn sé é féin le súgradh seasc, ach ceansaigh é agus ceangail, agus tarraingeoidh sé an carr ó dhubh go dubh agus beidh tine an gheimhridh slán. Agus cloisfidh do chlann scéalta agus éistfidh le háilleacht de bharr an nirt ar cuireadh úim air.

Gurb amhlaidh sin a bheas an tsíocháin i gcroíthe mo chine, idir óglach agus chrandúir, máthair chlainne agus páiste. Agus tiocfaidh an lá ina dhiaidh sin nuair a mhúsclófar, trí thaisme b'fhéidir, an grá; nuair a fheicfidh an duine gur luachmhar leis an rud a dtugadh sé sclábhaíocht air. Nuair a mhúscailtear an grá i nduine, cuireann sé a ord féin ar bheo an duine sin go hiomlán, ionas nach ord ón taobh amuigh a rialaíos é a thuilleadh ach a ord inmheánach féin. Agus déanfar soiléir an ghnúis a chonaic sé go dorcha i nithe a shaoil féin, óir feicfidh sé gur slí iad i dtreo na buaine agus na síoraíochta, slí ionsair a bheith fhírinneach féin agus slí chun an ardchuspóra. Tuigfidh sé ansin cad is fad agus leithead ann, agus cad is brí le himeacht righin an ama, leis an óige, an chríoch álainn imigéin arb as do gach duine againn. Amhail fonn ceoil a chloistear agus a spreagas macallaí na cuimhne, nó boladh cumhra as seanchófra a chuireas tuile caomh cumha ag gluaiseacht trí d'intinn.

Ghlaoigh mé chugam mar sin na hóglaigh agus na hóganaigh a raibh caitheamh i ndiaidh an chogaidh orthu. D'aitheasc mé iad agus mhol mé dóibh grá do bheith acu dá gcine agus dá chéile, gur chóir go gcleachtfadh siad oirbheartaíocht na mórlaoch a chuaigh rompu agus go bhfoghlaimeodh siad doird chatha a sinsear agus a rosca. Agus d'ordaigh mé dóibh bheith ina ngarda ar na bearnais agus ar na conairí sléibhe chun díon agus dídean do dhéanamh ar fhearann a muintire, ar a mbantracht agus ar a mbailte.

D'imigh siad leo go caithréimeach ag tarraingt ar an bhearna baoil, a gcafairr go lonrach agus a lón cogaidh i dtreo; agus ba gháifeach scafánta a gcrot agus a gcumraíocht, a bhfallaingeacha craoraca ar foluain le gaoth agus fáinní sriain ag gliogarnach le falaireacht na n-each. B'iomaí súil freisin a choimhéad as amharc iad, go héadmhar nó go maothchroíoch, súile nár bhreathnaigh ach galántacht a gceirde nó fearúlacht a snua. Ach ní ar an taibhseacht gan tairbhe seo a bhí m'airdse.

Óir mhol mé dóibh urraim an dúchais agus grá a dtíre agus chan mé an iomad focal lena gcluanadh; ach má mhol féin, thuig mé go soiléir gur bheag an tairbhe an tsiollaireacht. Bhí siad curtha faoi chuing agam mar óglaigh, gach duine acu ceangailte lena bhráithreacha leis an chuspóir a bhí rompu go léir. Ba dhual dóibh a fháil amach nach é is eisint don ghrá bheith lámh ar láimh le chéile ach bheith ag siúl ins an treo chéanna, ag déanamh ar an sprioc céanna, lámh ar láimh. Níorbh fhada

go bhfionnódh siad an fhírinne sin agus iad ag strapadóir-
eacht i measc na gcreag agus na scealp, iad ceangailte ina
bhfoireann le rópa na sléibhteoirí. Óir bhraithfeadh neart
na foirne ar neart an duine aonair agus dhéanfaí éachtaí
díchill chun teacht ar a leithéid seo de chuas a dhíonfadh
iad ó urchair an namhad nó ar an rinn úd a thabharfadh
raon radhairc dóibh mórthimpeall. Agus bheadh sé creidte
go daingean ag gach aon gurbh air féin a bhíothas ag
brath agus ba mhóide a fhearúlacht an cúram sin. Óir
leanann forás oibleagáid.

Cad é an rud é an duine mura bhfuil bunús ná sub-
staint ann? An bhunúsacht, an tsubstaint úd a éilíos meas
agus muinín, is í ba mhian liom d'athchruthú i measc na
n-ógánach. D'fheicfeadh siad í lá éigin a mbeadh an
ghrian ag scalladh anuas ar an scileach sceirdiúil agus an
t-uisce gann; óir bheadh comrádaigh ann nach n-admhódh
a dtart. Agus an stócach úd—ba é ba bhródúla díobh
uile—a raibh an éide ag crochadh leis agus nach ndeach-
aigh lann ar a smig riamh, d'fheicfeadh sé í oíche éigin,
b'fhéidir, agus é ag faire go huaigneach ar chodladh a
chompánach. A shúile go sreamach ag siorradh gaoithe na
n-ard agus éamh an iolair ag teacht chuige thar na duibh-
eagáin mar uaill an bhíobha, agus thuigfí dó go tobann
gurbh é a cheart é do bheith ag faire ar chodladh a
chairde, óir ba dá líon féin é. Ag an nóiméad sin bheadh
sé forbartha foirfe mar shaighdiúir. Óir tá seisean ag cur
a bheo i mbaol chomh maith leosan; tá seisean ag cothú
beatha a chomplachta freisin agus tá an complacht á
bheathú chomh maith. Is den chomplacht é. Agus beidh
grá aige don fhoireann fear sin cé nach n-éileoidh an grá
sin friotal focal agus b'fhéidir nach go maith a thuigfeadh
sé féin é. Ach is é an grá fírinneach é, grá a cheanglas é
le mogalra de dhualgais agus de chomaoiní; is é sin an
grá a fhorbraíos.

Tiocfaidh sé ar ais, an saighdiúir óg seo, nuair a thig a sheal, ar ais ó na sléibhte agus ó chumann giorraisc na gcuradh ionsair thailte a athar agus dháimh a ghaolta. Beidh siad bródúil as an scafaire seang a d'imigh ina stócach agus a d'fhill ina fhear, go féithleogach griandaite agus a éide go scifleogach smolchaite. Gheobhaidh sé aire agus peataíocht uathu, agus urraim i ngach teaghlach a gcasfar ann é. Déanfar ionad dó ins an chiorcal cois tine agus beidh na leanaí ag broideadh a chéile agus á rá de chogar:—Déan slí don chaptaen!—agus ag baint lán na súl as a chrios agus a chlaíomh. Mar ní lena chomrádaigh féin atá sé nascaithe ach lena mhuintir uile. Aithníonn siadsan freisin é mar fhaireoir thar a gceann agus mar fhear a gcoimeádta agus is díobhsan é fosta. Mar is síol é an grá nach n-eascrann ach go mall agus go dócúil. An dá luaithe, ámh, a bhíos fás faoi, sánn sé a fhréamhacha i ndoimhne agus i leithead agus ní bhíonn deireadh go deo lena leathnú.

An ghirseach chúthail a dhéanas a geangháire suas leis an saighdiúir óg, is í gnúis an chine í agus léifidh sé ar an ghnúis sin an mhuinín agus an cion a thábhaigh sé lena íobairt. Is gloine í ina bhfeicfidh sé an teaghlach uile agus an baile, agus bailte uile na dúiche agus na dúichí eile fós atá i bhfad uainn thar shléibhte agus thar aigéin. Óir is cuma cén cearn den domhan ina bhfuiltear, ní mór tosú leis an íobairt chun an grá do ghiniúint. An saighdiúir a chuireas a chuid fola i ngeall ar son na tíre, an mháthair a thálas bainne a cíche ar an leanbh, an manach a chaitheas a chorp le hurnaí agus le hobair, tugann siad sula nglacann, agus gineann an tabhairt sin grá. Agus éileoidh an grá sin íobairtí eile agus níl aon éacht nach féidir dó a thabhairt i gcrích. Mar is áil leo uile an mharthanacht agus is í anáil na síoraíochta í an grá.

IV

D'ARDAIGH mé mo shúile i dtreo na sléibhte. Bhí mo smaointe ag scinneadh tharstu agus theastaigh uaim machnamh ar an domhan amuigh, an domhan lenar cruthaíodh agus lenar cumadh mo mheon. Maidin úr ghléghlan a bhí ann, maidin Bhealtaine; ghluais mo shúil go malltriallach thar an dúiche amach uaim. Clóca fairsing na hoíche, níor ardaíodh go fóill ón talamh é. É in achrann go fóill ins na muiní saileach cois abhann agus i bhfastú i bpluaiseanna na gcnoc. Ba í oíche ghealraíoch na Bealtaine a bhí ag cumhdach na gcoillte, na mbántaí agus bruacha ceolmhara na habhann. Ar fhíor lonrach na spéire ba shoiléir rang na mbeann, cosúil le ciumhais mhantach na gloine briste. Párlaimint éan ag geabaraíl i nduilliúr na gcrann.

Agus chuimhnigh mé ar thíortha coigríche, ar a mánna leitheadacha suaimhneacha agus ar na daoine a bhí beo iontu agus na teangacha a d'aistrigh a rúin agus a nocht a smaointe. Chuir mé spéis ina bhfocail agus ina mbearta, óir ba dhíobhsan mé ar dhóigh agus ba dhíobh mo chine. Mise ar theastaigh uaim an duine do shábháil, saghas amháin duine agus a éirim agus a acmhainn, b'éigean dom chomh maith na samhailtí agus na smaointe a dhealbhaigh é do shábháil fosta. Ba iad sin smaointe agus samhailtí a mhúnlaigh ciní na gcoigríoch freisin. Agus má bhí íomhá a sinsear faoi urú in aigne mo mhuintire, ní raibh caillte orthu an múnla inar teilgeadh í. Nó b'fhearr a rá go raibh an gráinne síl beo fós ach an spreagadh d'aimsiú a chuirfeadh ag eascar é. Is é sin is riachtanach, óir fásfaidh an síol de réir a nádúir féin. Ins an tslí sin, déantar dair de shíol na darach agus biolar de shíol an bhiolair agus coll de chnó an choill. Cuireann gach crann agus gach tor le háille na coille agus lorgaíonn siad uile solas beothach

an lae. Bíonn an choill de shíor ag fás agus ag fáil bháis
agus á hathnuachan féin. Agus is ionann cás do mo chinese
atá i riocht síl nár eascair fós agus do chiní eile a bhfuil
crot crainn orthu cheana, idir ghéaga agus dhuilliúr agus
thoradh, ach a bhfuil a bhfréamhacha ag lobhadh ins an
ithir. Is ó aon phrionsabal amháin a thig fás an ghráinne
agus an crann iomlán. Ba thorthúil í ithir mo mhuintire
anallód. Agus bhí ina cheist agam cad ba chomhdhamhna
dá méithreas.

Óir is gráinne síl mo mhuintir a thit ó chrann na
sinsear, nó b'fhéidir gur cosúla fós iad le toradh a strócadh
ón chraobh roimh aibiú dó, a maistríodh faoi fhiacail an
chreachadóra agus a satlaíodh go tarcaisneach ins an láib.
Ach tá an croí gan choscar fós agus an eithne luachmhar
ina chuas istigh; agus ní foláir domsa teacht na crobhainge
úire do luathú.

Os comhair mo shúl amach, d'éirigh an toit ghorm
ó thithe an bhaile, aníos ó theallaigh agus ó lámha tion-
scalacha, agus suas caol díreach ar ghile na maidine, mar
bheadh toit na túise ann ar foluain ins an gha gréine os
cionn na haltóra. Tá gach rud ciúin an mhaidin seo; gach
miontorann, líonann sé an t-aer glinn agus tagann chugam
cosúil le teachtaireacht, amhail an bhasóg a bhogas ciúnas
na linne go bruach. Éistim le tuairt choiscéime chugam
aniar, í ag líonadh na láthrach.

— Dia do neartú, a thaoisigh.—

— Go neartaí Dia do lámh.—

Agus ar aghaidh leis ionsair obair an lae. Tá aithne agam
air, aithne shúl; ach cén aithne atá agam ar an lasta
luachmhar atá ar iompar aige, a dhóchas, a bhuaireamh,
a smaointe, a ghrá? Ghlaoigh muid ar a chéile, amhail
árthaí ag dul thart i ndíthreabh na farraige móire, gach
aon agus a thaisce féin ar iompar aige, gach aon ag dul
a bhealach féin agus gach aon ag súil le cuan agus caladh.

Dá stadfadh sé anois agus dreas cainte do dhéanamh, thiocfadh linn ár seanchas do roinnt ar a chéile, inár seasamh ansin ar bháine an bhealaigh mhóir, mar bheadh beirt mhangairí ag malartú a gcreanaise, iar bhfilleadh dóibh ó chuairt an domhain. Ach leanann sé leis, an lámh a bhfuil lón an lae ann ag luascadh go suaimhneach, amhail ceansóir ag cur túis na hurnaí suas chun Dé.

Ní mó ná go raibh aithne agam air ach ba de mo mhuintir é agus de mo mhuirín. Bhí muid nascaithe le chéile, eisean agus mise, i mbráithreachas an chine. Agus thuig mé faoi dheireadh an ní a rinne torthúlacht na n-aoiseanna atá thart. An ithir seo na n-aoiseanna, ar a bhfuil mé ag machnamh agus a bhfuil mé ag brath eitre uaigneach do threabhadh inti, is í a nascas mo chara maidineach agus mé féin. Is inti atá ár bhfréamhacha agus is í a thálas orainn seamhar ár meoin. Agus ní bac ar bith ar ár n-aontacht eisean do bheith ag tarraingt ar a chuid oibre ag luascadh a lámh agus mise do bheith i mo shuí gan chorraí ar lorg fíre. Ins an tsibhialtacht ar de sinn ní col an éagsúlacht ach saibhreas; agus an té atá difriúil liom, ní díobháil dom é ach éadáil. Óir tá ár n-aontacht suite i rud atá níos bunúsaí ná sinn féin; is plandaí sinn a shús a mbeo as an ithir. Is bráithre sinn de bharr go bhfuil aon atharthacht amháin os ár gcionn araon.

An ithir seo a chothaíos daoine, is sibhialtacht í agus is é fáth a bhfuil sí beathaitheach beothach gur fuaimint fhírinneach an duine is siocair mhéithris inti. Tá muid uile nascaithe le chéile ins an Duine. Is é an cine daonna an cumann aibhseach a bhfuil gach duine ina bhall de, mar a bhfuil na baill uile páirteach ins an chinniúin chéanna, a mbreith, a mbeatha, a mbás. Cuireann gach ball le saibhreas an chumainn, gach géag dá dtig leis an fhréamh ó dtáinig, agus is cuma má bhíonn cine amháin ag cumadh scéalta, cine eile ag tógáil teampall, an treas

cine ag rince ar fhaiche nó ag machnamh i gcroí a gcuid
sléibhte, is saibhrede sinn uile a bhfeidhm agus is tábhacht-
aíde na scéalta nó na teampaill nó na damhsaí iad do
bheith mar fhriotal pearsanta ar an idéal seo gurb ainm
dó an duine.

Ach ní hionann an duine agus suim na ndaoine agus na
gciníocha ná iomlán a dtíolaicí agus a dtáirgeán. Is aisling
é an duine, agus is réaltacht; is fís agus is fíoras. Is é an
t-idéal seo is slat tomhais do gach duine agus is é amháin
a chónascas an duine lena chomhdhaoine. Óir cé ar mhaith
leis gach aon duine d'aithne mar dá theaghlach féin? Is
bac ort agus is crá an té atá ag buain ar chomhshraith
leat, nó an vóitín atá ag guíodóireacht guala ar ghualainn
leat. Is mór an chéim síos dúinn a leithéid d'aithne mar
bhall dínn féin. Gidhea, ní mór dúinn uile a admháil gur
cruthaíodh sinn, go bhfuil muid ann agus nach uainn féin
a tháinig muid. Is comhchréatúirí sinn uile dá bharr sin
i láthair an chruthaitheora; is mic sinn uile de mhuirín
an aon athar amháin.

An ithir seo na hintinne, tá sí á leagadh síos leis na
céadta bliain, á leagadh síos ag tuiliú na cuimhne i meabh-
air daoine. Mar a scuabann na gaotha urlár corrach an
lán mhara go gcaitheann siad an éadáil i gcuanta an
chósta, is amhlaidh a scanadh spiorad an duine rabharta
na n-aoiseanna. Agus sinne, nua-fhundúirí, bailímid tor-
char cuain i mbéal na trá. Ba léir do ghlúnta na sean
cárbh as don duine agus ba léir chomh maith cá raibh a
dtriall. Cruthaíodh an duine de réir íomhá an té a chruth-
aigh. Ba dhual onóir agus ómós don íomhá sin, amhail
tugtar ceart agus cúrsaíocht don bhonn óir arna dhea-
rionnadh le séala an údaráis. Ba thaistealaithe na daoine,
saoránaigh den ríocht chéanna, a casadh ar a chéile ar
an choigrích; clann a níodh ins an uisce céanna agus a
séalaíodh go doscriosta agus go deo na ndíleann.

Is oidhre mé ar fhiúntais an chreidimh. Thuig ár sinsir cá raibh triall an duine. Ba é an duine dall é ag déanamh ar theas na tine. An slisne iarainn á tharraingt ag an adhmaint. An chloch ag sciorradh le fána. An turasóir ag déanamh ar an chathair ar chnoc i gcéin. Agus chaomhnaigh siad saoirse an duine, an fhíorshaoirse; saoirse an tslisne ag triall ar an adhmaint, saoirse an turasóra ag tnúthán le díonta na cathrach. Ní folláir domsa an tsaoirse sin do bhunú agus do chaomhnú, saoirse a ligfeas don síol eascairt agus éirí ina chrann.

A chrainn mo chine, a bhfuil do fhréamhacha in ithir na n-aoiseanna, fairfidh mé ar an fhás atá i ndán duit.

V

Ba í mo ghairm mar sin mo mhuintir do shaoradh. Ach cad air a saorfainn iad; cén treo a lorgóinn a saoirse? Nach raibh siad saortha go héifeachtach cheana, nuair a bronnadh orthu fearann dá gcuid féin, gan anró ann, gan aintiarna. Ní raibh geimheal ná géibheann orthu a thuilleadh, a dtalamh féin ag lucht an talaimh, loch agus linn ag iascairí, teampall ina ndéanfadh siad a nguí, oireacht acu agus caothúlacht chainte. Ach ba spadánta an saol a bhí á chaitheamh acu agus ba leamh a mblas air. Gan a chur san áireamh nach raibh anseo acu ach tréimhse ullmhaithe.

Cad a chiallaíonn sé, saoradh? An féidir liom ceap adhmaid do shaoradh trína tharraingt as an charnán agus a fhágáil amuigh leis féin. Mar ní dhéanfaidh an t-adhmad aon ní lena shaoirse. Agus má scaoiltear an cine ó ansmacht agus ainnis, cá fearrde iad é nuair a mhalartaíonn siad an gheimheal ghallda ar aidhleisce. Óir is tábhachtaí arís an duine do shaoradh air féin. Is í seo an tslí cheart chun soirbhiú don chine, dar liom, an duine d'athchruthú, an duine do dhéanamh acmhainneach agus tualaing ar a chumhachtaí féin do chur i bhfeidhm.

Is furasta agus is rófhurasta an duine d'athdhéanamh le rialacha, é do mhúnlú trí dhallumhlaíocht do dhlithe nach leomhann eisceacht. Ach is deacair doraidh an beart é d'athchruthú trína dhéanamh umhal dó féin. Is í mo mhian saoirse mo mhuintire do chur i gcrích; déanfaidh mé gach duine do shaoradh air féin. Tabharfaidh mé ciall dá saol agus gheobhaidh siad blas ar an tsaoirse. Saorfaidh mé an Duine; an duine atá i bhfolach agus i ngeimhle, mar bheadh giall ann, i ngach duine acu. Cuirfidh mé gach aon á chomhlíonadh féin.

Is ionann an duine do shaoradh agus grá do mhúineadh dó. An buanaí a d'fhulaing teas an lae, ní gá é do tharraingt go tobar an fhíoruisce; na méara atá téachtaithe le lábán an iomaire, beidh siad ag dréim leis an chistin chluthar. Ní mór ciall don easpa atá air do spreagadh ins an duine ar dtús, agus ansin iarrtar beart air agus tuigfidh sé a bhrí.

Ba léir sin do na sinsir, do na ciníocha aosmhara oirmhinneacha a thug a saol i dtíortha i bhfad uainn agus in aimsir imchian. B'annamh ag argóint i dtaobh na saoirse iad, óir ba shoiléir dóibh a nádúr, saoirse na mac i dteach a n-athar, saoirse chun riaradh ar bhráithre, chun umhlóid do thabhairt don teaghlach agus grá don tinteán. Agus ba áilíosach iad chun riaradh ar shliocht an áthais, á mbeathú, á dteagasc; ag ríomh a scéalta, ag lorg fonn agus ag gabháil ceoil, ag cur a nguí i bhfocail agus i bhfriotal. Agus á saibhriú féin d'aonuaim agus in aontráth.

Ba theachtairí iad ag iompar stór an Ardrí agus a dhea-scéala i dtír choigríche, teachtairí ar mhóide a n-uaisleacht a dteachtaireacht agus a bhí ag cur an bhóthair díobh go mear, ag deifriú leo go cathair i gcéin. D'fhág an misean sin de dhualgas orthu cuidiú lena chéile, mar

dhéanfaí idir taidhleoirí an aon rí amháin. Ba aithne acu
an charthanacht, óir bhí siad ag friotháil an rí i bpearsain
a thaidhleora féin. Thug siad ómós dá chéile, óir is dá
máistir a bhí an t-ómós ag dul. An tiarna agus an t-oibrí,
ba dhual dóibh bheith urramach dá chéile; óir ba dhlite
dóibh araon an gradam céanna, clann altrama an aon líon
tí amháin.

Lena chois sin, ní ceadmhach don teachtaire an t-éad-
óchas. Is é a dhualgas an pár do chaomhnú agus an scríbh-
inn do sheachadadh. Is tábhachtaí a ghnó ná a bheith féin;
is í a theachtaireacht is siocair dá mhórgacht. Agus an
teachtaire ionraic, beidh sé d'uirísleacht ann fírinne a
ghairme d'aithne agus ní chaillfidh sé a dhóchas, mar
b'ionann sin agus a rí do bhrath. An té nach gcuimhníonn
ach ar a chumas féin, dúnfar gach bealach roimhe agus
déanfar múr as an ród atá le taisteal aige.

Ba dhual dóibh uile, na daoine seo ag scinneadh thar
fhearann an namhad, ba dhual dóibh gníomh do dhéan-
amh agus gníomh laochta. Mar ba ghearr é a seal agus ba
mhór an mhian a bhí iontu a ndílseacht dá rí agus dá
muintir do thaispeáint. Ní laistiar de bhábhúin an daingin
a theastaíonn an laochas ach ag uair an éirí slí agus in am
an ghátair. Agus as siocair go raibh an stór céanna ar
iompar acu uile agus an fhírinne chéanna á fógairt acu,
bhí gach aon freagrach ina gcaithréim nó ina mbriseadh.
Ba chíocrach iad dá bharr sin chun fóirithint ar an
chumann.

Saoirse na dteachtairí ar an bhealach bán, saoirse na
long nuair is lán a seolta le cóir gaoithe, saoirse an tsíl
chun fáis, saoirse ár sean agus ár sinsear, is í is dual dom
d'athbheochan in anam mo mhuintire.

Thóg mé orm mar sin cúram an chine agus d'ardaigh
ualach a altranais ar mo ghuaille. Is trom é muirear i
bhfad agus is fadálach an ród a fheiceann tú romhat

amach os comhair do shúl. Anacair agus anbhuain a shaothraigh mé dá bharr; cránas croí ab ea mo chuid agus mo chomhroinn. Gidhea, bhí grá agam do mo mhuintir; ba dhíobh mé agus ba dhoscaoilte an tsnaidhm lenar cúplaíodh sinn. An té a thugas a ghrá, is aoibhinn leis meáchan na slabhra; ach bhí m'acmhainn fulaingte sáraithe, agus mo righeacha á ndó ag na dornaisc.

Óir níor thuig mo mhuintir an cúngrach a chuir mé orthu, ag déanamh dearmaid nach raibh ann ach rothag chun léime agus nár cheangal-chúig-gcaol an ansmachta é. Labhair mé leo mar sin agus d'fhéach lena dtabhairt ar athrú comhairle.

Agus dúirt mé páistí agus leanaí leo; óir, déanta na fírinne, ba chosúil iad leis na rudaí beaga gan eagna gan discréid. Níorbh áil leo a saol d'athrú; é creidte go daingean acu gurbh amhlaidh bhí a saol riamh agus gurbh ionann é d'athrú agus é do lot. Mearbhall aithne a bhí orthu, agus níor léir dóibh go gcaithfeadh siad an fhíor-eisint d'aimsiú arís. Ionann agus páiste a rugadh agus a tógadh in aon teach amháin, agus nach raibh ar eolas aige ach aon chistin amháin, agus aon driosúr amháin inti agus na gréithre in ord agus in eagar air. Má athraíonn an teaghlach a n-áit chónaithe, ní thuigeann sé cén fáth ar cuireadh a chistin as aithne air, ná cad chuige gur loiteadh an fíordhriosúr agus gur scriosadh dathanna agus déanamh na bhfíorghréithre.

Mar an gcéanna, nuair a agraíodh ar mo mhuintirse an saol a bhí acu d'athrú, agus labhairt agus smaoineamh agus gráú ar dhóigh úr, ba é a ngearán go rabhthas á gcur as a riocht.

— Conas aithneoimid ár gclann, adeireadh siad, nuair nach bhfuil siad ag foghlaim briathra a n-athar, agus go bhfuil a n-aigne á gcraplú ag focail nach bhfeadramar?—

Óir ba chrapalta leo aigne a leanaí, ní de dheasca í bheith lagaithe ach de bharr í do bheith difriúil. Agus fuarthas lucht eolais agus ardléinn a tháinig chugam a mhíniú dom le teoiricí agus le comharthaí go raibh glúin nua á forbairt agus gur dhochar dóibh é. Ach dhiúltaigh mé a n-éisteacht, óir ba í slí na spadántachta agus na leisce a mholfadh siad dom.

Ba é sin an dearcadh a rinne laige mo mhuintire. Mar níor chuir siad ins an áireamh brí an tsaoil agus cinniúint an chine. Níor mheabhraigh siad ailtireacht an teampaill a bhí á thógáil againn. Óir is bua é an foirgneamh foirfe, bua a rugadh ar an ábhar agus ar dhaille a dhlithe. Agus ní shábhálfaidh tú ailtireacht an teampaill mura dtuigeann tú chomh leochaileach agus tá do chaithréim. Agus braithfidh ciúnas do mhachnaimh agus an leathsholas naofa ar shuíomh na stua, agus ar théagracht na gcolún taca.

Ba mhíshásta iad mo mhuintir agus ba mhóide a gcorraíl go bhfaca siad fearainn eile agus impireachtaí mar a raibh an duine á bhruitheadh agus á theilgean i múnla eile. Agus ba dhifriúil an smaoineamh a bhí ins an duine úd, agus an dóchas, agus an creideamh, agus an grá. Ach ó tharla go raibh an duine úd saibhir, síochánta, ollchumhachtach, d'fhiafraigh siad cén fáth go raibh siad féin á gcur as a riocht, gan a airiú gurbh éigean dóibh féin fás de réir an phrionsabail a bhí iontu, gurbh éigean dóibh a n-áras féin do thógáil nó bheith beo mar thráillí i mbotháin na gcomharsan. Agus ní fhaca siad go raibh an duine úd thall danartha, dóthaineach, anshocair.

Ní dheachaigh sé i bhfeidhm orthu, an dáinséar a bhí ag bagairt orthu. Cheap siad gur de thaisme a dhealbhaítear an duine agus ní fhaca go raibh an chontúirt ann go slogfaí iad, go slogfaí a nduine féin go deo, duine nach saolófaí choíche arís. Mheas siad go raibh siad saor—saoirse acu chun gearán do dhéanamh faoina gcúnglú

agus saoirse chun a bhfás do chiorrú le falsacht. Thairg
mé dóibh fuinneog ag oscailt ar an aigéan, agus ghlacfadh
siad scáthán de rogha uirthi.

Tháinig atuirse orm agus ba dhóigh liom go raibh mé
gan taca agus mé tréigthe. An guth a labhradh liom i
bhfionnuaire an tosta, bhí sé éistithe. Agus bhí mé mar
bheadh punann ann a thit as a chéile; scaoileadh an
ceangal agus ní raibh ionam a thuilleadh ach dornán dias.
Bhí mé gan lúth gan éifeacht, amhail foireann an bháid
nuair nach n-ainlíonn siad le chéile. Bhí mé chomh fuar
le coinneal mhúchta a fhágas rian na toite ar an bhalla
ach atá gan lasair gan solas. Agus lucht mo chontrachta
ag caitheamh a dtóna agus ag macnas mar bhramaigh
bhliana.

Is aisling an tsaoirse, aisling a mheathas. Meathfaidh
sí má bhaintear amach í, cheal cuspóirí agus cheal rudaí
le saoradh, agus ní fhágtar di ansin ach córas roinnte na
creiche, cúis fhuatha. Agus meathfaidh sí má theipeann
ar fad uirthi óir caillfear an dóchas arbh é a bun é agus
titfidh glúin na saoirse siar i gcriathrach an éadóchais agus
na haidhleisce. Agus ní hé glór an duine a thuilleadh é
ach snagarnach an daoscair. An focal 'saoirse,' a mbíodh
gáir an ghalltrompa ann tráth, tá sé toll agus níl ann ach
aithris ar cheol an chatha; ceol a mhúsclas cumha agus ní
caithréim. Ach tiocfaidh an lá arís a n-imeoidh an chumha
as ceol na saoirse, óir beidh na daoine ag aisling agus
cloisfidh siad galltrompa a mhúsclós iad agus a chuirfeas
i gcionn na hatógála iad. Agus is álainn é guth an ghall-
trompa a tharraingeas cine as a chodladh.

Ba shoiléir dom mar sin gurbh é mo dhualgas misneach
do ghlacadh agus an t-uchtach do bhuanú ionam féin.
Óir is mise an taoiseach. Mise a achtaíos na dlithe, mise is
ailtire ar theampall mo mhuintire, mise is caomhnóir ar
chrann mo chine. Cad a dhéanfadh siad de na clocha

scaipthe gan an cuspa atá i mo shúil? Is mise a rialaíos
agus a roghnaíos. Is mise a chuirfeas eagar ar na clocha
agus guífidh siad a nDia ins an chiúnas agus ins an fhoth-
ain de thairbhe na híomhá atá á hiompar agam i mo
chroí. Is é mo dhualgas mar sin an fód do sheasamh.

Creidim go diongbhálta nach é is taoiseach ann duine
a shlánaíos a chine, ach duine a agras ar a chine é féin
do shlánú, é féin agus an aisling shárluachmhar atá ina
chroí. Ní mór dom mar sin mo mhuintir do mhealladh
chun mise do shlánú, chun m'aisling do ghlacadh chucu
féin. Is é sin is mórgacht ann dáiríre, glóir d'aislinge féin
do nochtadh agus do chur i bhfeidhm ar dhaoine. Mar
gheobhaidh tú romhat drithle den ghlóir sin i gcroí gach
aoin, agus is cuí an drithle sin na mórgachta do choinn-
eáil beo go buan i ngach duine.

Chrom mé arís ar mhúnlú mo mhuintire agus níor
mhór liom a thuilleadh bheith docht leo. Mar cén t-aoire
nach dtiomáinfidh an tréad tríd an gheata le buillí agus
le héigean ionas go mbeathófar iad ar an innealtas istigh?
Teastaíonn uaimse an ardmhian do ghiniúint i mo mhuirín
agus aithním áilleacht na n-ardmhian uile, am chun mach-
naimh agus am chun oibre, tógáil na todhchaí agus slánú
an ama atá caite, an chúirialtacht a lorgaíos eolas agus an
oirmhidin a chreideas agus a chaomhnaíos.

Cruthóidh mé cinnirí eile i measc mo mhuintire agus
ailfidh mé a n-údarás, mar is mise ceann na gcinnirí agus
tiobraid na comhairle. Beidh saoithe agam a chneasós
créachta mo chlainne agus admhóidh siad an chumhacht
íocshláinteach a thig ó lia na lia. Agus fanfaidh mé go
dílis le ceann urra a chuirfidh Dia chugam luath nó mall,
an sáréirimeach a chuirfeas friotal ar an saol, a mhothós
mar mhothaíonn siadsan agus a inseos an chiall atá acu
do na rudaí nach bhfeictear, a mhíneos rithim a mbeatha
agus fuaim a dteanga agus séisghuth a gceoil. Iar dteacht

dó chugainn, a Thiarna, scaoilfidh tú mise agus rachaidh
mé fá chónaí agus síocháin i mo chroí.

VI

Foilsíodh dom, áfach, nach duine ach glúin iomlán
daoine a bhéarfadh an báire seo agus chuimhnigh mé ar
ár gclann nach raibh ach ina bpáistí fós. Agus mheabh-
raigh mé an t-iontas a bhí feicthe agam fadó.

Tharla oíche áirithe i rith na dianoilithreachta a rinne
muid gur bhuail an talann mé ár gcampa do bhreathnú.
D'éirigh mé i dtrátha an mheán oíche agus shiúil mé síos
i measc mholltaí an bhagáiste agus shráideoga na ndaoine.
Amach uaim ins an leathsholas, bhí beathach ag srantar-
nach thar an fhéar sioctha; fíor foraire ina sheasamh gan
corraí as idir mé agus léas i dtreo na gealaí. Shiúil mé
tríd an champa go fáilthí i measc na gcodaltóirí. Fuílleach
náisiúin, deasca cine, iad lán de bhrionglóidí uafara, ag
tarraingt ar an anaithnid. Fir, mná, leanaí, a gcinn ag
iomlasc ar a n-adhairtí anshocaire, ag únfairt ó thaobh
go taobh, ag corraí go míshuaimhneach le uaillghuthanna
an dorchadais. Boladh na tine múchta agus an bhia stál-
aithe ar snámh ins an aer. Bagáiste an bhealaigh caite
thart ina bheartáin mhíchumtha leathcheangailte a raibh
maidhm seicne orthu le teann pulcaithe.

Chonaic mé bean saiprithe isteach idir na saic agus
leanbh cuachta ina hucht aici. D'amharc mé ar an athair,
diúlach géagach féithleogach, a chorp casta go míchom-
pordúil, a chloigeann cnámhach craptha isteach ina cham-
as aige. Gnúis na mná go fann feoite. Rith an ama, bhí
callán beag múchta ag líonadh an aeir, srantarnach
phíochánach, scréacha gearra doiléire, gíoscán leathair,
agus feadaíl uaigneach na gaoithe ag caoineadh gan sos
tharstu agus ina dtimpeall.

Chorraigh an páiste agus tharla mar bheadh ga de sholas na gealaí ar na ceannaithe beaga. Bhí sé ina chodladh. Chrom mé anuas thar a éadan mín, thar an bhéal caomh. Gnúis pháiste chomh hálainn léi ní fhaca mé riamh. Ba don lánúin bhocht seo a saolaíodh an seod; do na cleiteacháin seo a tharla míorúilt an tslachta agus na séimhe. Nuair a bhláthaíonn rós álainn nuadhathach ins an rósarnach, féach mar a chaomhnaíonn an garradóir é, mar a pheataíonn é, mar a shaothraíonn an planda ar de é. Agus bheartaigh mé ansin, láithreach, go mbeinnse i mo gharradóir ar na daoine agus i mo chaomhnóir ar a síolbhach. Mhachnaigh mé i bhfad an oíche sin ar imircí agus ar anshó agus ar chríonú na rós cheal cúraim. Agus níorbh í scifleogacht an phéire amháin ba ghoin dom, ach an tairngre a sáraíodh iontu, agus an seod a theimhleofaí ag an saol.

Chuir mé romham mar sin an rósarnach do chaomhnú. Óir, an t-athair a chruinníos a chlann timpeall an tinteáin, is é mo gharradóir é. Is foinse oird é agus is tiobraid eolais, ceann cúraim agus sciath cosanta. Amhail máistir loinge, i nduibheagán dorianta na bhfarraigí, ag stiúradh an árthaigh chun calaidh. Treabhann siad leo, an mheitheal bheag mhisniúil, agus ní fhágann de lorg ach an cúr a chailltear i mórtas an aigéin. Ach tá a gcinniúint ceangailte leis an oileán a bhfuil siad ag déanamh air agus a bhfuil a cheol ag líonadh a gcluas. Tá an fhoireann lán de thnúthán an oileáin, agus amhrán á ghabháil acu; canann siad a n-amhrán féin agus amhrán an oileáin. Agus is lúcháireach iad de bharr na caintice, mar is é a ndóchas féin a chanann siad; agus an t-oileán a shamhlaítear dóibh, níl fáil acu air abhus, óir ní oileán domhanda a n-oileán. Nach cuma?—an ní atá tábhachtach, is é go bhfuil ceann aistir acu agus réalt eolais, agus soitheach acmhainneach a dhéanfas a n-iompar. Óir má tá siad faoi dhraíocht ag aisling an chuain is ceann cúrsa dóibh, ní dearmadta dóibh an baile agus an dream a sháith ar an snámh iad. Tá siad chomh mór i dtuilleamaí an dream a dhearaigh an long agus tá siad ag brath ar stiúradh a dtnútháin.

Tá feicthe agam i dteaghlaigh an comhar céanna, athair agus máthair ag treorú a gclainne, an té is sine ag cosaint an té is óige agus muinín an tsóisir as an sinsear, díreach mar bheadh foireann ann ag obair i bpáirt agus ag ainliú le chéile. Ba théagartha dá bharr a saol, agus ba fhaoileach a bhfilleadh abhaile; b'aigeantach a siamsa agus ba chluthar a n-oícheanta cois teallaigh. Gach aon duine agus saoirse aige chun fáis agus forbairt—saoirse amhail saoirse na craoibhe chun cur le bláth an chrainn; chan ionann é sin agus saoirse chun sárú do dhéanamh ar chearta an fhir thall. Óir braitheann saoirse ar ord agus ar eagar.

Ba mhór liom i mo mhachnamh grá an athar, an grá sin a bhfuil an atharacht shíoraí mar eiseamláir aige. Mar is grá fírinneach é, grá nach lorgann a leas féin. Déanfaidh an t-athair rud ar an mhac nuair nach ndéanfadh ar aon duine eile é. Mar is dá dhéanamh féin an mac, cuid de féin a fhásas lena thaobh ó lá go lá; a iarmairt agus a iardaí féin; a chomhlíonadh. Athghin an athar atá sa mhac; an t-athair beo arís ann, an t-am atá caite á scáthánú ins an todhchaí. Agus an té a thug a sheal, déanfaidh sé íobairt ar son an neach óig nár tháinig ann dó fós.

Feiceann an t-athair i ngnúis a mhic a cheannaithe féin á gcruthú de réir a chéile maille le ceannaithe na mná a thogh sé thar mhnáibh. Caitheann sé a chuid allais ar a shon agus coimhéadann é ag fás; é faoina chosa aige i dtosach, ansin go glúine leis, agus guala ar ghualainn a bheas faoi dheireadh. Théigh sé na lámha beaga fuara

idir a lámha féin; d'éist sé a chéad fhocal, stiúraigh a
chéad longadán siúil. Choimhéad sé ar an ghnúis sin, ins
an chorp sin a gabhadh uaidh, anam á nochtadh, seod
nach bhfuil cruthú ná ceannach air ag daoine. Os comhair
an chréatúir bhig seo, mothaíonn sé ar dhóigh eile gur
cruthaitheoir é féin. Is air atá an mac ag brath fá choinne
gach rud; is ann a chuireann sé a iontaoibh agus a mhuin-
ín; agus tuigeann an t-athair dá bharr na dualgais atá
air. Sin é a dhéanas grá an athar, an fíorghrá, a thuigeas
gurb é is aoibhneas ann íobairt do dhéanamh ar son
aoibhneas daoine eile. Óir méadaíonn freagracht grá. Agus
is méanair don mhac a bhfuil tuiscint ag a athair air.

Ghlac mé rún mar sin grá na n-athar agus na mac do
chosaint, agus bábhún do thógáil ina thimpeall. Mar is é
comhbhá na nglún is dúshraith do mo thógáil ar fad. Ach
níl feidhm le bábhúin chloiche má bhíonn an tinteán fuar
agus ní leor na rialacháin agus na toirmisc chun an tine
d'adú agus do choinneáil ar lasadh. Is é an bábhún a
mholfainn, síol do chur a eascrós agus a roghnós ins an
chré an súlach a theastaíos uaidh féin. Óir is áil liom idir
shaoirse agus dhúchas.

                              VII

Bhí mo mhuintir beo ar a suaimhneas. Bhí siad ag obair
agus ag siamsaíocht, ag tógáil clainne agus ag adhlacadh
na marbh; faoi áthas dóibh seal agus seal faoi bhrón, agus
ba dhoimhnede a bhfréamhacha i bhfearann mo rogha a
n-áthas agus a mbrón araon.

Ach bhí ag briseadh ar a bhfoighid ag lucht na heagna
agus na héirime, agus i ndeireadh na dála sheasaigh siad
romham amach agus thosaigh ag scáirdeadh a gceisteanna.
An domhan mór a bhí ag cur buartha orthu agus saol an
duine. Bhí siad ag caitheamh na rúndiamhra seo liom

mar bheadh tomhais ann, agus ag tathant orm iad do
mhíniú, ionas go mbeinnse caillte mar aon leo i gcathair
ghríobháin dá ndéantús féin.

— An gcaithfimid géilleadh don saol amuigh nó troid
ina aghaidh? Má ghéillimid, slogfar sinn; má throidimid
é, fágfar go scaite uaigneach sinn agus tomailfear ár neart
gan toradh.—

Óir níor thuig siad aon ní as toradh mo mhachnaimh
agus ba amaidí leo mo chuid aislingí agus mo bheartanna
Ach is mise ceann eolais mo chine agus chreid mé gur ar
mo chrannsa a tháinig iad do shásamh. Chaith mé mo
neart le smaoineamh agus bhí mé 'mo shárú le loighic agus
le leathfhocail.

Mhothaigh mé meisce na bhfocal ar m'intinn agus
borradh na mbréag tar a n-éis. Thaibhrítí dom go raibh
mé ar laochra mo chine, laoch anallód do mo theilgean
faoi gheasa ionsair an chath, gan toil agam chuige, gan
tuiscint ionam dó, gan teitheadh bheith i ndán dom. Agus
d'fhiafraigh mé díom féin:

— Conas a tharla go bhfuil mé páirteach ins an
chluiche fánach seo, nach féidir a stopadh, nach dual
deireadh dó ach an briseadh? Cé d'fhág anseo mé gan é
do chur i mo chead ná i mo chomhairle, ag troid go dall
gan dóchas, ag únfairt go mearbhallach; agus ar deireadh
thiar, ag creathnú roimh an chinniúint atá ag bagairt orm,
cinniúint nár thuill mé? Cé sháith isteach ins an chiorcas
dánartha mé, chun comhraic gan arm cuí in éadan na
n-árchon? Cé hé an t-impire atá ag coimhéad mo chrá?—

Gur ins an riocht sin a chaith mé achar fada. Mar ba
mhórluachach an mhaise dom na ceisteanna sin do chur.
An té a ndéanann a scáil féin lán na súl dó, conas d'fheic-
feadh sé an bealach roimhe? Bhí mé ar strae agus mé
caillte; cé go raibh aighthe inaithne máguaird, bhí ag dul

díom aon cheann acu do shonrú. Is amhlaidh sin don
duine a théas ar seachrán ins na coillte nó ar bhlár lom
an chaoráin. De phreab, éiríonn an tír coimhthíoch, namh-
adach. Tá an chontúirt ag stánadh go dolba as fál na
fiobhaí agus cruthanna dubha ag éirí as an cheo aniar.
Mothaíonn sé é féin crioslaithe cúngaithe agus iompaíonn
an domhan uile isteach go bagrach air. Is amhlaidh fós don
duine a thiocfadh isteach i lúb cruinnithe agus a sheasódh
go cúthaileach nó go doicheallach ina aonar i measc an
tslua ghealgháirigh; an dá luaithe aithníonn sé gnúis carad
ann, táitear é leis an chóip.

Bhí mé féin ar lorg gnúis aitheantais, snaidhm a nasc-
fadh na snáithí scaoilte, fírinne a dhéanfadh aontacht den
éagsúlacht. Mar bíonn an aimsir ann nach bhféadann an
eagna an fhadhb do thátal agus nach bhfaigheann an
teanga focail chun cruth na céille do bhualadh ar an
dobhránacht. Machnamh maidine is ea dhéanainn agus
aisling oíche, agus choimhéadainn smeachóidí na tine ag
titim go dithneasach i luaith. Leanadh an lá an oíche,
agus an oíche arís ins na sála ar an lá. Tháinig soineann
samhraidh agus d'imigh, agus cumha an fhómhair ina
dhiaidh; agus rug dúluachair an gheimhridh orm gan
caismirt do theacht ar fhuacht an fhaitís ionam.

Chrom mé ar thalamh do bhriseadh, i bhfách le síol-
chur an tséasúir nua. Lean mé go righin don chéacht agus
shiúil mé an chneá fhada a réab an soc i gcolainn na
hithreach. Lasc an géarbhach mo dhoirn agus m'aghaidh
lena sciúirsí agus d'fhág bá ionam leis an bhfód stalcánta
scallta. Fuair mé tuiscint úr ar thorthúlacht agus ar thiar-
áil. Óir ní hionann rud do thuiscint agus rud do bhaint ó
chéile, agus ní hionann eolas agus míniú. Ciallaíonn tuis-
cint feiceáil agus an té a d'fheicfeadh, is éigean dó bheith
páirteach in ábhar na físe. Mar is féidir réasúnú go cruinn
agus go cúramach agus eithne na faidhbe do mhilleadh

thar aithne. Is gaoth loscaitheach í anáil na hargóna agus is bocht an leigheas í ar íota anama.

Casadh an fear óg orm lá agus sinn ag taisteal; é ina shuí romham amach an tan bhí dreach brónach na tíre ag casadh thart orainn agus ag imeacht le sruth uainn siar. Shuigh sé ansin romham, an t-ógánach simplí seo, aoibh an dea-chroí ar a aghaidh agus a mhéara giortacha oibrí spréite ar a ghlúine. Agus thuig sé an fhírinne a ceileadh ar aos na hintleachta.

— Is é atá tábhachtach tú bheith i do mháistir ar d'fhearann féin, adeir sé, agus é ag breathnú go mallrosc-ach thar na tailte leitheadacha. Is iomaí cloch a chuir mé ar an chúrsa agus tá imithe ó chomhaireamh orm na brící a leag mé leis an dorú; ach níl iomrá orm fá na tinteáin a thóg mé féin ná cuimhne orm ins na teaghlaigh ar thug mé dídean dóibh. Agus mo dheartháir a shiúlas a acraí féin agus a chomhaireas a chaoirigh féin ar an chnoc agus a theagascas ealaín na ceannachta agus an díolacháin dá mhac, is máistir é agus saoránach.—

Agus scar muid ó chéile, agus thuirling mé, agus iom-praíodh uaim an t-ógánach ionsair chríoch i gcéin, agus é faoi chrann smola na sclábhaíochta go deireadh a shaoil.

Theastaigh uaim a rá, dá bharr sin, le lucht na heagna agus na héirime gurbh iomarcach a gcúram i dtaobh an tsaoil amuigh. Is í ceist atá le réiteach againn dáiríre: conas a chuirfimid ár gcinniúint féin i gcrích? Conas fhéadfaimid sinn féin d'fhorbairt agus d'fhoirbhiú? Más ar an saol mór atá ár n-amharc, beimid de shíor ár suath-adh ag a chorraíl agus ár gcrá ag a ionsaithe. Is é is éigean dúinn a dhéanamh sinn féin do chruthú ó fhréamh. Óir is ábhar imní dom an duine gan tathag, an té nach bhfuil ann ach amharc in ionad bheith.

Caithfimid sinn féin d'fheiceáil le huirísleacht, ionann is dá mba luibhghort ár bpobal. Cosúil leis an lusra anuasal a chlúdaíos blár lom an chaoráin. Gach duine mar bheadh dias muineoige ann, ag tabhairt a thoraidh mhilis neamhbhuain in am tráth, agus a fhréamhacha ag diúl cothaithe as teocht ársa na móna. Dá gcuirimis ár bhfréamhacha go docht ins an mhóin shinseartha, bheadh buaine ag baint le gach gluaiseacht bheatha ionainn. Agus bhraithfimis an bhuaine ins an saol a chruthóimis; buaine na gréine a théigh ár n-aithreacha agus buaine na fearthainne a thug toradh dá síolchur. Buaine ins na scéalta a d'inis siad agus ins na dánta a chum siad; buaine ins an dáil agus i gcathaoir an bhreithiún; buaine i loinnir na súl a dhéanas gáire linn agus i gceol na cruite a chluaineas chun codlata sinn. Agus ní sruth luaimneach é an t-am a thuilleadh ach ciúinloch airgeata. Ná ní lorg coise i mbéal trá ár saol a thuilleadh, ach gallán greanta ar shliabh tráthnóna grianmhar.

VIII

DUILLEOGA ar chrainn arís, agus deannach ar an fhéar cois an bhóthair; na locháin mar bheadh scátháin ann idir dhá spéir. Agus shiúlainn i measc mo phobail ins an tráthnóna suaimhneach. Ó bhothán go bothán mar a mbíodh na túirní ar an tairseach agus lucht déanta ciseán ina suí ar leac na fuinneoige amuigh. Bhí mo mhuintir go déantasach gleithearánach ar obair, mar bheadh na ceannaitheoirí chucu ar ball agus an t-ór buí go meallacach ina sparáin. Bhí siad gnóthach dá bharr sin, ag carnadh earraí agus ag cleachtadh reacaireachta, ag dréim le teacht na mangairí.

Bhíodh focal misnithe agus spreagtha agam do na táirgeoirí agus don driopás seangán seo a bhí fúthu. Ach ba lú m'aire do na daoine ná an spéis a chuirinn i bhfoirfeacht a dtáirgthe. Ní hé nach raibh meas agam ar ór na gceannaitheoirí ná trua agam do bhochtanas mo mhuiríne. Ach is mise an garradóir agus is é mo dhualgas-sa friotháil ar an phlanda leochaileach. Ní mór dom, dá thairbhe sin, freastal ar fhás an duine, agus ar fhorbairt fhírinneach. Níor léir dom, ámh, forbairt an duine ins na molltaí móra úd de dhéantúis gan tréithiúlacht.

B'fhearr liom mo mhachnamh do dhéanamh os comhair na seanmhná a chuireadh an lá isteach ar an lásadóireacht, ag caitheamh na bpionnaí go cliste de réir an phatrúin a fágadh mar oidhreacht aici. D'oibríodh sí léi ó lá go chéile, ag ídiú a seanmhéara críona le cúramacht agus ag baint na súl aisti féin leis na pointí casta. Bhí sí sáraosta agus crapallta ina corp; ba iad na súile agus na méara amháin ar lonnaigh beatha agus beocht iontu. Ionas nár bheo di a thuilleadh ach ina méara agus ina súile. Agus an spréachán beatha úd, bhí sí á mhalartú ar áilleacht an lása. Sa tslí sin, bhuanaigh sí an bheatha a tugadh di ins an saothar a d'fhág sí ina diaidh. Agus bhí sí ag filleadh go malltriallach ar an bheatha iomlán, agus a lámha lán den ór fírinneach agus coinnlí nach múchtar ag lonrú ina cuid súl.

Dhéantaí magadh fúithi, an tseanbhean seo de lásadóir, as siocair nár rogha léi obair níos fusa do tharraingt chuici féin, agus obair níos cúitithí, mar deireadh siad. Ach d'infhill mé obair na seanmhná i machnamh mo ghrá, óir bhí tuiscint agam dá háilleacht. Mar is álainn an íobairt inti féin agus níl de bhunús léi ach an tabhairt. Agus á tabhairt féin don áilleacht seo di, d'eitigh an tseanbhean an iomad áilleachtaí a bhí á mealladh agus a cluanadh. Mar tá gach réaltán difriúil leis na réaltáin eile, ina mhéid, ina áilleacht. Máisea, is álainn dóibh uile. Agus is é céad áilleacht gach réaltáin é gurb é féin atá ann agus nach aon réaltán eile.

Is amaideach liom mar sin an dream a deireas gur chóir do mo mhuintir aithris do dhéanamh ar chuspaí coimhthíocha. Mar is cuma cé chomh maisiúil leis an chuspa, níl ins an mhacasamhail ach aithris agus déanann sé bréagnú agus frithrá ar bhundlí a fhiúntais féin. An dream a bhfuil a n-aird i gcónaí ar an bhréagshamhail, is fearr leo an neamhní ná an cruthúchán. Ní beo ach don ní a chruthaítear, agus níl fás i ndán don ní atá marbh ann féin istigh.

I rith mo shiúlóidí fada ó dhoras go doras, tháinig tuiscint chugam ar eisint an chumainn ar mhaith liom mo mhuintir do nascadh ann. Óir mhachnaíonn ar stair mo mhuintire, agus ar a staid ins an am i láthair, agus ghlinnínn go fáilthí isteach i ndorchadas na todhchaí a bhí i ndán dóibh. Agus shiúladh siad tharam in órsholas na haislinge, ina gcéadta agus ina mílte, sliocht suthain seanda, mar d'fheicfí iad lá an tsléibhe. Scaifte acu go maorga caithréimeach agus scaifte go brónach brúite. Corrdhream faoi mhaise agus faoi ghlóir, agus na glúnta fada faoi léan agus faoi anshó. Cuid acu go breá beathaithe agus cuma an rachmais ar a dtrealamh, ach ceann faoi orthu máisea agus cúthail na náire; cuid eile go bratógach caite agus lorg na fola go spiagach ar a gcolainn. Iad ag dul tharam de choiscéim tholl mháirseála, manach agus saighdiúir, fáidh agus coirpeach, athair agus mac, ionailt agus bantiarna.

Ba é bhí ag déanamh ceist dom, cad é an fórsa a rinne comhchorp de na baill iomadúla seo; cad é ba bhun dá gcomhdhúchas; cad é an chumhacht a dhéanfadh pobal d'aonaráin na haimsire. Mar ní chruthaítear an neach beo le hansmacht ná le héigean agus ní féidir croí do chur ag preabadh le dlithe. Na daoine úd a tháinig romhainn, aithreacha ár n-aithreacha, agus sinn féin, agus sliocht ár sleachta, is beo dúinn nóiméad gearr agus tar éis achar beag an fhiabhrais agus na corraíle, ní hann dúinn níos mó. Agus d'ainneoin ghiorracht ár spáis agus ghéire na bhfreang a chéasas sinn, seachadaimid an lasair luachmhar agus déanaimid eolas an bhealaigh dár n-oidhrí. Cuirimid i gcrích go mall righin, de réir mar dhéanann na glúnta sealaíocht ar a chéile, obair mhór ár gcine, an obair úd is toradh ar ár gcomhiarracht, obair atá de shíor á críochnú agus de shíor á hathnuachan agus a dtugann aos dána sibhialtacht mar ainm air.

Gidhea, ní chuimhníonn an duine aonair ach air féin agus ní fhéachann ach lena chinniúint féin do chomhlíonadh. Agus tá an ceart aige mar níl sé ach ag leanúint bhundlí na beatha féin. Mar is í an fhírinne amháin a chruthaíos an áilleacht.

Ach mheabhraínnse an lasair bheag phreabúil nár mhór a sheachadadh ó ghlúin go glúin, an tine naofa nach mbeadh ann uaireanta ach aibhleog ar tí a múchta, agus a ndéanfaí caor loscach di ar ball. Éilíonn an ríchoinneal sin lucht faire dá coimeád agus dá coinneáil. Agus cheistigh mé mé féin i dtaobh an chonnaidh ar a mbeadh sí beo. Tuigeadh dom gurbh é ainm a bhí ar an chonnadh sin an grá. Ach grá do cén rud? Agus cad is siocair don ghrá seo a shoilsíos an duine agus a dhéanas réalt eolais do na glúnta?

Léiríodh dom de thairbhe mo dhianstaidéir gluaiseacht fholaithe an ghrá agus fuair mé fios fátha a phreabarnaíle. Óir, má bhí mé ag tóraíocht an ghrá, ní bheadh sé aimsithe go deo agam i leabhair ná ins an scéalaíocht; ní mór an grá do lorg ins an bheatha. Agus ní aithneoinn an grá de thoradh machnaimh ná trí éirim aigne. Is éigean an grá do bheith i do chroí féin ar dtús. Agus ní thugtar grá don ní nach dtuigtear, nach n-aithnítear, nach dtaithítear. Óir an ní a thaithítear go buan agus go dochloíte, cailleann sé maise mheallltach na nuaíochta agus téann a

chleachtadh chun diúnais ar an anam, go dtí nach n-airí-
tear a thuilleadh mar ní ar leith é. Amhail an bhróg a
bhí cumtha néata ar theacht di ó cheap an ghréasaí, an
leathar go spiagach niamhrach inti, agus greamanna an
órshnáithe go nuagheal ar a chiumhais, agus a umhlaíodh
agus a aclaíodh leis an chaitheamh gur chaill sí an spiag-
acht a mheall na súile agus gur ghlac chuici an bhoige
agus an tsolúbthacht a dhéanas a foirfeacht.

Bhínn ag cur is ag cúiteamh sa tslí sin tigh an ghréasaí,
ar a cheardaíocht, ar a íobairt, agus ba cheist agam é cár
luigh an ceacht dom i gcumadh an choisbhirt, nó an raibh
tábhacht ag an chasúr agus an tarathar mar uirlisí eolais.
Cosúil leis an duine seo a thuig coimpléasc an leathair agus
tréithe an tsnáithe agus a raibh ciall aige do leá céire agus
don bhuille cruinn, d'fhéadfainnse freisin dul i dtaithí mo
cheirde agus a ceachta folaigh d'fhoghlaim. B'éigean dom
bheith páirteach ins an saol a raibh muid beo ann. B'éig-
ean dom bheith dílis do mo chinniúint féin, agus maireach-
táil i m'fhírinne féin.

Ghlac mé col dá bharr sin le dream na gceisteanna
agus na seasc-éirime, leo siúd a d'iarradh fáthanna agus
a lorgaíodh de shíor siocaireacha na feidhme nár cuireadh
riamh i gcrích. Agus bhínn crioslaithe agus timpeallaithe
acu gan sos; iad ag fiafraí i gcónaí: an fiú an chúis seo
agat ár n-íobairt? Cad is bun don spiorad seo a ba mhaith
leat a chruthú? Amhail is dá bhfiafródh cad é go cruinn
comhshuíomh na gcloch as a dtógfá do theampall. Óir bhí
siad cúbtha go cúthail ar chlaí na páirce, ar leathimeall
na beatha. Agus ní bheadh an t-eolas ina seilbh go brách
mar ní thig eolas roimh thuiscint, agus ní hann don tuiscint
gan bheith páirteach. Amhail an feirmeoir ag siúl a thal-
aimh féin. Conas d'aithneodh sé teacht an earraigh agus
borradh na bliana úire murar éist sé le heagna na seanóirí,
murar iompaigh an fód a shaothraigh siad dó, murar

chuimil an chréafóg ina mhéara cíocracha, murar bhreath-
naigh bagairt na scamall thar ghualainn dubh na sléibhte
agus deirge na néal ar maidin, murar ail agus murar
chruthaigh an talamh seo lena neart féin, lena mhogh-
saine lae agus le codladh na hoíche.

Theastaigh uaim mar sin glaoch orthu seo agus a
iarraidh orthu teacht agus cion fir do dhéanamh agus
buarthaí fir do ghlacadh orthu féin. Cé thuigeas an chlann
agus a tábhacht murb é an t-athair é a bhfuil an cúram
agus an t-imní air? Is é a chuireas aithne ar chrá croí
agus tinneas aigne; ach eisean amháin a thuilleas teideal
uiríseal glórmhar fir. Óir is é amháin a bhfuil caidreamh
aige leis an bheo agus coibhneas aige leis freisin.

Ní féidir ciall na beatha d'fhionnachtain gan bheith
beo, gan bheith páirteach ins an saol, agus gan d'anam do
chur ins an pháirt a gheall an oirchill thuas duit. An té ar
toil leis eolas d'fháil ar an sliabh, caithfidh sé an sliabh do
thaithí. Ní mór dó eolas do chur ar gach comhartha fear-
ainn, ar gach cosán agus cuas, ar aill agus ar bhoglach
agus ar an scileach fealltach. Gidhea, ní hionann eolas
an tsléibhe agus suim na bpointí mioneolais ar a chon-
túirtí agus ar a chruth. Is éigean an coibhneas bunaidh a
chónascas na rudaí sin le chéile do thuiscint. Ní foláir
bheith in ann an ghnúis dhoiléir sin do léamh. Ciall do
bhaint as luisne na mbeann le deireadh gréine agus leid
do ghlacadh ó théaltú fáilthí an cheo thar na sleasa agus
a luí ins na loga. Léargas d'fháil ar a meon dúrúnta; an
dóigh a ngléasann sí í féin go péacach nuair is mian léi
creach do mhealladh chuici, an dóigh a liúraíonn sí a
rabhcán fiáin nuair a thig a racht uirthi, an dóigh a
bhfilleann sí í féin i nduibhe agus i ndoiléire nuair a
bhuaileann tallann stuaice í. Ionas go ndéantar gnúis
aitheantais di agus compánach aontís.

IX

Tar éis taithí fhada na laethanta agus na mblian, tosaíonn an duine ag tabhairt grá dá gheimhle. Mar níl aon aigéad is túisce thriailfeadh an miotal ná creimeadh agus síorchuimilt an ama. Agus níl miotal ar bith ann is luachmhaire agus is bunúsaí ná an tsimplíocht; an tsimplíocht, eagna an linbh. Óir gach ní ar nasc an leanbh coibhneas leis i simplíocht a chroí, tá úire ag baint leis agus láithreacht nach millfear, nach gcríontar. Amhail na cófraí móra adhmaid a dtagaimis orthu i gcúlseomraí fionnuara agus a mbíodh boladh cumhra ar a n-anáil a gheallfadh rúndiamhra gan áireamh dúinn. Is cófraí taisce dúinn iad an fhad a mhairfimid, agus ní thiocfaidh leimhe ar a gcumhracht go deo. Nó an seomra bocht mar ar chuaigh muid a chodladh míle uair agus ar mhúscail a bhallaí aolnite aislingí ionainn iar ndúiseacht. Ballaí as ar ceapadh tíortha agus cúigí mar a ndéanadh ár súile seachrán; an gág úd, ba ghleann é nó ailt ina ndéanfaí éirí slí; aimhréiteacht na gcloch, ba chnoic agus machairí iad a d'fhaibhrigh dúinn léarscáil ár bhfearann claímh. Agus na súile a thairg brionglóidí na háilleachta as an bhochtaineacht, d'fhoghlaim siad conas grá do thabhairt don anró. Do na gaotha feanntacha agus don síon a lascadh sinn, do na bóithre cnapánacha a thuirsíodh ár gcosa, don chré oighreata a chuisníodh ár méara ar iomairí an fhómhair. Óir ba dár saol iad agus d'aithin muid iad agus thuig iad. Agus i bhfad ina dhiaidh sin, tar éis imeacht na mblianta, chonaic muid go raibh grá tugtha againn dóibh. De bharr a mbreathnaithe. De bharr a gcleachtaithe. Bhí muid nascaithe leis an domhan beag dúr sin agus bhí muid beo ina láthair. Agus ba mhíniú dúinn an láithreacht sin, agus cúis síotha agus socaire. Mar bheadh scáthán ann ina bhfeicimis ár gcosúlacht féin. Ní bhrisfidh scáthán ach an té a thug gráin dá scáil féin.

Agus cé hé ar chóra dó labhairt faoi áilleacht na hainn-
ire ná fear a páirte? Cén fáth mar sin nach leomhfaim-
isne ár gcuimhní do chur i bhfriotal? Sinne atá tar éis an
pálás d'fhágáil agus do chailliúint agus atá ag creathnú
roimh an bhealach atá le siúl againn, roimh dhoircheacht
na foraoise agus bagairt na n-aill agus alltacht rúnda na
gcríoch trína ngabhann ár slí. Óir ba phálás é ár n-aois
leanbaí, áras a bhí lán de mhacallaí na gcoiscéim aith-
eanta, mar a raibh treoir agus ciall le gach coiscéim agus
binneas neamhshaolta ins an cheol a líon ár gcluasa. Ba
é ár ndún agus ár ndaingean é, cé nach raibh ciall againn
do mhúir ná do bhábhúin. Agus cé smaoiníos ar chuimsí
an domhain agus é ag baint aoibhnis as taitneamh na
gréine, nó cé mheás neart na mboltaí agus na nglasa agus
é ag cumadh pictiúirí ins an ghríosach? Mar mhothaímis
teas an teallaigh ar fuaid seomraí uile ár ndúin-ne, agus
ba bhlastade a gcumhracht, agus ba scíthí a gciúnas, agus
ba naofa a dtearmann.

Bhí tuiscint ionainn dár bpálás agus ciall dár n-urlár
féin, mar ba leor againn treoir do ghlacadh ónár muintir
a chuaigh romhainn, a dhearaigh agus a leag amach, a
thóg agus a threisigh. Agus fuair muid eolas ar an phálás,
ár bpálásna, ó bheith ag leanúint a gcomhairle agus ár
n-umhlú féin dá dtoil. Ba lán é ár bpálás le bogtheas na
síochána; agus is toradh é an tsíocháin ar an ord, agus ní
hann don ord gan umhlaíocht.

Tháinig an lá a d'fhág muid ár n-urlár, de bharr
fiosrachta nó de cheal foighne, agus chuaigh muid ar
strae ins an chaschoill amuigh. Agus, ionann is dá mba
phionós orainn é, d'imigh an pálás órga agus ní raibh
tásc ná tuairisc le fáil air níos mó. Ins an áit a n-imrímis
ar a urlann mhaorga ní raibh fágtha ach seisceann lom
agus bóthar aontreo ag ciasmarnach amach i nduibheagán
na foraoise. B'éigean dúinn uile cur chun bóthair, dul i

gceann aistir, d'ainneoin ár gcumha agus ár n-easpa treora
agus ár rómhuinín.

Ní raibh aon duine againn nár mhothaigh é féin
caillte, iar machnamh dó ar na críocha anaithnide imi-
géiniúla a bhí roimhe. Bhí muid fágtha gan treoraí a
dhéanfadh eolas na caschoille dúinn, ná halmadóir a
stiúrfadh bárc thar an bhóchna dhorianta. Cá hionadh
ár gcroíthe do bheith á gcrá agus pianpháis inár n-anam?
Agus níl leigheas ar an chrá gan an t-amhras do leigheas
ar dtús.

An ní a bhí tábhachtach ag an nóiméad sin, níorbh é
eolas an bhealaigh é ach fonn imeachta. Agus de réir mar
ghluaiseamar linn, thigeadh gutha aitheanta chugainn ar
ghaoth nó labhradh as doiléire na gcraobh. Agus thuig
muid nach raibh fios ár saoil caillte ar fad againn agus
go bhfónódh dúinn ansin ins an alltar mar dhéanadh fadó
in áras órga na leanbaíochta. Thuig muid leis nárbh fhol-
áir bheith uiríseal roimh ghuth na muintire a thaisteal an
tslí seo romhainn agus aireach do na comharthaí eolais a
d'fhág siad. Dá mbeimis dílis dá dtiomna agus seasmhach
inár mian, thiocfadh linn bheith ag súil go gcasfaí gan
teip orainn eachlaigh na ríochta ar a raibh ár dtriall agus
go seasóimis lá éigin i bhfochair na bhfarairí teorann ag
breathnú siar ar an aistear a bhí curtha i gcrích againn
agus ar an tascar gan deireadh a leanfadh an lorg a
dearaíodh dóibh, agus a tharraingeodh eolas an bhealaigh
as taisce na n-iomad glún.

Óir is duine ar bheagán céille é an mairnéalach a
d'imeodh ar thuras in aigéan anaithnid agus a dhéanfadh
a bhealach a ghliúmáil trí chaolais bhagracha agus feach-
taí mealltacha agus i measc oileánrach teiriúil gan cairt-
eanna na dtiargálaithe do bhreathnú. Ba dhual do mo
mhuintir uile dúshlán na bóchna do thabhairt; iad go
léir ag tarraingt ar an cheann aistir céanna, iad go léir

ag cur chun na farraige ón aon chaladh amháin. Theastaigh uathu árthach a mbeadh acmhainn na teiscinne móire ann, maille le cairteanna na seanseoltóirí.

Ach ins an chéad dul síos, is éigean don duine, don duine aonair, dul ins an fhoireann. Is éigean dó toiliú chuige go saor agus go hiomlán, rialacha na foirne agus a seanchas do ghlacadh chuige féin, staidéar agus machnamh do dhéanamh ar shaíocht na seoltóireachta. Is ansin amháin a gheobhaidh sé léargas ar dhúchas an mhairnéalaigh, ar chomhdhúchas na foirne. Is amhlaidh fós don té arbh áil leis dúchas an duine do chuimsiú agus comhdhúchas an chine ar de é. An té ar mhaith leis maíomh as tír dhúchais, nó as saíocht nó as creideamh a shinsear, ní mór dó é do chruthú agus d'fhaibhriú ann féin ar dtús. An chiall seo don ní dúchasach, ní féidir é do sheachadadh le focail mar is créatúr é an duine a bhfuil toil aige (an fhreagracht uafar úd dá ngoirtear an toil), agus ní féidir dó a leithéid do bhunú ann féin ach amháin le gníomhartha. Ní as gaoth na bhfocal a ghaibhnítear an mhaith ach as buillí oird na ngníomh. Gidhea, ba bheag liom an dream a líonfadh ár gcluasa le trup a n-eachtraí; ba bhaoithe arís iad ná lucht na siollaireachta agus na síorchainte. Óir ní thig gníomh torthúil ach ó smaoineamh torthúil. Nó ba chruinne a rá gurb é an smaoineamh an gníomh is fíorga dá bhfuil. D'iarrfainn mar sin an rinnfheitheamh thar aon bheart eile. Ní féidir an grá do fhréamhú ins an duine le míniúcháin agus le rillimintí. Cé aige a mbeadh ciall d'iompú na bliana agus do shileadh an ama ach an té a chonaic an duilleog chrón ar snámh ar an linn agus ag dreo ins an láib, nó a mhothaigh anglach agus cuisne na haoise ag téaltú ina chnámha. Nó conas a léireoinn an dáimh atá i mo chroí do mo dhúchas féin murar airigh mo lucht éisteachta a leithéid iontu féin? Féadaim cur síos ar mhachairí féarmhara agus

ar shléibhte allta, ar locha an uaignis agus ar ghleithearán
cathrach, ach ní hionann a suim sin agus tír mo dhúchais.
Agus féadaim mo cheol do sheint dóibh, agus mo shean-
chas do scaoileadh, mo dhánta do reic agus mo theanga
do theagasc dóibh, ach blas ní bhfaighidh siad orthu ná
ciall ní fheicfidh iontu mura dtoirbhríonn iad féin do
m'achainí, mura ligeann iad féin le draíocht mo shianáin.

Ach éilíonn an toirbhirt sin íobairt agus ní ó gach
anam is féidir bheith ag dréim leis an éacht úd. Chuard-
óinn mar sin i measc an phobail lucht an chiúnais agus
an doimhnis chroí, an dream a mhachnaigh ar a mbíd-
eacht féin i dtaca le maorgacht ársa na nglún agus dóchas
dochuimsithe a sleachta. Ní amharcfainn an dara huair
ar lucht an bhéarla ghréagaigh agus na bhfreagraí réidhe,
a bhfuil mearbhall ar a n-intinn le macallaí. Mar ní focail
a lorgaím ach fiúntas croí, ní clisteacht ach cúiléith, ní
fuascailt fadhbanna ach tairise agus tréaniarracht.

Dá dheasca sin, thug mé m'aird ar an síolrú diamhair
seo an ghrá, an ghiniúint agus an ghabháil a sheachadas
an stór sárluachmhar. Ó ghrá an athar go grá an mhic,
ó ghrá na máthar go grá na hiníne, is ea ghluaiseann an
oidhreacht lómhar, an t-aon mhaoin amháin a shaibhríos
agus a dhéanas beo. Agus ba ábhar uamhain dom leochaile
na féithe a raibh an fhíorfhuil seo na beatha daonna á
hiompar inti. Mar níor ghá ach aon ghág amháin nó aon
fholús amháin agus ghaisfeadh an súlach feartúil amú.
Ní féidir a leithéid do chumascadh de réir oidis mar
bheadh deoch leighis ann, óir iomprann sé an drithle
doaithrise, an bheatha. Ní féidir an grá sin d'athbheochan
le foirmle, má chailltear é, nó é do chóimeáil agus do chur
le chéile mar bheadh uaireachán ann.

X

GHLAC mé col dá dheasca sin leis an dream a deireadh
le mo chlann gurbh é an chéad dualgas orthu oidhreacht
na sean do chaomhnú agus do chosaint agus do chois-
reacan. Ionann is dá mba stór é nár mhór a choinneáil in
aghaidh lá an ghátair; fiú stór as a ndáilfí in amannaí
chun an duine do bheathú, mar a dhéanfaí bó do bhleán
agus do shniogadh agus do shiolpadh go dtí an deor
deireanach. Ach ní húth é taisce an dúchais as a dtálfaí,
ach ceirtlín ar a mbíonn gach glúin ag tochras agus as a
ndéanann sí an t-éadach a oireas don aimsir do chleiteáil.
Ní suim sheasc eolais ár ndúchas ach intinn bheo, coim-
pléasc sainiúil a comhrinneadh as dearcadh seasmhach,
agus as modhanna iompair a cleachtadh le fada, agus as
seasamh daingean gnách; as freasúra agus faomhadh, as
col a glacadh agus taitneamh a tugadh, as mogalra nasc-
anna a cheanglas na smaointe agus na nithe le chéile.
Agus sin é an fáth nach féidir a chuimsiú agus a choimriú
le focail, óir is gnás é nó aibíd arbh éigean a chleachtadh
agus a altram agus a mhúnlú. Ní mór é do chur ort féin
mar bheadh éide ann agus gníomhú dá réir ó shin i leith.

Ní lorgaithe é mar sin i litir ná i lúibín litre, i bhfocail
ná i seoraí cainte; is é maise an chroí istigh é, rud folaithe
inmheánach, an péarla niamhrach arbh fhearrde a luisne
é bheith díonta ar an réabshlolas. Léireofar é go forimeall-
ach, cinnte, mar a léiríonn focail smaointe, mar a léiríonn
teanga meon. Ach ní gá é do chuardach i bhfocail murar
beo dó ins an chroí as a dtáinig siad. Iad siúd nár chleacht
an tsuáilce seo ná nár chum a n-aigne ar chuspa an
dúchais, ná téadh siad á lochtú ná dh'ábhacht faoi, óir
ba gháire an bhodhair faoi gheaitsí an chruitire é, nó
tarcaisne scolóige ar eolas gan airgead.

Óir deirim arís gur ábhar táire agus magaidh na ciníocha seo a aithriseas dánta na gcomharsan, agus a chuireas fios ar ailtirí ón choigrích le foirgintí a gcathrach do thógáil. Is cuma iad nó an mhuir mhallaithe úd an Domhain Thoir a mbíonn na haibhneacha de shíor ag doirteadh fionnuaire a n-uisce isteach inti, ach a deirtear dá ainneoin sin bheith níos goirte agus níos seisce ná aon mhuir eile ar thalamh. Is é adeir muintir na dúiche sin leis an mhuir ná Marbh, agus marbh a deirimse le dream na seisce agus na seirbhe, a ghlacas chucu an uile agus nach eol dóibh an tabhairt. Óir beathaíonn an carnadh an cholainn, ach is í an tabhairt amháin a aileas an croí.

Bhí mé ag breathnú uair ar na rinceoirí ag cleachtadh a gcuid rincí. Órsholas lampaí mar bheadh luan láith fána gceann agus cumhracht úr na luachra faoina gcosa ar an urlár. Agus b'iontach liom a ndíbheirg agus a ndúthracht. Ach ba mhear chugam lucht an ghrinnis agus an ghéareolais, á rá liom:

— Ní ceart an rince seo acusan, ná ní cruinn. Ní dhearna siad seo staidéar ar ar leag muid síos don rince.—

Ionann is dá mba i dtomhas na gcéim a bhí mo spéis. Óir ní i gclisteacht na gcos a chuir mé spéis ach i ndíograis an duine.

B'amaideach an mhaise don dream seo an tsaineolais drochmheas do chaitheamh le cuallacht an damhsa, iad ag ceapadh go dtiocfadh leo áilleacht an rince do chuimsiú agus do chur i bhfeidhm lena gcuid dlithe. Is ó dhúthracht na rinceoirí a eascrann an rince álainn, agus éilíonn an dúthracht go ndéanfadh cách rince, is cuma cruinn nó ciotach a choiscéim. Mar ní fhásann ach an ní atá beo, agus fásfaidh sár-rinceoir mar thoradh ar bharr na n-iomad rinceoirí. Is é a chuirfeas a ndúthrachtsan i bhfriotal, é siúd a thóg an dúthracht óna chomrádaithe agus ar chuir Dia an fhéith agus an tallann ann. Má chúnglaítear, áfach, a gcéimniú le rialacha agus má choilltear a spiorad le seirfean, ní beo don damhsa a thuilleadh agus níl i lucht an rince ach acadamh leamh ag tabhairt taispeántais gan bhrí gan chiall. Agus ceapfar gur deasghnáth diamhair é an damhsa, agus cultas rúnda a éilíos éide aisteach agus a chrostar ar an tuatach agus ar an aineolaí. Meas pobail ar leith a bheas ag na rinceoirí orthu féin agus fásfaidh fanaiceacht ina measc, mar is í an fhanaiceacht toradh na leithlise. Agus fágfar an rince i seilbh sheasc na n-aicmí seo, a leanfas orthu ag teagasc chlann na comhcheilge agus ag cleachtadh a searmóiní téachtaithe. Ach ní bheidh an dúthracht nádúrtha ann ar a dtagann fás agus toradh.

Choimhéad mé mo mhuintir agus iad i mbun oibre nó i gcionn imeartha agus bhí mé ag lorg an fháis agus na beatha. Thuig mé nach ciorrú ar bith ar an bheocht an earráid nó an mheancóg. Ní bhíonn duine ag súil le toradh ar chrann aonbhliana agus ní bhíonn dias ar an choirce roimh theacht i gcraobh dó. Ar an ábhar sin, ba é mo dhualgas-sa friotháil do dhéanamh ar an phlanda, an t-úllord do shaothrú. Ní ar mo chrannsa a tháinig an drithle dhiamhair do chruthú, fuinneamh na beatha do tháirgeadh agus do chur i bhfeidhm. Is mise an tógálaí; suífidh mé bunsraith an aireagail, eagróidh mé a chlocha, cumfaidh mé an stua agus an boghta, líonfaidh mé iad le clapsholas na hurnaí agus le macallaí na fírinne. Ach is é Dia amháin a labhrós.

Agus chuimhnigh mé ar an seanchaí a dtáinig mé air uair ag ríomh a scéalta go friochnamhach faoi theas agus faoi fhlainne an tráthnóna shamhraidh. Bhí sé i bhfad anonn in aois; a chorp, a bhí téagrach tráth, ag críonadh agus ag dreo amhail na cabhlacha ársa giúise a thochailtear as an phortach. An aois ag tromú air, mar bheadh ualach anaithnid ábhalmhór ar a shlinneáin anuas, mar bheadh meáchan uile na saol ar iompar aige. Ba

chosúil é le seanmhuileann a d'fheicfeá i ngleanntán
tréigthe, ag titim i spruan agus i luaith i measc bhallóga
tithe agus seantán a thit ó chéile i bhfad roimhe. Ba
chosúil a chreatlach le hadhmad gágach an rotha a ndearna an t-uisce a mhian air, agus le clocha smúdaracha na
mballaí a bheadh plúchta le deannach na mblian. Ach an
fothrach seo de dhuine ba bheo ann fós an lasair a théas
tinteáin agus a shoilsíos tithe. Óir chaomhnaigh sé go dtí
sin an stór scéalta agus duan agus seanfhocal inar thaiscigh a shinsir toradh a machnaimh agus dúthracht a
n-urnaí agus áilleacht a n-idéal. Agus ba chúis léin agus
fulaingte dó tormach an rúin sin.

Ag dáiliú an stóir sin a bhí sé, go díbheirceach, dóchasach, dáigh; mar b'áil leis nach múchfaí iontu drithle na
beatha, nach gcaillfí spréacharnach na seod. D'ordaigh
mé go gcuirfí na scéalta i scríbhinn agus go n-ailfeadh na
leanaí a n-intinn leo. Agus shuaimhnigh sé faoi shíocháin
mar go raibh focail a chuimhne ag súgradh ar theangacha
na n-óg; agus cheartaíodh sé a dtuathail ionas nach millfí
an gráinne ba lú dá chuid iothlachais.

Níor chosc mé, áfach, iarrachtaí na n-ógánach ná níor
chros orthu na scéalta d'athrú ná na duanta do chanadh
le foinn a gceapadóireachta féin. Mar ba chuimhin liom
righneas na rinceoirí agus beachtaíocht bheagchroíoch a
gcoiscéim. Agus bhí glactha mar mhóid agam an bheatha
do chaomhnú, agus leathsholas an mhíúna do chruthú ins
an aireagal.

XI

Mar bheadh splanc a tháinig sé chugam, a deonaíodh
dom an léargas; mar splanc thintrí a réabas doircheacht
na hoíche agus a léiríos dreach na tíre in aon laom dalltach amháin. Nach beag againn é más radharc a bhfuil

seanaithne againn air a nochtann sé. Cailltear réabsholas na tintrí ach lonnaíonn ionainn an fhís a nochtadh, agus bíonn ciall againn do shondaí dorcha na hoíche. Tugaimid a ainm do bhorradh dubh an chnoic agus déanann an crann ar an ard méar eolais dúinn. Agus is mór againn bladhm na tintrí, ní as siocair gur léirigh dúinn nuaíocht ach as siocair ciall do thabhairt dúinn don mhéid ab eol dúinn cheana.

D'aithin mé go dteastaíonn ón duine áitreabh, gur gá don duine cónaí do bheith air, gur gá dó áitreabhadh. Ní hionann dó a thuilleadh dreach na tíre agus a chiall nuair a aithníonn sé gurb é a bhaile féin é. Claochlaítear a chuma agus a chrot go bunúsach nuair a táthaíonn na dúile éagsúla in aon fhearann, in aon tiarnas amháin, mar a bhfeiceann sé é féin ina mháistir.

Chomh luath agus rinne mé iarracht an fhís, an taibhsiú seo a deonaíodh dom, do léiriú, fuair mé slua glagairí ar mhian leo é do mhíniú dom le déscaradh agus le hidirdhealú. Thosaigh siad ag cur síos ar an tsástacht a thig ó iarmhais agus airgí agus gabháltais, ar an chiall don tslándáil a chothaíos comhar na gcomharsan. Agus bhí a sciar féin den cheart acu, ach amháin go raibh an cholainn bheo básaithe acu lena sceanadh. Óir an ghlioscarnach shúl a raibh an bheocht le léamh inti, bhí sí tráite astu lena gcuid siollaireachta. Agus cé dhearbhódh nár scáthánaíodh ins na súile úd a fuair amharc arís ar an bhaile ach tréada caorach agus táinte bó agus meithleacha oibrithe. Ní carn saibhris a d'aithnigh siad, ach gnúis. Gnúis inaithne, a tháinig le chéile go mall as codanna scáinte, codanna a bhfaca sé páirt dá bheo féin iontu, ionas go ndearnadh díobh gnúis aitheanta, gnúis ghaoil, gnúis ghrá.

Gurb é a thoradh sin gurbh áil liom an tír seo an ghrá do chruthú agus d'fhaibhriú i ngach aon. Amhail an bhean tí a ghlanas agus a réitíos agus a chóiríos an

tábla agus a chuireas na gréithe in ord ar an driosúr agus
na cathaoireacha in eagar fán chistin le haghaidh filleadh
an deoraí. Agus ní bheidh cuma cheart aici ar an teach
go dtí go mbíonn tine lasrach thíos agus an simné á líon-
adh ag a glafarnach. Iar dteacht chun tí don fhear
céile, léimfidh a chroí le lí na lasrach agus líonfar é le
dordán an áthais. An tine seo, ní hadhaint úr í; níor
múchadh riamh í, cé go raibh seisean i gcéin; ach tá
borradh nua inti agus spréacharnach úr mar chomhartha
ar athsheilbh an ghrá.

Ach is ar áitreabh an duine a tharraing mé an scéal.
Ní chuige atá mé gur gá don duine seilbh tíortha agus
cathracha agus tailte. Is follas go gcaithfidh sé a bheatha
do thabhairt i dtír agus go bhfuil an t-inneamh de dhíth
air dá bharr sin. Ach ní ar mhaoin na cathrach atá mé ag
cuimhniú ná ar mhéithe na dtreabhrach ná ar mhianach
an talaimh. Ár sinsir, a raibh fearann ina seilbh agus atá
imithe anois ar shlí na fírinne, bhí siad in ann a dtréada
agus a dtáinte d'áireamh ina mílte; bhí a ndúnta daingne
acu agus a líonta catha; toradh a n-úllord agus torchar
na farraige; agus leitheadacht ghleann agus shliabh. Níorbh
iad, áfach, ba ábhar dá saibhreas. Óir na dúichí agus na
fearainn seo uile, ba chuma iad nó cláirseach ina láimh a
choinnigh mianghol lena dtnúthán agus a sheinn geantraí
dóibh in uair a sástachta.

Is é rud a bhí dlúth agus inneach na staire faoina
dtiarnas: iomrá déithe agus laochra ar chairn agus ar
oileáin; rún síoraí faoi ainmneacha do-scaoilte a n-abhann;
scéalta tubaiste ar charraigeacha agus ar chnoic; cuimhní
cinn teaghlaigh nascaithe le goirt agus le haltáin. Agus
shiúladh siad gach lá i lár cheol na nglún, a gcoiscéim
á tionlacan ag múisic shéaghanta na cuimhne. Ceol bith-
nua, mar go bhféadfadh siad an fonn ab áil leo do bhaint
as na téada; a scéal féin ag gach comhartha talaimh, agus

a bhrí féin ag gach crann sa choill, agus a íc féin i ngach lus, agus a shamhail féin i ngach gníomh, agus a phaidir féin i ngach ní a bhain dóibh.

Agus léiríodh dom go gcaithfí áitreabh úr do bhunú i mo mhuintir, áitreabh nach mbeadh ag brath ar leithead tailte ná ar chairn óir ná ar dhoimhne eolais agus léinn fiú. An t-áitreabh ab áil liom, is achar inmheánach é agus fairsinge anama. Is ríocht spioradálta é a chuirfeas brí agus beogacht ar ais ins an saol. Ionas go santóidh daoine nithe de bhua na saibhreas dofheicse atá i dtaisce iontu, de bharr an bhrí atá leo in intinn a muintire féin; mar gur comhartha iad agus sighin ar mháistreacht dhiamhair, rúnscríbhinn a aistríos mianta agus cuimhní agus nósanna agus airgí meanman an chine.

Dá bharr sin is éigean eochair na taisce do thíolacadh inár ndiaidh. Gurb é sin an fáth gur lorgaigh mé uirlis chun áitreabh inmheánach mo mhuintire d'athbhunú agus d'atógáil agus do mhaisiú. Agus thuig mé go bhfuil taisceadáin ann nach féidir a ghnóthú le lámh láidir ná le díbheirg. Mar ní nithe inláimhsithe ná intadhaill atá cistithe iontu; ní hea, ach brí na nithe agus ciall dá gcoibhneas an stór atá ar caomhnú. Níl gá le múir ná le doirse cré-umha chun an stór úd do choinneáil slán; tá cead isteach ag cách a thagas an bealach, ach ní fheicfid aon rud mura bhfuil an fáinne draíochta ina seilbh, murar tíolacadh dóibh an focal folaigh a bhaineas an liaspán dá súile agus a dhéanas brí den leimhe agus áilleacht den luaith.

Chrom mé mar sin ar nodanna na sean do scaoileadh, ionas go bhféadfainn léamh ar an rúnscríbhinn a fágadh againn. Chuaigh mé i gcomhairle leis an aicme a raibh an béarla ársa beo acu i gcónaí, agus d'fhoghlaim na focail fhaire a dhéanfadh iontais na sean do thoghairm i mo láthair agus a chuirfeadh aisling na hóige ag lonrú i mo chroí arís. Chuir sé tocht orm an dúthracht a chaitheadh siad lena gclann, ón uair a thagadh siad ar an saol, ag réadh a dteanga agus á dteagasc. Bhí tuiscint agus bá agam dá gcás agus ba mhór mo mheas ar a ndílseacht. Agus cuireadh i bhfeidhm orm gurb iad seo na daoine bunúsacha; mar nach ar nithiúlacht agus saoltacht a bhí siad ag teacht i dtír, ach ar bhrí na nithe agus ar chiall an tsaoil. B'éigean dóibh mar sin na focail fholaigh do thíolacadh a bhuanódh an chiall sin ina gclann, a chuir-feadh stór a sinsear ina seilbh. Agus ní hamhantar ná éadáil taisme a bheadh acu, ach ciste a bhí siad féin tar éis a ghnóthú lena ndiansaothar, agus a athchruthú iontu féin. An saothar trína ndéanadh siad athghabháil ar an oidhreacht, bhí sé ag cur lena luachmhaireacht; mar bheadh an chíor mheala ann, ní atá luachmhar ní amháin ar mhilseacht na meala ach de bharr an obair agus an comhar a chuir an toradh ar fáil.

Tríd an léargas sin a tugadh dom, chinn mé ar bhóith-re na tuisceana d'oscailt arís in anam mo mhuintire, má ba dhuamhar maslach féin é mar dhualgas, óir b'fhollas dom nár dhual dóibh síocháin nó go mbuanaítí ciall na n-iontas iontu arís agus go ndéantaí fómhar na sean do tharlú agus do chur i ngráinseacha a gcuimhne. Óir is trom an t-ualach é an fómhar nach mór a sheachadadh ó ghlúin go glúin, agus is doiligh a gharr do chur i bhfocail, agus is grinn caolchúiseach an ceann a mhíneodh a luach-mhaireacht do lucht baoise is bréagdhílseachta.

Is ansin a deonaíodh dom léiriú tuisceana do chrá croí an duine, mar tá fios ann go gcaithfidh sé a eisint agus a inchiall féin do bhuanú, do sheachadadh thar bhearna na nglúnta anonn; go gcaithfidh sé an imirce sin do dhéanamh as cuimsí a cholla nó go n-inchollaítear leithlí a dhúchais féin go húrnua. Agus mhachnaigh mé i bhfad ar chás na hoidhreachta sin ina himirceoir idir dhá ghlúin.

Aibhsíodh dom ina dhiaidh sin scaradh na nglúnta le chéile ag dul ar aghaidh gan stad, d'oíche agus de lá, sa tsráid agus ar fuaid na tuaithe, mar bheadh maidhm seicne síoraí. Bhraith mé ionam féin, ina arraing fhadálach, luí seoil na nglúnta. Agus tháinig buaireamh agus tuirse orm ag fiafraí díom féin cén slánadh a bheadh fóntach tar éis an tseolta sin, nó conas a thálfaí ar easpaíocht na gine nua.

Óir níl de nasc idir duine agus duine ach slabhra spéir-iúil na cainte, a shnámhas ar anáil na gaoithe agus a imíos mar chúr na habhann. Ní hionann sin is a rá nach bhfuil ann ach gléas fuarchúiseach caidrimh idir daoine. Bíonn an duine féin beo go hiomlán ina chuid cainte, mar tá bollscaire anaithnid istigh ann nach stadann choíche de bheith ag craoladh a ghnaoi agus a mhíghnaoi. Dá thairbhe sin, ní brí agus ciall amháin atá á n-iompar ar ghaoth an fhocail; guairneán atá ann a bhfuil gean agus gráin, greann agus gaois, cuimhne agus dearmad, creid-eamh agus coimhlint, á rothlú le chéile ina lár. Ní hiad na nithe atá beo i mbroinn na bhfocal ach an dearcadh atá ag na daoine orthu. D'éist mé mar sin le hurlabhra na sinsear agus thuig mé nach bhfuil scaradh ag saindúchas an chine leis an teanga inar chuir siad friotal air, ní amh-áin ag a stair agus a saíocht ach ag coimpléasc iomlán na ndúil agus na dtuairim agus na léargas, an aigne agus an meon as a bhfuil an dúchas céanna déanta. Is amhlaidh nach bhfuil i ndúchas agus i dteanga ach dhá insint ar an scéal céanna. Is scáthán é an teanga, agus uaireanta is tuar agus fáistine chomh maith, ar an chruth-aíocht agus an taithí agus na nósanna ónar eascair an athartha atá ann. Saothar atá ann mar theanga a chuir sainphobal daonna ar fáil agus is ar éigean is féidir ceachtar acu do shamhlú gan a chéile. Agus níl fhios agam cén ciste saibhir cuimhní agus taithí, cé mhéad fulaingte agus faoisimh dhaonna atá ar caomhnú ins na focail is simplí dá bhfuil.

Thug mé do m'aire chomh tanaí, briosc, leochaileach, caol is atá an caidhséar seo ina sileann seamhar smaointe na nglún. Agus ba chúis imní dom lucht éargna d'aimsiú a chóireodh é agus a choinneodh caoi air. Go dtí go bhfuair mé amach nár bhaol dó dá mbeadh an dá bhua beo inár gcroí. An dream arbh é a ndualgas an oidhreacht do sheachadadh, ba cheart go mbeadh tóir acu ar an dínit agus ar an dúthracht, sa dóigh is go mbeadh muinín ag a n-oidhrí astu agus go mba chúis bhróid dóibh an taisce do ghlacadh faoina gcoimirce. Agus ar thaobh an aosa óig, tá sé fíor-riachtanach go mbeadh an mhuinín sin acu agus go mbeadh urraim acu don oidhreacht a chaomhnaigh a sinsir riamh anall. Ba luath go leor chucu an chriticiúlacht nuair a bheadh an seod féin ag spréacharnach ina gcroí istigh, mar tagann urraim roimh thuiscint.

Agus is í seo an dúshraith ar a leagfainn bunchloch an phobail nua, mar ní beo d'aon phobal mura bhfuil sé suite go daingean ar an údarás agus ar an urraim, ar an mhuinín agus ar an meas. Sin é an fáth gur theastaigh uaim scoth na bhfear agus plúr na mban ina n-oidí agam, agus nárbh áil liom aon chúram ná cúnamh do cheileadh ar a n-oideachas. Ach aon duine a bhogfadh an dúshraith úd, trí shearbhas nó ábhacht nó suaibhreas nó baois, meas tréasa a bheadh agam ar a bheart agus chaithfinn leis dá réir.

Ba mhinic chugam mar sin an tsamhail seo, glúin neadaithe in áitreabh a sinsear, ach iad á shlad mar bheadh éan cuaiche i nead gealbháin. Óir b'amhlaidh dóibh dá mbeadh cónaí orthu in áras nach bhfeicfeadh siad ann ach foscadh. Is cuma cé chomh hársa lena stair, nó cé chomh maorga lena chrot, nó cé chomh truamhéileach leis na scéalta a bhaineas leis, is cuma nó díthreabh acu é. Ba bheag an mhaith a ndúiche do bheith mar chláirseach cheoil i lámha a sinsear, murar fhoghlaim siad féin ceird na cláirseoireachta. Ar an chuma chéanna, más áil liom áitreabh do bheith ag mo mhuintir—agus is áil—tosaím agus múinim dóibh conas aithne d'fháil ar ghnúis a dtíre. Sin nó ní áitreabh a bheas acu ach campa, agus ba chuma iad nó allúraigh ina ndúiche féin. Agus ní bhainfeadh siad ciall ná taitneamh as a saibhreas as siocair gan rúnfhocail na teanga do bheith acu. Éilím mar sin ar mo mhuintir a gclann do thógáil i ngrá na sean, agus an oidhreacht do sheachadadh chucu nach féidir a chuntas amhail carnán óir. Óir tá eagla orm go mbeadh siad ag fálróid ar fuaid a n-athartha, gan tuiscint acu uirthi ná dúil acu inti, agus as siocair iad do bheith in éagmais na n-eochracha, go ligfeadh siad dár dtaisce titim i leimhe agus i luaith.

Óir ba bhocht an dígeann é filleadh go caithréimeach ar an ríocht as ar díbríodh sinn, filleadh inár ngabhálaithe, mar lucht concais agus daorsmachta. Ní bheimis ach ag déanamh aithrise ar thuaiplisí ár naimhde, agus an té a dhéanas aithris níl ann ach fear bréige, folamh ón uile thathag. An filleadh seo a bhí i ndán dúinn, ní chuirfí a leithéid i gcrích mura gcloífimis lenár n-aiceantacht féin.

Cinnte ní raibh dearmad déanta agam ar ar fhág muid inár ndiaidh, tráth ag bailiú eolais ó lucht siúil agus scéalaíochta, tráth ag cur feidhmeannach uaim a choinneodh gríosach na cuimhne beo i measc iarsmaí ár muintire a d'fhan i ndaorbhroid. Bheadh aisling de dhíth orthu, dar liom, agus ghlacfadh siad le mo theachtaí mar fháithe ag athadhaint an dóchais agus ag fógairt lá an tslánaithe. Óir gineann aisling dóchas. Agus gineann dóchas creideamh. Agus gineann creideamh fíoradh.

Ach níorbh é sin an rud ba thábhachtaí, dar liom, ach an teampall inmheánach do thógáil i gcroíthe mo mhuirín féin. Ba é sin an gníomh dáiríre, gníomh a mbeadh toradh air in am tráth ach nár ghá toradh chun a fhiúntas do chruthú. Mar is suáilceach an beart dílse an duine do léiriú dó féin, ionas go ngníomhóidh sé de réir na dílse agus go mbeidh beagmheas aige ar eascaireacht tacair. Agus is ag an dílse a bheas an bua ar deireadh thiar.

XII

THEASTAIGH uaim ina dhiaidh sin machnamh ar thinteán beatha mo chine. Agus fuair mé romham ina fheighil an bhean, an domhan diamhrach úd le hais ár ndomhain-ne, agus bhraith mé mé féin do mo chornú i gcoim an tosta. Óir bhí mé ar chiumhaiseanna na críche sin mar nach raibh dlínse ag eascairí na hintleachta agus mé ag siúl go haisbheartach i láthair chumhacht dochuardaithe an Dúilimh. Agus mhothaigh mé iad ag bagairt orm, cumas na beatha agus an bháis. Ghabh eagla mé, ach ardaíodh mo spiorad arís as duibheagán na huirísleachta go raibh ag foluain in aoibhneas na mistéire, óir tuigeadh dom nach mbíonn cruthú ann gan umhlaíocht. Agus mhachnaigh mé go dúthrachtach ar an bheatha seo na máthar, saol beag gan truamhéil gan chumaí, gan mhóráil gan éagsúlacht ghné, saol na mionrudaí agus an mhisnigh.

Fuair mé romham fíor seo na mná, agus d'umhlaigh mé roimpi mar d'umhlóinn roimh scrín a raibh an duine agus an sliocht á gcaomhnú inti. Agus b'áil liom go gclúdófaí an scrín seo le caille na diamhrachta lena coinneáil ó bholgshúile an daoscair, le go mbeadh meas acu agus ómós do rún a dtaisce féin. Óir is í a ghabhas agus a iompras an eithne shacrálta, toirrcheas a bhfiúntais aiceanta féin, nárbh ann dóibh ar aon chor ina héagmais. Gan dabht, is í a theagascas don leanbh den chéad uair fuaimeanna na teanga sin a labhrós leis go ciúin ar feadh a shaoil; is í a chanas dó amhráin chianda a mhuintire agus scéal a n-eachtra. Ach is doimhnede arís a cumhacht gurb í a chéadléiríos dó brí inmheánach an tsaoil a bhfuil sé beo ann. Fada gearr a réim, beag mór a éifeacht, is iad a lámhasa atá á threorú agus a choinneáil go deireadh a laetha; is iad atá ag feidhmiú go rúnda ann; iad a chomh-líonas agus a chuireas i gcrích, faoi cheilt, in éineacht leis.

B'fhada mo mhachnamh agus mo mhíúin mar sin ar an chumhacht seo na mban, agus chuirfinn an scrín i gcroílár mo shanctóra, cumhdach sacrálta an tosta agus caille na hurraime á dhíonú. Mar méadaíonn caille mistéir agus ceileann smál agus teimheal ag an am céanna. Mar is sárluachmhar an saibhreas atá á choimeád ann, saibhreas nach teamparálta óir níl urlámh ag an saol seo air ná ag imeacht aimsire. Agus b'áil liom go dtuigfeadh bantracht mo mhuintire cad is feidhm mháthar ann. Éalaíonn an mháthair ar ainriail an ama agus an bháis. Ní théann claochlú ná caitheamh ar ghnúis na máthar; tá sí gan athrú go deo, ar feadh na n-aoiseanna agus ar fuaid na cruinne. Is í an mháthair an iomláine, ónar féidir linn bheith ag súil leis an uile tíolacadh. Ní dual di an t-éag.

Cá n-aimseoidh mé ceardaí a chumfas an cumhdach seo dom, ionas go mb'fhiú é an stór a bheas ar caomhnú ann? Cén t-oide, cén bhuime a bheas in ann an bhandacht d'fhaibhriú mar is gá? Mar tá faitíos orm roimh lucht galántachta agus mórchúise. Bíonn a n-aird ar fhaisin na huaire agus ar luaimneacht na nós, agus ní bhíonn aon bhaint ag a leithéid leis an sórt a mhairfeas. Ní heol dóibh an cosán caol, cosán an ionraicis agus na dúthrachta mar ar gá dílseacht agus daonnacht, mar nach dtuilltear ach dearmad agus daibhreas, ach a threoraíos gan teip thar chríocha agus thar chuimsiú na haimsire anonn. Agus ní folláir don bhean a ciall do leanúnacht na nglún do choimeád; sin nó caillfidh sí a tuiscint do cad is fiú cúram máthar. Agus is lúide sin is bean í, i ndeireadh thall.

Óir ní fiú go mba chás léi galamaisíocht agus callán aṅ tslua. An bhean fhírinneach, is áil léi an ciúnas agus an tost, de bhrí go bhfuil foinse na beatha sa tost agus nach dual deireadh don fhuadar agus don driopás ach an aimride agus an tseisce.

Chuaigh mé siar ar chonair na staire agus d'éist mé le claisceadal na n-aoiseanna, agus b'ionadh liom nach raibh le cloisteáil ach glórtha fear. Ach mheabhraigh mé ansin gurb é dhéanas feiceálacht mhaorga na mbeann sléibhe ná suaimhneas agus réidhe na machairí a seasann siad go hard os a gcionn. Agus go bhfuil binneas an chóir ag brath ar fhairsinge thostach an teampaill ina bhfuiltear ag ceol. Thug mé cluas mar sin do shreabha sosaidh na staire agus léiríodh dom an láthair rúnda agus an chúlráid as ar nochtaíodh éachta fear. Óir ní fios an bhean do bheith i láthair ach trí iomláine a tosta. An fear, cuireann sé a chuid acmhainní agus a chuid tíolaicí i bhfeidhm ina shaothar agus tuilleann cáil dó féin agus buanaíonn a ainm. Ach ní ar a son féin a bhíonn an bhean ag obair; is é is feidhm di seachadadh a cuid tíolaicí agus a fiúntais féin. Más mór idir gníomhartha fear agus gníomhartha ban ar fuaid na n-aoiseanna, ní hé nach ionann tallann don fhear agus don bhean, ach nach ar sochar don bhean féin a théann ach dá sliocht. Na laochra fir go léir a bhfuil a ngaiscíocht beo i meabhair na gciní, ba nóiméadaí lonracha den stair iad; ach cár tairbhe dóibh gan an tuile tostach a d'iompair iad ar a shrutha tréana, a thug beatha agus brí dóibh i gcéaduair agus a choinnigh toradh agus cuimhne a n-eachtra beo ina ndiaidh. Óir an fear, is cuma cé chomh héachtach is atá, níl ann ach faiteadh na súl; ach is ionann an bhean agus leanúnacht na nglún, cúrsa marthanach an chine, suaimhneas na buanchuimhne. Lonraíonn solas an ama ar an bhfear, amhail mar luíonn luisne an tráthnóna ar an sliabh; ach is í an bhean a iompras éadáil an ama chun cinn mar bheadh glioscarnach na spéire ar chaisí na habhann. Tíolacadh an dúchais, seachadadh an tsleachta, is é a chuireann an bhean i gcrích, gan ghaiscíocht ná mór is fiú, gan fiú a hainm do bhualadh air, go suaimhneach faoi chaille an tosta.

Agus chonacthas dom, má ba é an fear an tionscnóir, gurbh í an bhean an caomhnóir. Mar pé toradh a bheas ar fheidhm agus ar ghníomhaíocht an fhir, má tá sé le bheith buan ar feadh na nglún, ní mór don bhean a ghabháil agus a iompar agus a shaolú i gcroíthe a sleachta. Níl sé de mhianach sa bhean aon rud do scrios nó do ligean i mbaol a bhásaithe. Ba í mo mhian an bhean do bheith ina coimeádaí ar thoradh thóraíocht na nglún, go gcoscfadh sí ar lucht muirthéachta agus nuaíochta an rud suthain do scéitheadh i dteannta na seanaimsearachta.

Óir is acmhainn don bhean an buansólás d'fhearadh ar ghlúnta mo mhuintire, ionas go gcreidfidh siad in éifeacht na gcumhachtaí nach bhfeictear, nach dtomhaistear, nach dtriailtear, agus go dtuigfidh siad nach ar thacaí sofheicse amháin a thromaíonn ualach a gcinniúna. Mar is mór é tionchar na céile a thagas go mánla in aigne an fhir isteach trí amharc an ghrá agus a spreagas é chun a acmhainn do chur chun tairbhe. Léirítear dó i súile a ghrá an solas sin is tinfeadh dá chruthaíocht agus téann a dhá n-anam ar foluain in aoibhneas spioradálta. Ní gá don bhean cuidiú do thabhairt uaithi dá céile; ní beag di bheith, bheith ina chuideachta; a grá féin do léiriú, a ghrásan do scáiliú ina láthair. Is leor í féin d'ofráil; agus is ionann agus taispeánadh aige é, foilsiú diamhrach, agus tíolaice nach bhfuil áireamh ar a luach.

Is sa toirbhirt a chuireann an bhean aithne uirthi féin, a chuireann sí friotal ar a fírinne féin. Is é sin foinse dhomhain na cumhachta atá inti. Bíodh cuma fhorimeallach an nirt ar an fhear, ní chloítear cumhacht na mná fhad agus is leor léi í féin do thabhairt suas, do chlann nó do chéile, nó do chleachtadh dofheicse na máithreachta nó na céilíochta; suáilcí an ghrá agus an chineáltais, na trócaire agus na coimirce agus an chúraim; suáiloí a bhfuil an saol dall orthu ach gur géar a thnúth sicréideach ina ndiaidh.

Is í a gairm shíoraí bheith ina céile choimirce ag an bheatha dhaonna, ina réalt na maidine ag fógairt fhilleadh na gréine agus á bá ina loinnir an dá luaithe a nochtaítear, agus ag caomhnú ghealltanas a sholais ar feadh fhairsinge thostach na hoíche. Ag iompar rún an duine agus rún an domhain ar éigríocht an tsíor-rotha, toirbhirt na ndúl ag dréim le filleadh na gréine síoraí.

XIII

Tháinig an díograiseoir chugam lá gur dhúirt:

— Cén chiall atá leis an chaint seo agat? Mínigh dúinn go beacht cad tá ar intinn agat. Cad ba mhaith leat go ndéanfaimis? Inis dúinn go soiléir agus go neamhbhalbh agus más tuisceanach linn do bheartas déanfaimid rud ort.—

Rinne mé machnamh agus d'fhreagair mé é:

— Níorbh áil leat mé bheith i mo thíóránach oraibh, ná níor mhian liom féin a leithéid. Cén fáth mar sin a n-éilíonn tú aitheanta orm ó tharla nach bhfuil fonn umhlaíochta ionat féin. Mar ní cuibhreacha atá á ngaibhniú agam chun scata daorán do thiomáint romham go líodránta; tá mé ag cuartú fonn mairseála a chuirfeas aontacht i dtrup na mílte cos.—

— Táimid ar aon intinn mar sin, adeir sé, mar teastaíonn uainn ceannaire a leanfaimis agus a threoródh an pobal ar an bhealach ceart.—

— Níl, a d'fhreagair mé, mar nuair a luann tú an bealach ceart sin agat, an rud forimeallach intadhaill é ar féidir liom a bhaint amach mar bheadh daingean nó foslongfort ann? Más ea, cá bhfuil fáil air? Agus murb ea, cad eile bheadh ann ach staid inmheánach ins an duine mar a mhothódh sé an ceart ann féin, díreach mar mhothódh sé an t-aoibhneas, agus níor tugadh domsa ná don duine daonna a leithéid sin de chumhacht ar choinsias a chomhdhuine.

— Agus níorbh ſholáir, adúirt mé leis, dá dtuigfeá, tú féin agus do lucht comhair, go gcaithfear bheith measúil ar choinsias agus ar mheanmain ár gcomhdhuine. Óir níor thuig sibh cad ab áil liom nuair adúirt mé gur cheart an pobal do bheith cosúil le cloch a ligtear le fána nó le lasair a chuirtear leis an chonnadh tirim.—

— Ach, adeir sé, ag baint aithise asam, is é do dhualgas mar bhall den chine seo againne, agus do sheacht ndualgas mar cheann urra air, an pobal do threorú, fiú dá n-ainneoin, ar bhealach na cinniúna.—

D'aifir mé an aithis.

— Ná luaigh an focal úd liomsa. Ba bhreá liom focail a bhfuil smior agus ionathar iontu, in áit na sluaghairm seo atá péacach spiagach agus atá folamh ón uile chiall. Dá n-abrófá liom gach duine do stiúrú ar a leas agus an rud is dual dó do mhealladh as, thuigfinn duit, cé gur mhórchúiseach an ardmhian í. Is é leas an fhile filíocht do dhéanamh, leas an mhairnéalaigh an tseoltóireacht, leas an cheannaí cur lena rachmas. Uaireanta, b'fhéidir go rigfeadh an file a leas seal do chaitheamh le seoltóireacht, nó an ceannaí é féin do thabhairt suas don fhilíocht. Ach ní ar mo chrannsa a tháinig a insint dóibh cá luíonn a leas. Ná ní bheadh de dhánaíocht ionam na daoine do shnoí agus do dhealbhú mar bheadh cloch mharbh ann.

— Tá aithne agam ar dhaoine atá go soiléir ar bheal-
ach a leasa, mar foilsíonn a gcuntanós go bhfuil. Agus is
daoine iad go minic a bhíonn i mbroid agus i bpéin agus
i mbochtanas. Óir tá rún an aoibhnis ceilte ins an chroí.

— Arbh é ab áil leat mar sin go ndéanfaí éigean ar
an pharrthas rúndiamhrach sin in ainm parrthais eile nach
léir dúinn a dhiamhracht, ná b'fhéidir a fhírinne? An díol
muiníne é an dealbhadóir a mhaíos go bladhmannach: 'As
an chloch seo déanfaidh mé áilleacht'? Ionann is dá mba
sa chloch a bheadh an áilleacht i ngéibheann. Níl an fhír-
inne ina leithéid seo de dhuine agus, mura bhfuil, is baol
don áilleacht. Óir, an t-ealaíontóir fírinneach, is é a mhian
an cime atá istigh ann féin do shaoradh, an tocht sin atá
mar ualach ar a chroí do lansú agus do ligean le hobair
an tsiséil, agus é do thoilleadh go buan i gcliabhra na
cloiche.

— Is cuma fós cé acu scéimh dhaonna a dhealbhaíonn
sé nó arrachtach samhlaíochta, feicfear an áilleacht i gcó-
naí i saothar an fhíordhealbhadóra. Agus ba mhian le
lucht mionáirimh an múnla do cheapadh dó chun go
dteilgfeadh sé a chroí ann.

— Is é tocht na háilleachta a dhéanas leas an ealaíon-
tóra. Mar tabharfaidh sé a thréaniarracht chun crot agus
cuma do bhualadh ar thnúthán a chroí, agus nuair a éir-
íonn leis feicfidh tú an t-aoibhneas ag lonrú mar bheadh
an luan láith ar chlár a éadain. Is lasair é atá ina chomh-
artha agus ina dhuais ar an bhua a rugadh.

— Mise chomh maith, b'áil liom lasracha an bhua
d'adhaint ar ghnúis mo mhuintire. Ach ní dhéanfar é trí
mheirse a dtaoiseach orthu, ná trína ngriolladh le hur-
láimh.—

Óir is fada mé, agus is minic, ag caoinscrúdú na
ndaoine sin a mbíonn naomhluan an aoibhnis umpu. Agus
is dóigh liom gur luaithede chucu é gan iad féin do bheith

ar a thóir. Is foilsiú é ar fholláine an chroí istigh. Nuair a thagann an luan naofa eile i gceist, an ceann a chaith- fear a lasadh ar éadan an phobail uile, mar éarlais agus mar fhoilsiú ar an bhua inmheánach, is ar an anam a chuimhním agus ar an chroí istigh a dhéanfas tinteán do lasracha na háilleachta nua.

XIV

Aimsir na bhfómhar a bhí ann agus an pobal ag ullmhú cheana le haghaidh féile na ngráinseach. Mar bhí féilte curtha ar bun againn ionas go rachadh an bhliain isteach go tomhaiste, ó fhéile go féile, agus nach mbraithfeadh aon duine imeacht na haimsire mar bheadh sruthán fán- ach ag caismirneach leis gan treo gan chiall. Thuig mé gurb é is féile ann an nóiméad a n-aistríonn an duine a dhearcadh agus a stiúir, amhail is dá mbeadh sé á shaolú as an nua. Bhíodh féile an tsíolchuir againn agus féile na ngeamhar, nuair a bhíodh an féarach á mhaothú faoi rosamh an earraigh. Agus d'fhanaimis ansin tamall agus mhothaímís chugainn féile na mbuanaithe agus féile na n-iothlann ins na sála aici. Agus dhéanaimis ceiliúradh i ndúluachair an gheimhridh agus i gceartlár bhrothall an tsamhraidh. Ó cheiliúradh go ceiliúradh linn mar sin ó bhreith go bás, ag déanamh na tiomchuairte a dlíodh ar an uile dhuine agus nár tháir le Dia féin a leanúint. Ba threoir fhorimeallach agus inmheánach araon ag na daoine é, óir bhraitheadh siad i dtólamh an fhéile chucu agus ní bhuailtí leo féile ar bith díobh gan iad a mhothú go raibh siad ag triall ina treo agus go leanfaí den triall ina diaidh. Amhail doras a d'osclódh isteach ar halla úr a gcaith- feadh siad tamall ann agus é tuigthe acu go mbeadh áill- eacht seomra eile rompu in am tráth. Bhí siad ag gluais- eacht leo go suairc sa tslí sin ar fuaid phálás iontach na beatha, agus áthas orthu roimh an táirseach a nochtódh úire ré dóibh arís.

Mise chomh maith leo, bhí mé ag gluaiseacht liom faoi shíocháin i ndoimhneas an rí-árais, agus mé faoi gheasa ag fionnuaire an chlapsholais le linn marbháin shamhrata agus do mo chluanadh ag a chluthaireacht le linn don ghaoth anoir bheith ag sciúradh na mbranar. Agus dhruid an lá linn a ndéanfaimis líonadh na n-iothlann d'altú agus bhailigh le chéile lucht briste na bhfód dolba agus lucht curtha an tsíl agus lucht na bainte. Rinneadh toradh a saothair do tharlú agus do chur i dtaisce agus dúnadh na doirse go gíoscánach ar ár stór. D'fhill mé liom i dtreo an bhaile, ag cuartú fáthanna le míshocaireacht m'intinne. Foláireamh éigin nár chuimhin liom é go beacht, focal éigin ag macallú i gcuas mo chuimhne amhail mar líonfaí dorchadas na hoíche le creimeadh luchóige. Cheap mé m'aire do tharraingt ón anacaire sin agus chuaigh mé a bhaint fhómhar na meala, ag siúl i lár ghuairneán mo chuid beach, mar bhí aithne agus taithí acu orm, agus ó choirceog go coirceog ag carnadh na gcíor. D'fhéach mé le machnamh do dhéanamh ar an toradh íocshláinteach seo, ar an saothar agus ar an íobairt agus ar an taisce órga a cuireadh síos go fadálach foighdeach. Ach mhéadaigh ar chorraíl m'aigne. Bhí an chnumhóg tar éis lonnú i mball éigin agus bhraith mé mo chruinne bheag ag lobhadh ina hiomláine.

Chas mé ar ais i dtreo m'áit chónaithe an tan bhí an ghrian ag lonrú ar an dúiche agus ag fágáil mar bheadh deannach óir ar an duilliúr agus ar dhusta an bhóthair. Thart timpeall orm ár dtailte; na cnocáin a raibh goirt na gconnlach ag déanamh a ngoradh le gréin ar a sleasa; na haltáin mar a raibh na srutháin cheanndána a rinne ár gcuraíocht do thaoscadh; na garráin chrann a thug fothain dár dtithe agus dár n-airnéis. An tuath lán de cheol na n-uiscí, na n-éan agus na bhfeithidí féir. Agus lean mé liom i measc lúcháir na tuaithe, ag blaiseadh na cumhrachta a d'éirigh chugam aníos as an chréafóg mhaoth agus an lusra, agus faobhar an chéad siocáin ins an aer. Ach níor scar an míshuaimhneas le mo chroí. Bhraith mé é ina scamall dorcha anuas orm, mar bheadh an fheannóg ag cleitearnach os cionn na caorach ins na driseoga.

Bhí an doras ar leathadh romham agus rinne mé moill seal tamaill ar an táirseach. Bhreathnaigh mé uaim síos amach an fearann inar fhoghlaim muid cad is brí le fréamhacha, agus an chumha ionam istigh. Ansin thug mé mo dhroim leis agus chuaigh isteach. Óir ba gheall le héan eachtrainn mé feasta agus níor leis an tír sin mé a thuilleadh.

Ar aghaidh liom isteach de choiscéim mhall, thar na leacacha taise, ó sheomra go seomra, agus aiféala orm cheana de bharr dhaingne na dúshraithe agus théagracht na mballaí. Ba chlos fothram seascair mhuintir an tí; gliogar gréithe ar bhoird, clár cófra á dhúnadh mar a raibh an línéadach á leagan thart. Ríocht shíochánta na mban, áit a gcasann roth na haimsire mar is dual dó. Tar éis an níocháin an fáisceadh, agus an triomú, agus an iarnáil, agus anois an cornadh agus an cur i leataoibh. Tá a gcúrsa curtha i gcrích agus an dualgas déanta. Deasghnáth ceiliúrtha a shacrálas buaine a saoil. Ach is saol é nach dtuigim, óir ní den ríocht seo mé a thuilleadh.

Tormán toll mar a ndúntar doras i ndoimhneas an tí. Fuaim coiscéimeanna faoi phráinn. Ansin cumhracht an aráin te ar fuaid na fionnuaire. Agus an tost, mar an rud a bhí ag bagairt, tá sé seachanta. Tosaíonn claicearnach agus seordán an tsaothair arís, an túirne nó an seol ag crochadh suas a phaidrín uirísil as an nua. Cumhracht an aráin ag fuaradh, meastar í le cumhrachtaí laethúla an tí, le húire na gcófraí darach agus le taise na leacacha tar

éis a nite agus le boladh na dtinte móna ar an teallach.
Agus aithním iontu guth ciúin na nglúnta, mar tá saibh-
reas cuimhní lonnaithe iontu a greanadh ar anam mo
shleachta le himeacht na n-iomad saol. Is baolach liom
nach mór cur isteach ar an bhuaine seo de bharr na
gcuimhní nár chuí a ndearmad. Óir is fada an t-aistear atá
siúlta againn, ach níl anseo againn ach sos agus ní mór-
chónaí. Is éigean dúinn aghaidh do thabhairt go cróga ar
an chinniúin a cumadh dúinn, agus níl le taisteal againn
feasta ach geábh deiridh ár n-oilithreachta. Deireadh
aistir filleadh ar an bhaile agus tá deithneas orm dul i
seilbh áitreabh ár sinsear arís. Óir ní leis an bhfearann
seo in a bhfuil muid a thuilleadh mé.

XV

THEASTAIGH uaim i ndeireadh scríbe toradh mo mhíúna
fada do choimriú agus do chur i suim. Mheall cluthair-
eacht an teallaigh mé agus shuigh mé síos os a chomhair,
mar a raibh craos tine ag glafarnach sa simléar. Bhí
m'urnaí ag dul in airde in uaigneas an tseomra úd mar
nach raibh aon ghuth a labhródh liom. Cé nár theastaigh
uaim aon fhinné ar mo choimhlint, óir ba mhó fós m'iom-
rall intinne i gcomhthionól daonna. Amhail an bhean atá
ag obair léi féin sa teach; ní ghoilleann a haonaracht
uirthi, ar chuntar gurb eol di gur thuill sí cion. Ní fheic-
eann sí ná ní chluineann lucht a cúraim, ná a gceiliúr. Is
leor di an t-eolas nach folamh dá croí.

Agus b'fheasach go maith mé nár bheatha amú mo
bheathasa, ná nár bhallóg gan teaghlach m'áitreabh. Óir
chonaic mé na blianta ag dul thart, glúin ag críonú agus
glúin ag fás aníos. Agus iad cruthaithe agus cumtha agam
de réir an chuspa a bhí i mo chroí. Bhí siad uile tar éis
lonnú ionam, an pobal úr seo a bhí ag fás agus ag aibiú.

A bpaidir féin ag dul suas in éineacht le m'urnaí féin agus iad cruinnithe timpeall orm i dteampall ár dtógála. Aon aigne agus aon anam amháin ionainn uile, ar bíogadh le tinfeadh na hurraime agus an ghrá. Pobal a fáisceadh as ómós na sinsear agus a líonadh le tnúthán an dúchais.

Agus d'altaigh mé an mhíorúilt seo a dheonaigh an Coimdhe dúinn. Níor iarr mé éachtaí taibhseacha glóracha, mar b'eol dom gurbh iontaí fós na fearta a cheiltear ar na céadfaí. Ba leor liom é dá bhfaighimis tuiscint d'ionad ár gcónaithe, dár n-áitreabh. Ba chuma chomh scaite nó chomh huaigneach leis an aistear ar a mbeimis, ach é bheith tuigthe againn gur de bhunadh agus d'áitreabh ar leith sinn. Ba chuma chomh fada i gcéin a chasfaí sinn, bhraithimis an baile sin laistiar dínn, ár gcaomhnú agus ár gcothú. Cén bhrí an turas bheith anróiteach, ach ceann scríbe do bheith againn; agus cén bhrí an bás féin, dá n-éagaimis sa ghrá.

Ghuigh mé go leomhfaí dúinn an tíolaice seo, go bhfágfaí go buan ionainn tuiscint do chiall an tsaoil. Ba bheag orm ina dhiaidh sin an t-uaigneas, mar ní ghoineann an t-uaigneas an t-anam daingean. Agus fiú an deoraí, is beo ann cuimhne a thír dúchais agus tá a oidhreacht aige mar shlat tomhais ar choimhthíocht na coigríche. Ghuigh mé mar sin go mbuanófaí in aigne mo mhuintire cuimhne a n-athartha. Ní chaillfeadh siad an treo choíche dá thairbhe sin mar d'aithneodh siad i gcónaí comharthaí sóirt a seilbhe féin. Ní mheallfaí iad le gnéithe forimeallacha na mórchúise mar ní ar a leithéid a bheadh a n-aire ach iad ag iarraidh an ghnúis atá laistiar díobh d'aithint, an patrún a ndéantar éagsúlacht na nithe do thiomargadh dá réir. Múin dúinn mar sin, a Choimdhe, conas léamh ar dhreach an tsaoil!

Ba é sin snáithe mo mhachnaimh os comhair an tinteáin amach, agus mo smaointe ag léimneach i dteannta

bhladhmadh na lasrach. Bhreathnaigh mé bábhún fairsing
na móna a raibh an bladhaire ag preabarnach ina lár. Dóit-
eán a bhí ann, cathair iomlán trí thine, agus a caoiríl
ghairdeasach ag teilgean a sholais go luaimneach ar fuaid
an dorchadais ina raibh mé. Diaidh ar ndiaidh chuaigh na
lasracha neamhchúiseacha i bhfostú ins an chonnadh dubh
mar bheadh geamhar ag leathadh go muirneach thar
thalamh domasach. Beagán ar bheagán spréigh an gríos
beodhearg as an eithne amach, ag iompú an ábhair lábán-
taigh sin ina chaorseod luisneach. Claochlaíodh an rampar
dubhach go ndearnadh de leathimeall solasmhar agus
máthair teochta.

Lean mo shúile an lasair bhán agus í ag iníor go
fadálach thar shleasa na bhfód aníos. I bhfaiteadh na súl
lingidh siad go cíocrach as gach bearna agus gach scáin-
eadh idir na dóideoga. Téann siad ag smúrtháil isteach ins
gach gág agus ag taiscealadh gach logáin agus as go brách
leo ansin in airde in aon chóch caithréimeach amháin, gur
líon an simléar lena gcuid glafarnaí amplaí. Óir na bladh-
airí óga seo, ba é an breosla úr a bhí á alpadh acu. B'fhus-
aide sin dóibh a laomacht bhuí do scairdeadh uathu amach.
An chathair gheal seo ag imeacht ina bruth, choimhéad
mé í mar choimhéadfainn tine chomhartha i gcéin.

Óir bhí mé ag stánadh isteach inti tríd an ghealradh,
isteach ina doimhneas loisceach, an taiscionad a raibh rún
a beo ar caomhnú ann. Istigh ansin i lár an chaoir, a
bhreathnaigh chomh hálainn socair ar dtús ach ar chuil-
ithe ruithneach é a chuirfeadh mearú ar an tsúil agus
draíocht ar an intinn, shamhail mé tíortha leitheadacha
a raibh laochra díomasacha ag marcaíocht tharstu, cillíní
craptha agus braighdeanaigh á ndiomailt le héadóchas,
seomraí comhcheilge agus éirithe slí mar a raib éachtaí á
ndéanamh ag fir líofa dearga. Agus rith an ama, anseo
seal agus seal ansiúd, taibhríodh dom mar bheadh gnúis

aitheantais ag amharc orm as guairneán na ngal tintrí
amach, aghaidh a raibh críonnacht na haoise ina súile
agus bláth na síor-óige ar a gríosghrua. Ba é a chonaic mé
ansin an domhan inmheánach, an múnla inar teilgeadh
mo mheanma féin.

Ní bábhún a thuilleadh iad na fóid mhóna ach nithe
gealbhruthacha nach mó ná scamaill iad ar aghaidh
mheall na tine. Tá an gríos ag adú thar an mhóin tar éis
na lasracha cé gur cuma nó lobhra é i dtaca lena mbladhm
lonrach. Beagán ar bheagán, ámh, géilleann an bladhm
don deirge shíochánta atá go murtallach ar a chiumhais-
eanna ach a bhfuil lúcháir nach bhfuil insint uirthi ag
coipiú ins na cuasanna mar a bhfuil bua beirthe aige. Garr
na móna á bheathú, an éadáil sin a gnóthaíodh le saothar
an duine, saothar a cuireadh i bhfeidhm ar fhosú na
mílte bliain.

Óir táirgeadh an tine seo le sclábhaíocht ar an bhach-
ta, as an choimhlint idir féithleoga crua agus dolbacht na
láibe duibhe; as oighreach na gcos nocht a shiúil feannán
is cíb is fraoch, tríd choiscreach is tortóga is buna grág; as
an tinneas droma a tháinig as iompú agus cróigeadh. An
teas agus an solas seo againn, tá siad déanta den toradh
seo ár sléibhte agus lonraíonn arís ar fuaid ár dtithe grianta
na cianaoise......

Mhoilligh mé ansin ag cumadh dhreach na todhchaí
ins an ghríosach. B'ann a fuair an tine a cothú, a hathar-
tha; an damhna as ar táirgeadh teas is solas. B'iomaí
tinteán eile ar bailíodh an teaghlach thart air mar
tharraingeofaí slisneacha i dtreo na hadhmainte, thart ar
scáthán na teolaíochta, na síochána, na haontachta, an
ghrá. Scoil inar chleacht an leanbh a chéad trudaireacht,
inar fhoghlaim foirmlí a phaidreacha leanbaí. D'éistí inti
eachtraíocht an athar; inti a bhítí ag iontsú ghean na
máthar. Áit a raibh alltacht an tseanama ins an scáthar-

nach luaimneach, agus breo na tine ag raideadh shaibhreas an ama a bhí le teacht.

Óir b'ionann agus tine an tsaoirse a bhí á gnóthú againn. B'áil liom go mbeadh beo na lasrach ionainn, díbheirg a chothófaí ar gharr an ama atá caite ach a mbeadh aigeantacht an chaoir inti san am i láthair, agus dóchas an ama atá le teacht á iompar aici. Ní leor seilbh do bheith againn ar ár n-athartha mar ghlacfaí le seoid fine atá le seachadadh gan damáiste; ní foláir ár gcuid féin do dhéanamh di, sinn do bhiatú léi, agus do bheogú agus do bhláthú; mar tá súlach na beatha ag sní go diamhrach in íochtar, faoi luaithre na staire agus faoi dhearmad na mblian. Má dhéanfaí an oidhreacht sin do shaothrú agus d'athghabháil, ní ina creatlach marbh a dhéanfaí a cóimeáil go cumhúil agus go mionchúiseach, ach ina haithghin agus ina taispeánadh bithnua; shaolófaí cumhacht úr a shoilseodh ár n-aigne le loinnir an dóchais agus a spreagfadh cumas cruthaithe agus bisiúlachta ionainn athuair. Ba réaltacht bheo ghníomhach a bheadh ann, í ar an láthair agus ag feidhmiú i ngach meandar a chaithfí, ag iompar an duine mar bheadh curach ar mhórtas farraige agus á theilgean chun cinn i dtreo úire agus iontas na todhchaí. Agus ar an dóigh sin, cuirfidh sé aithne ar aoibhneas an chruthaitheora.

Is álainn don ní atá ina thús. Is álainn don óige, mar tá gealladh iomlán na beatha roimpi. Is álainn don earrach, mar tá togha agus rogha na bhfómhar ag borradh ann. Is álainn don mhaidin, mar is gnách lán í de shaibhreas na n-uile laetha agus d'ór na n-uile thráthnónta. Agus sinne atá ag saothrú le linn dorchadas na hoíche, is é ár ngnó an mhaidin s'againn féin do luathú; agus cá hionadh dá mbeadh ár súile ar bior ag dréim lena bóránacht. Nuair a ghealfas an mhaidin sin, déanfaimid an lá do fhreastal mar freastaladh ar an solas aroimhe in aimsir ár sean.

Agus tógfaimid an teampall úr ar fhothracha ár dtearmann
ársa. Cruthóimid ann tost ár gcaingeal creachta agus
tnúthán na ndíseart uaigneach. Léireoimid ár n-aisling i
ndathanna agus i ndúthracht ár seanscríbhinní agus má
dheonaítear buanna dúinn, beidh de thuiscint ionainn iad
do chantain agus do cheiliúradh le foinn a bhfuil cumha
an bhriste ina mbinneas. Urnaithe ár gcéad naomh a
ailfeas ár nguíodóireacht; agus gluaiseachtaí uile ár n-an-
am is ár n-intinn, buailfear cruthaíocht orthu i bhfriotal
aiceanta ár gcuimhne.

An mhaidin bhán seo a deirim, is é an dóchas a shoil-
seos a cuid spéartha; an dóchas, suáilce na hóige. Agus
beidh drithle na soineantachta ar shrutháin an tsléibhe
agus an neamhurchóid go cumhra ar fuaid an aeir, mar
bheadh céad lá an domhain ann arís agus ceol na tíre thall
go séiseach fós i gcluasa an duine.

Pobal óg a bheas ag gluaiseacht ionsair an saol úr do
bhunú, mar ní slua seanóirí ab áil liom. Máisea, an
chuimhne seo ba mhian liom a bhuanú i mo mhuintir, ní
hé an saghas sin cuimhne é is cúis le brón agus le beagucht-
ach na seanaoise. Mar an té a bhfuil cuimhne aige ar an
iomarca rudaí, is móide is cuí léan agus méala an tsaoil
do bheith ag luí air. Dá fhad an chuimhne a bheas ionainn,
is ea is sine don phobal ar de sinn agus is mó an chontúirt
ann go mbraithfimid ualach an ama anuas orainn agus
sinn do bheith ag dul d'éag ar ball. Cén cosnamh atá agam
in aghaidh an bás do bheith á shaolú mar sin inár measc?

B'é ab áil liom nach meas namhad a bheadh ar shileadh
síoraí an ama, nach mar chloch mhuilinn go marbh anuas
orainn a bheadh ár gcuimhne. Is dá bharr sin nach spéis
liom achoimrí lucht staire mar níl ina gcuid seanchais
ach téachtú ar an bheatha dhaonna. Agus fágaim i lea-
taoibh iad lena gcuid léinn, ag sméideadh a gcinn go
heolach agus ag tuar an oilc. Is fearr liom an mheabhair

a shlánaíos toradh an ama atá thart trí fheidhm do bhaint
as chun an todhchaí do thógáil.

Óir táimid ag múscailt tar éis oíche fhada agus ag
ullmhú fá choinne aistir thar an aigéan nach gcorraítear
agus nach gcaitear. Tá ár lón á chur ar bord agus rabhcán
na mairnéalach á cheol; ní fada go seolaimid lenár lasta
luachmhar agus tnúthán na foirne ina chloch adhmainte
ár stiúradh. Mar an té a bhfuil mian ann agus dúil, tá sé
óg; agus an té nach mbraitheann a dhualgas ina ualach
air, tá sé saor. Agus do mo dhóighse, is aon iad an óige
agus an tsaoirse. Saoirse na lasrach ag iníor thar an mhóin
aníos, mar lasair is ea an tsaoirse agus is é a dhualgas a
dhúil.

An dream seo na mianta agus na fadaraíon, iad siúd
a bhfuil an óige ina gcroí agus an tsaoirse ina n-aigne, is
díobhsan a dhéanfar laochra agus taoisigh an tsaoil úir.
Iad siúd a chreideas go diongbhálta, ó tharla go bhfuil
siad ann, go bhfuil d'fhiachaibh orthu rud éigin do dhéan-
amh lena mbeatha. Lucht na mianta, nach leor leo choí-
che a bhfuil déanta agus nach bhfuil sásta ach ag forfhás
de shíor. Is iad atá beo go fírinneach ins an aeráid seo na
saoirse agus i lúcháir an chruthaitheora, mar as gach
nóiméad a thagas chucu déanann siad nóiméad úr, ag
bualadh air a séala pearsanta agus séala a sleachta agus
á líonadh le toirrcheas na todhchaí. Ní hionadh go lon-
raíonn siad mar bheadh lóchrainn iontu, ag soilsiú mhear-
bhall intinne a gcomhdhaoine, á mbailiú thart orthu féin,
á gcruinniú le chéile faoina scáth. De shórt is nach uaig-
neas agus aonaracht is toradh ar a ndúil sa tsaoirse ach an
comhar agus an chomaoin.

Seo iad ailtirí an tsaoil úir, aos dána, aos ceirde, aos
grádha, lucht taiscealta na hintleachta agus lucht comh-
fhortaithe an anama; lucht saormheasa. Saoir chrainn is
chloiche, saoir rotha is loinge is mhuilinn—agus ní gan

fáth an t-ainm sin do bheith orthu ag mo mhuintir. Mar
baileofar an pobal ina dtimpeall agus feicfidh na daoine
lena súile siúd, agus cloisfidh lena gcluasa, agus guífimid
uile le chéile den aon urra anama amháin. Gurb amhlaidh
sin a thógfar an pobal úr, pobal a bheas láidir ann féin
agus beag beann ar chathú nó ar chluain. Go suaimh-
neach ina neamhspleáchas; go socair ina lúcháir.

Agus ar mbeith caite do thine na hoíche, beidh deirge
na néal ar na gaobhair. Agus osclóimid ár bhfuinneoga
ar lá an dóchais, lá na háilleachta agus na fírinne.

Éirigí; siúlaimis linn; mar is mithid dúinn filleadh ar
áitreabh ár sinsear.

CUID A CEATHAIR

SAOIRSE

Mais quiconque porte dans le coeur une cathédrale à bâtir, est déjà vainqueur.

Ach an té a bhfuil teampall agus rún a thógála ar iompar ina chroí aige, tá an bua leis cheana.

— Antoine de Saint-Exupéry

LE deireadh gréine a fuair muid an chéad amharc ar
an daingean a bhí tógtha ag na gabhálaithe i dtír
ár sinsear. Nocht sé go tobann chugainn agus sinn
ag teacht amach ar mhám sléibhe. É ina luí i gcomar
abhann i bhfad uainn faoi chlúid de cheo seaca, fobhailte
fairsinge ag streachailt ar bhruach na farraige agus a lár
crioslaithe le bábhúin agus le túir a raibh airde thar an
mheasarthacht iontu. Ar an taobh thall, chúlaigh na
machairí leo ina bhfarragáin go dtí gur chuimil in imigéin
le bun doiléir na spéire. Ag féachaint anuas uirthi ar an
dóigh sin, níor léir corraí dá laghad ar dhreach na tíre,
amhail mar nach mbeadh ann ach pictiúr ó láimh phéint-
éara, cé is moite de long aonair ag gluaiseacht go fadálach
an t-inbhear aníos.

Nuair a d'fhág muid mullach gaothmhar na sliabh,
ba léir ó na crainn chraptha agus ón fhéar scáinte gurbh
í anáil ghoirt na farraige a bhí ag séideadh thar an dúiche
seo agus ag glafarnach inár gcluasa. D'éirigh an talamh
cothrom réidh agus chonaic muid machairí móra riasc-
mhara á spré amach romhainn. Ba chuma nó clár na
farraige féin an mhá seo amach go bun na spéire agus na
néalta ag gluaiseacht ina dtréada os a chionn. Ba mhóide
fós an chosúlacht seo gur nocht chugainn ó am go chéile
túir fhaire arda a bhéarfadh túir sholais na gcladach i do
cheann, gach ceann acu suite ar leachtán téagartha agus
a gharda ár gcoimhéad go fuarchúiseach as cúl a mbriotás
ard. Thall agus abhus, d'imíodh gadlach eallaigh ag aoibh-
eall le gaoth. Dúiche a bhí ann a ligeadh i bhfiántas agus
chonacthas dúinn gur thar dhronn na cruinne anonn a
bhí ár dtriall. Diaidh ar ndiaidh, chruinnigh an oíche
ins an oirthear agus leath suas amach os ár gcionn mar

bheadh néalta stoirme ann. Bhreathnaigh muid na chéad réaltáin ó dhroim luascach ár n-each agus ghlaoigh mé ar gach réaltbhuíon ina hainm agus gairdeas tostach i mo chroí. Óir na réalta seo bhí siad ag lonrú anuas ar an chathair a ba bhun dár n-aistear agus ar an scothbhuíon seo a thogh mé chun ár n-athartha d'athghnóthú.

De réir mar bhí muid ag gluaiseacht ar aghaidh ins an chlapsholas, bhorraigh ionainn go léir mar bheadh táimhnéal suain. Bhí muid ag treabhadh linn trí aer rinneach an tráthnóna mar bheimis ag snámh in éadan srutha agus an cosán mílítheach ag éirí chugainn go dustach clochach. Ar gach taobh dínn bhí an dorchadas ag cruinniú isteach agus sondaí dubha ag nochtadh as agus ag cúbadh ar ais isteach ann de réir mar lean dár gcúrsa. In éagmais na gcomharthaí fearainn maolaíodh an chiall a bhí againn do threo agus d'fhad an aistir. Os cionn na dúiche seo a raibh codladh gan bhrionglóid anuas uirthi bhí an spéir ar lasadh amach go bun an aeir le splaideoga tirime na réalt agus d'ardaigh an mheanma ionainn gur líon le haoibhneas cuas ábhalmhór na firmiminte. Chonacthas dúinn go raibh taispeánadh i ndán dúinn, go raibh geallúint ann fánár gcoinne. Chéimnigh muid chun tosaigh gan fios gan foirceadal ach an mothú ionainn go raibh muid le háireamh ar chomhroinn na cinniúna. Ag dréim leis an mhaidneachan, ár n-ofráil féin go dall, mar bheadh an draoi ag fanacht leis an léargas i ndorchadas an bhotha.

I bhfad ar shiúl thar an bhrosna fliuch, thar an mhachaire uaigneach agus ar gcúl na scamall tormach, bhíothas ag fanacht linn. Ba é an bealach a bhí againn anois conair ghearbach a raibh an féar tanaí ag fás ina phaistí uirthi. Ar gach taobh, bhí an brosna agus an luachair ina bhfalla liath, agus ó mhuin ár gcapall scinn ár n-amharc i bhfad ar shiúl thar an dromchla corrach. Thosaigh an chamhaoir ina bogsholas liath ag gíocadh tríd an cheo tais, agus gealáin ag caochadh go fiarshúileach idir na scamaill. Ach fad ár n-amhairc soir, siar, ní raibh crann ná teach le feiceáil ach na farragáin chlochacha agus léithe luaimneach na spéartha. Tús cúthail na fearthainne ag titim go scáinte ar an deannach, scaoil sé chugainn boladh plúchtach ó dhuilleoga lofa agus ó thurtóga an bhealaigh. An dóigh a stadadh an bháisteach go tobann agus a dtosaíodh arís go cotúil, bhí sí ag cur le ciúnas drochamhrasach na tíre agus thionscain sí borradh an tnútháin arís ina thocht ar ár gcroí. Agus an t-aithleá bagrach seo anuas orainn, solas liaspánach an lae, taise mharbhánta an aeir agus an fhearthainn phatuar, ba chúramach airdeallach mar lean muid dár slí. Mar bheimis ag múscailt as tromluí, mhothaigh muid an anáil loisceach ag séideadh as duibheagáin na haimsire agus claochlaíodh an machaire ina radharc ó thús an domhain mar a bhféadfaí luíochán do bheith i ngach dos giolcach agus tor.

Chaith muid na huaireanta fada ag marcaíocht tríd an dúiche shuanmhar. Thall agus abhus lingeadh fuiseog as an luachair agus d'imíodh as amharc ins an spéir ag preabadach mar bheadh liathróidín ar scaird uisce ar shruthán fadálach a cuid píobarnaí. Bhí an ceo ag streachailt ina bhindealáin thar na tulcha fliucha. In amannaí chuireadh séideán gaoithe na giolcacha ag bogadh go cumhúil agus bheadh uisce marbhánta an phortaigh le feiceáil seal nóiméid ina urlár caileannach gan loinnir. Dar leat go raibh rud éigin ag plúchadh ar chúl an cheo agus in íochtar na tíre brónaí. Ach shiúil muid linn agus d'iompaigh an cosán ina bhealach mór. Chruinnigh streachlán tithe ina ngóstaí gan tathag ar an ghruaimhín agus nocht bábhún liath chugainn as an cheobhrán. Bhí muid ag teacht i ngar don chathair.

Go ndeachaigh muid fá chónaí an oíche sin beagnach faoi scáth na múr. Óir tháinig na marcaigh ina dtoirteanna dubha romhainn sa tslí—na teachtaí a chuir muid amach i dtreo na cathrach—agus thit deirge na dtóirsí ar na fallaingeacha báite, ar an ghal a bhí ag éirí ó chliatháin na gcapall, ar na ceannaithe cnámhacha agus iad fliuch leis an fhearthainn. A gceannaire ar a dtosach, óganach ciúin bunúsach a moladh dom cheana mar ábhar taoisigh. Roghnaigh mé é thar lucht a dhiongbhála mar b'fhada mé ag coimhéad agus ag grinnbhreathnú na ndaltaí a d'oil mé, urgharda an phobail nua. B'iad seo lucht na foighde agus na híobartha, lucht léargais agus dóchais, an dream a bhéarfadh an báire agus a dhéanfadh dídean dá mbráithre. B'iad a thogh mé i gcomhair na coimhlinte leis an chathair, chun ceart do sheasamh dá muintir, chun mo bhealach ar ais d'ullmhú romham; agus bhí mé tar éis marcaíocht go muiníneach suas fhad lena cuid múr.

Ní daoine anaithnide mar sin a d'fháiltigh romhainn agus a thug tuairisc ar ar éirigh dóibh i measc na gcoimhthíoch. Agus d'éist mé go fonnmhar lena raibh le rá acu óir bheadh mana le baint as a gcuid focal. Mar ba mhinic mé ag smaoineamh ar leanúnacht mo mhuintire agus ar an té a threoródh iad i mo dhiaidh. Agus ghuínn go gcuirfeadh an té a bheos gach colainn fear i mbun an phobail a rachadh isteach agus amach ar a dtosach ionas nach bhfágfaí iad ina dtréad gan aoire. Thogh mé na hógánaigh ba ghlaine meon agus ba threise meanma agus chuir mé romhainn ina dteachtairí iad. Agus léiríodh dom go dtuigfinn óna dtuairisc cé acu ba dhílse dá dhúchas agus a ba láidre aigne. Is air siúd a leagfainn mo lámh chun mo dhínit féin do sheachadadh dó agus chun go mbeadh an spiorad ag lonnú ann i mo dhiaidh.

Agus shiúil mé i gcuideachta na bhfarairí an oíche sin as an champa amach agus sheas mé leo ar aghaidh na mbábhún thall go n-éistinn a dtuairisc. B'ait an radharc é, an chathair úd ag éirí aníos ón bhfásach féarmhar mar bheadh scáil ins an cheo ar bhruach na mara tostaí. Os ár gcomhair, lastall de mhachaire giobach mar a raibh roinnt bothán fada íseal cúbtha le chéile ina gcnapáin, dhírigh an rampar liath a chliathán go tobann agus go dolba as lár an aeir mhodartha, trí scamaill streachlánacha an cheobhráin. Laistigh dá chuid mótaí calcaithe bhí sé ina thoirt bhagrach, gan ach an corrbhall dubh ar na múir, feineastair inar mhothaigh muid amharc fuarchúiseach na bhfear faire. Bhí an ciúnas úd anuas air a airíonn duine fá chreatlach loinge briste. Níor chlos glórtha na ngardaí ag scairteadh ar a chéile ná a gcoiscéim toll ar a gcuaird. Ba léir trí bhéal amplach na ngeataí tiús tréamanta na múr.

Ag stánadh ar an daingean úd dúinn, mhothaigh mé broid mheadhránach na mílte anam ag imeacht faoi fhorrú ar fud an dorchadais úd agus tháinig fuacht marbhánta fá mo chroí mar bheadh sé ag éirí chugam as neamhshuim na sluaite sin. Óir na farairí a chuir mé uaim, ba í a dtuairisc go ndearna siad cuaird na mbábhún ar fad, go mall righin, ag lorg gág nó briseadh ar an sonnach ábhalmhór. Ach ball lag ní raibh le haimsiú, ná fiú geata gan dúbailt chosanta, ionas gur ghabh eagla agus uamhan a bhformhór. Le linn dóibh bheith ag fánaíocht lasmuigh den dúnfort ag cur is ag cúiteamh i dtaobh cad a bhí le déanamh acu, thángthas aniar aduaidh orthu agus beireadh orthu, gur tugadh isteach ina gcimí iad faoi na fardoirse uaibhreacha agus isteach ins an chompal crosta. Agus d'ársaigh siad dom faoi sceon mar a tugadh iad os comhair na cúistiúnachta agus mar a éisteadh go foighdeach fuar leis an chúisitheoir agus mar a chuaigh a raibh i láthair ag gáire fúthu. Bhí siad ag fanacht leis an phionós a chuirfí orthu, nuair a ordaíodh iad do ligean saor mar gur chréatúir gan urchóid a bhí iontu. Agus d'aithin mé go mba ghéire faobhar na tarcaisne orthu ná faobhar na lann.

Scaoileadh amach iad láithreach agus níorbh fhiú lena ngardaí iad do thionlacan fhad leis na geataí. Chaolaigh siad leo amach mar mhadraí lathaigh agus d'fhág ina ndiaidh na ballaí mallaithe agus ionad a náire. Agus ba bheag an fonn a bhí orthu dul ar ais arís ina gcóir. Tá bailte ann agus nuair a bhreathnaíonn tú iad amharcann siad ort ar ais, ag gliúcaíocht amach ort as cúl a mballaí. Agus nuair a ghluaiseann tú isteach iontu idir a n-ursaineacha uaisle, i do chuairteoir nó i do ghabhálaí, cuireann siad fáilte fhlaithiúil romhat. Níorbh amhlaidh don chathair seo. Ní dhearna sí dínn ach neafais, agus í cúbtha go stuacach laistigh de théagracht a cuid ailltreacha. B'shin thall í ag tabhairt a cúil linn ionann is dá mba nárbh fhiú léi múscailt as a brionglóid chun cur inár n-aghaidh.

Bhreathnaigh mé í an oíche sin, ag cuimhniú ar iarsmaí mo mhuintire a d'fhan anseo ina ngéibheannaigh i bhfad ó shin agus ar na feidhmeannaigh a chuir mé uaim ó am go ham faoi che33altair chun séideadh ar aibhleoga a gcuimhne. Ach níor bhraith mé comhartha spéise ar an ghnúis dholba, gan trácht ar ullmhú chun freasúra. Bhí sí neamhspleách riamh ar gach rud lasmuigh. Ní raibh earra ná airgí againn a spreagfadh dúil inti, agus ní raibh cluas ná ciall aici do na scéalta a d'fhaibhrigh inár samhlaíocht. Bhí sí cruachta ansin, a cúl le tír agus a haghaidh le muir agus lón coirp agus anama ag teacht chuici thar na farraigí anall.

D'aithin mé gurbh í an dóthanacht seo ba chúis leis an fhaitíos a tháinig ar mo líon slua, ionas go mba leisce leo a chreidiúint go raibh siad inchomórtais leis an ollphéist dhúrúnda úd. Chonaic mé ansin an chontúirt a bhí i bhfolach ina gciúnas. Óir níorbh fhada go mbeimis faoi gheasa

aici, agus ba chuma nó adhmaint í ag tarraingt ár súl
uirthi gan stad, de lá is d'oíche. Bhí sí ag gríosadh imní
ionainn, ag stánadh orainn go diamhrach dorrga, ag
tabhú ómóis agus uamhain mar bheadh tearmann beann-
aithe inti nach leomhfaí a shárú.

Mhothaigh mé anuas orm arís ualach mo chinniúna
agus scrúdaigh mé cuntanóis an díorma i mo thimpeall
de bharr m'atuirse, ag lorg cúnaimh nó comhshóláis.
Tugadh súile dom go bhfeicinn agus ba léir dom luan an
spioraid ag lonrú. D'iarr an ceannaire óg cead labhartha,
agus d'altaigh mé a achainí mar deonaíodh fios dom go
dtáinig a sheal.

Óir thosaigh sé agus d'ársaigh sé dúinn mar a d'imigh
sé leis i mbéal a chinn tar éis a scaoileadh as láthair an
bhreithiúnais agus mar chuaigh sé ag fánaíocht tríd an
chathair uaibhreach. De réir mar bhí mé ag éisteacht lena
aitheasc, cuireadh ina luí orm nach ar mo chrannsa a
tháinig mo chomharba d'ainmniú. Bhí sé á thaispeánadh
féin os comhair ár súl, á léiriú féin le gach focal dá dtáinig
óna bheola. I measc phlúr mo mhuintire ní hé amháin
gurbh eisean a gceannaire agus a dtreoraí. B'ann a ba
threise a labhair an dúchas; b'aigesean a ba ghléine meon
na sinsear agus ba chumasaí an éirim chun dálaí an
phobail do mheas ins an am a bhí le teacht. Bhí sé á chur
féin i bhfeidhm ar a chomhaltaí mar go bhfaca siad a
ghlaine agus a scáilíodh ann a mbarrshamhail féin. Óir
ba chlos ina ghuth cinn iomad glórtha i gcéin agus i
gcóngar, mar bheadh an t-aigéan síoraí ag buain le trá.

D'inis sé dúinn conas mar a shiúil sé ar fud na cath-
rach. Agus le linn dó bheith ag caint, taibhsíodh dom an
diúlach scailleagánta ag gluaiseacht go mórtasach fan na
sráideanna anaithnide, ag glinniúint suas ar na meirgí mar
a raibh díonta agus spuaiceanna na cathrach ina gcoilg-
sheasamh i gceo na mblian. Agus chonacthas dom go

raibh rún éigin ag cur le troime a choiscéime. A ghlór le linn dó bheith ag caint, a bhí níos ísle, shílfeá, ná an gnách, mhúsclódh sé crith ar chúl do chloiginn agus chuir sé an tost ina shiorradh fuar thart ar a raibh i láthair, amhail an bhallchrith a thagann roimh theasaíocht.

— Bhí an oíche cheomhar ina lacht ar fud an aeir, ar 'sé, agus mhothaigh mé faoi mo chosa an phábháil sciorrach fhliuch agus anáil spadánta mhoiglí ag séideadh ins an aghaidh orm in ionad ghaoth ionraic na sléibhte a raibh mé cleachtaithe léi. Chonaic mé cearnóga faoi sholas na gealaí nach raibh mar áitreabhaigh iontu ach pobal dealbhanna agus sráideanna fada folmha mar a raibh daoine ag spaisteoireacht go huaigneach. D'ainneoin a chuid bábhún, bhí an daingean seo ag morgadh taobh istigh, dar leat; dorn druidte nach raibh ina ghlaic ach cuimhní, crobh críonta smolchaite a raibh súlach na beatha diúgtha as. D'imigh mé liom as compal na bpálás agus théaltaigh mé isteach i gcathair ghríobháin de chúlbhealaigh. Ba é trian na n-iascairí é in aice leis an chaladh. Agus ba thaitneamhaí liom na sráidíní seo idir aghaidheanna dalla na dtithe, agus blas an tsáile i mo bhéal. Fobhaile leitheadach é, cuma chorrach air ó tharla é bheith ag streachailt thar na méilte i mbéal na trá. Ba léire fós anseo comharthaí an tréigin; clocha smúdaracha á gcreimeadh ag an aer goirt, na gairdíní a baineadh tráth as na dumhcha á bplúchadh arís faoi ionradh an ghainimh a bhí ag taomadh go tiubh thar na ballaí agus á spré thar an phábháil chúng faoi shiorradh na farraige. Dá n-ardóinn mo cheann os cionn an bhalla chloisfinn glafarnach an rabharta agus ghabhfadh an ghaoth dá sróill ghainimh ar mo ghnúis. Ba bhreá liom ciúnas na sráide agus é mar bheadh sé ina chaille ar bhúirthíl na bóchna. Lig mé don ghaineamh rith ina shruthán idir mo mhéara, an gaineamh seo a sciúradh leis an iomad stoirmeacha agus a bhí anois ag plúchadh an bhaile seo faoi chiúnas an chodlata. Bhreathnaigh mé an chathair seo á cur i dtalamh agus, le linn don ghaoth bheith ag greadadh mo leicne, taibhríodh dom go raibh rud éigin ag éirí aniar as na bailte plúchta.

Anois agus arís, ag coirnéal sráide, d'fheicinn chugam bean de mhuintir na n-iascairí, cliabh nó crúisc á hiompar aici agus a ceann clúdaithe le seál dubh in aghaidh na gaoithe agus an ghainimh. Théadh sí thart go tostach amhail mar nach mbeadh inti ach taibhse de chuid an bhaile mhairbh. Agus chreidfinn é murach boladh an tsáile agus na móna a chuir i gcuimhne dom le tobainne thine chreasa saoirse na machairí agus na dtonn lasmuigh den chompal craptha ina raibh mé. Agus d'airigh mé ag borradh ionam an mhian lasánta go dtiocfadh na laethanta deiridh agus go mbuailfí uair na coimhlinte déanaí. An chathair féin, bhí sí ag faire in éineacht liom, snag anála uirthi, a súile dírithe ar an bhall ba dhorcha i spéir na hoíche.

Rith sé liom go raibh an chathair ag feitheamh le fáistine, go nglacfadh sí leis an fháidh a chuirfeadh cinniúint roimpi agus chuimhnigh mé ar an teachtaireacht a bhí inár seilbhne agus ar an ghairm a tharraing ar ais as fiántas na sléibhte sinn. Cá bhfios nach sinne a dhéanfadh oircheall don dream seo?

Óir, ag glinniúint thart orm ins an doircheacht, shíl mé gurbh é suan na mblianta a bhí ag púscadh as na ballaí agus ag céimniú go diamhrach na staighrí anuas. Ba dhóigh liom go gcuirfeadh an chathair seo a bhí aoibhinn tráth agus a cheangail muir agus tír le chéile le huchtach croí agus le dúthracht nach raibh insint orthu, go gcuirfeadh sí fáilte roimh an drochthuar féin, dá mba dhóigh léi go mbíogfadh sé matáin sheirgthe a coirp as an nua. Chonacthas dom go raibh sí dóthanach den chod-

ladh a bhí uirthi, dá mba chodladh na sláinte féin é, agus
go bhfáilteodh sí go hoscailte i ndeireadh na dála roimh
an aibhléis rúnda ach í bheith ag saothrú tamall ina
hionathar agus i ndoimhneas a croí istigh. Mar cuireadh i
dtuiscint dom tar éis dom labhairt le miondaoine go raibh
beatha inmheánach an phobail seo á buanú i bhfoirmeacha
seanchaite, i nósanna agus i ndeasghnátha ar thráigh an
diamhracht astu. Ní raibh iontu seo a thuilleadh ach
éadach giobail ag fáisceadh na ndaoine ins an dearmad
agus an díchuimhne, éadach giobail a caitheadh go dtí
an córda agus a choinnigh iad ó aon chaidreamh leis an
saol. An tuiscint anbhann atá ag an chathair seo di féin,
tá sí in abar ina cuid gnásanna agus tá a hanam ina cime
ins an chló atá buailte aici ar nithe an tsaoil. Tá sí féin
ag liongadán ar imeall an neamhní, amhail duine a bheadh
tar éis téaltú isteach ins an scáthán inar ghnách leis a
scáil féin do bhreathnú.

Mar d'airigh mé, an t-am ar fad a raibh mé ins an
chathair, go raibh súile inti a chonaic mé pé áit a rach-
ainn. Ach súile a bhí iontu a raibh an radharc in easnamh
orthu. Níor mhothaigh mé go rabhthas ag amharc orm,
go raibh aigne laistiar de na súile sin. Agus chrothnaigh
mé an t-amharc sin. B'áil liom go mbeifí ag amharc orm.
Theastaigh uaim bheith i láthair ní éigin nó neach éigin.
Bhí tuigthe agam feasta go bhféadfainn grá do thabhairt
don chathair seo, an grá fearúil is féidir a thabhairt do
chéile comhraic gur fiú é do bhéimeanna. Ligeadh tuaith-
leas liom go mbíogfadh an chathair ina dúiseacht ach í
ciall d'fháil don phriacal ina raibh sí. Amhail fear i mbaol
báis a dtagann urnaithe a óige agus ainm a mháthar ar
a bheola, nuair a thuigfeadh sí ghlaofadh ar a cumhacht
cheilte agus chuirfeadh uimpi arís ionar na beatha. Cosúil
leis an soitheach i mbéal na stoirme a thugann a thosach
go dícheallach ar na tonntracha, dhéanfadh sí a stair agus

cuimhne a bunúis do thoghairm agus do ghabháil chuici, agus d'fheicfí arís a mórgacht dhílis i láthair bhagairt an neamhní.

Óir an chathair seo gur dual dúinne a gabháil, déan- faimid a gnóthú ina céile thorthúil agus chan mar éadáil mharbh. Agus de thairbhe ár gcumaisc agus ár gcomh- riachtana feicfear toircheas a bheas cosúil linn araon ach a mbeidh áilleacht úr ann agus réim saoil i ndán dó nach bhféadfaimis féin bheith ag súil leis.—

Gurb í sin tuairisc an tánaiste go n-uige sin. Dúirt agus thost sé. Agus thuig muid uile nár fágadh ár muintir gan treoir.

II

Ba léir anois gur mhithid dom dul ar gcúl agus do mo lucht leanúna bisiú agus buachan, mar go dtáinig a seal. Óir níor thairngeartach ná fáidh a bhí ionam riamh, ná níor thionscain mé le neart ládais ná le dóchas as m'eagna féin. Ach mar bheadh lúb i slabhra cruaigh an tsleachta, is ag tógáil m'uain a bhí mé nuair a fágadh orm é. Anois bhí fear mo shealaíochta ar na gaobhair agus bheadh an spiorad ag lonnú go beo ina chliabh. An tuairisc a thug sé, d'fhág sí bealaigh úra ar leathadh roimh mo mhuintir, bealaigh nár dhual domsa siúl orthu. Ach le ceann do chur ar thréimhse m'umhlóide mheas mé gurbh é mo dhualgas an lucht ceannais d'ullmhú agus d'umhlú dá threoir. Ghlaoigh mé chugam an díorma ar fad agus d'aitheasc mé iad agus ní fheadar arbh é mo chroí féin a labhair leo nó guth an té a thiocfadh i mo dhiaidh. Chuir mé rompu go raibh muid féin faoi ionsaí chomh maith leis an chathair thall. Go raibh cath á fhearadh eadrainn agus gurbh é ár n-anam féin ba láthair don chath sin. Óir dá gcuirfeá gráinne síl ins an talamh agus an chré do bhrú isteach air mórthimpeall, ní hé an síol amháin atá faoi ionsaí d'ainneoin mheáchan na cré. Chomh luath is a eascrann an síol agus a thagann borradh faoi, bainfidh sé a chuid féin as an chré agus beidh fás úr ann dá bharr agus toradh in am tráth. B'ionann cás dúinn féin os comhair neart an dúnfoirt.

Agus dúirt mé leo go gcaithfimisne cumas comhshúite agus fáis an ghráinne shíl do ghabháil chugainn, mar theastaigh uaim an bealach do réiteach d'fheachtas mo chomharba. Dá mbeadh uirlisí ceoil againn, adúirt mé leo i modh sampla, nár chualathas riamh trácht orthu ins an chathair agus go dtiocfadh siansa binn uaigneach do bhaint astu a chuirfeadh cluain uirthi, is maith is eol dom go mbeadh tóir acu tar éis tamaill ar an cheol diamhrach sin agus go bhfeicfí chugainn iad gan mhoill chun éisteacht leis. Agus ní fada go gcluinfí iad laistiar dena gcuid múrtha féin ag cleachtadh na n-uirlisí sin agus ag iarraidh na foinn úrnua do phiocadh amach ar a dtéada. Agus chruthaigh mé dóibh go rachadh a gcumhacht i bhfeidhm ar na daoine seo agus go n-éireodh leo iad do chur ag máirseáil le fonn a seinnte agus nach mbeadh moill orthu féin dul ar cheann an tslua. Óir bhí mé ag tabhairt isteach don mhéid a d'inis an ceannaire óg dúinn agus cheap mise freisin go mb'fhéidir go raibh aimsir na bhfáidh ag filleadh orainn. Ní raibh saoithe tíorthúla a thuilleadh ag na cathróirí a mhúsclódh fonn dúchais iontu chun go gcuirfeadh siad inár gcoinne, mar b'fhada anois iad ag brath ar ghlagairí anall. Mar níor phlanda beo riamh an chathair seo ar fhearann ár sinsear, ach gallán cloiche seasc.

Bhí ceist ag an lucht ceannais orm, agus ní raibh moill orthu an agóid do dhéanamh liom, d'fhios an mbeadh fuascailt a bhfadhbanna agam feasta. Maidir liom féin, cé gur taoiseach eile a bheadh orthu uaidh seo amach, theastaigh uaim a léiriú dóibh gurbh é an bealach céanna a leanfadh siad agus an tine chéanna a lasfadh an dorchadas rompu. Óir ba cheart ualach an phobail d'iompar gan ghearán agus do chur díot gan osna nuair atá do chor curtha isteach agat agus uain do chomharba tagtha. Agus d'fhiafraigh siad díom conas a chuirfimis an beart seo i bhfeidhm ar chine nach n-éistfeadh linn. Cé go raibh fhios agam gur ar chrann mo chomharba a tháinig é sin do chur i gcrích, chuir mé ar a súile dóibh an duine nach toil leis éisteacht nach féidir leis gan cloisint. Agus má tá cluas aige do cheol agus go seinneann tú ceol leis a chorraíos a chroí, fiú mura bhfuil gean aige ort féin, éistfidh sé le do cheol. Agus tiocfaidh athrú air dá bharr agus malairt croí.

Bhí an freagra seo á phlé agus ina ábhar conspóide acu fós nuair a ghlaoigh mé amach ar an té ar dhual dó anois a uain do ghlacadh agus umhlóid do dhéanamh do bhuaine a mhuintire. Agus leag mé mo lámha air ina bhfianaise go léir ionas go seachadfaí dó an lasair nach múchtar. Agus cheangail mé a uiseanna le filéad na fáistine chun go mbeadh súile aige le feiceáil roimhe agus glór a labhródh le húdarás. Agus dúirt mé leis:—

— Fothracha an tseansaoil, tá siad tógtha arís i bpobal do dhúchais agus tá bunsraith na nglúnta suite go daingean as an nua. Is ar mo chrannsa a tháinig na ballaí briste do dheisiú agus bhéarfar mar ainm orm fear cóirithe na ród. Ach tháinig do shealsa anois. Éirigh agus fógair go hard iomlán na teachtaireachta. Tabhair aghaidh ar do ghairm gan eagla agus ní bheidh sé de chumhacht ag do naimhde eagla do chur ort. Is tréan a dhéanfar thú, níos treise ná an chathair dhaingean, nó piolóir iarainn, nó balla práis, chun aghaidh do thabhairt ar lucht rialtais agus uachtaráin agus sagairt, agus ar na gnáthdhaoine ó cheann ceann na tíre. Dá bharr sin, cuir do mheirge in airde chun lucht do pháirte do chruinniú thart ort agus

nuair a bheas seilbh agat ar do ghabháltas, iarraim ort an
saibhreas atá ionat do roinnt go macánta agus go fial agus
do mhaoin d'fhógairt go hoscailte. Ionas, nuair a thioc-
faidh deireadh le do sheal mar bhuail liomsa anois, go
bhfágfaidh tú eiseamláir mhisnigh ag fearaibh óga agus
cuimhne do bheatha ag an chine go léir. Ionas nach ligfear
chun dearmaid ná nach bhfágfar gan chúiteamh an fón-
amh a rinne tú don phobal. Agus nuair a chuirtear ar
deireadh thú i gcuideachta na seanóirí, beidh cuimhne ar
d'ainm agus beannacht leis, agus in am tráth brúchtfaidh
an bheatha as do chnámha agus déanfar lucht domhean-
man d'athbheochan ins an áit ar leagadh faoi na fóid
iad.—

Agus d'imigh siad uaim ina dhiaidh sin, mo lucht
leanúna, ionsair an chathair, ní ina saighdiúirí ná ina
laochra ach go huiríseal giobalach mar bheadh lucht siúil
ann, ina n-aos ceoil agus ina bhfilí agus ina reacairí, as
siocair nach ionann namhaid do chur de dhroim na slí
agus bua marthanach do bheith agat air. Choimhéad mé
iad ag imeacht uaim agus taibhsíodh dom iad ag cur caid-
rimh go cáiréiseach ar bhunadh na cathrach, ag fálraíocht
ar fud na bhfobhailte lasmuigh agus ag reic a gcuid rabh-
cán ins na geataí. Go mbailíodh na sluaite thart ar na
spaisteoirí aduana, á mealladh ag draíocht na laoithe a
chan siad. Óir bhí an pobal seo rathúil agus iad imithe
le baois, agus ba luachmhar leo aon ní a mhúsclódh a
gcaidéis agus a gheallfadh léiriú dóibh ar chúrsaí na
diamhrachta. Diaidh ar ndiaidh bheifí ag cluanadh chroí
na cathrach agus bheadh fánach ag na cathróirí bheith ag
iarraidh intinn mo chuid feidhmeannach do dhalladh le
poimp agus le mustar nó ag súil lena bhfuinneamh do
choilleadh lena meangadh gruama. Bhí mo theampall
tógtha agam agus é suite go doscartha in anam mo
mhuintire. Níor bhaol dóibh agus níorbh eagal dom.

Gheobhadh siad amach nach bhfuil neart sna bábhúin
mura bhfuil seoid ar fiú a díonú laistigh. Ní fiú a leithéid
do thógáil thart timpeall ar mholl óir má tá an t-ór ina
chnapanna ar na sléibhte thar lear. Ná thart ar scrín,
mura gcreideann na daoine ina sacráltacht agus mura
bhfuil ina gcuid searmóintí ach deasghnátha baotha.
Ná ní fiú cultas ceartchreidmheach ina lár más fearr an
míniú atá le fáil air lasmuigh. Caillfidh na fíréin a muinín
as; sin nó rachaidh lucht coigríche a gháire fúthu. Ní mór
do bhunadh na cathrach sin bheith beo; ní mór dóibh
bheith ag cuardach agus ag caomhnú, ag dréim agus ag
saothrú ar aon uain.

Is é sin an fáth go mothódh siad tarraingt mo thion-
chair i gan fhios dóibh féin agus d'ainneoin iad do bheith
ag maíomh nach raibh aird acu ar mo chuireadh cianda.
Óir is mise an té a thógas agus a stiúras agus ní uaim féin
an bua atá ag imirt orthu. Thug mé liom é ón bhunadh
sinseartha a rinne a sheachadadh ó láimh go láimh
anallód, ina lóchrann eolais a adhnaíodh, dar leat, i ndeirge
an mhaidneachain ar bhuaic na sléibhte síoraí. Agus ag
iompar na tóirse sin dom, braithim neart na n-iomad glún
i mo righe agus is álainn mo theacht thar na sleasa mar
gur shiúil na sinsir romham i dtine na néal. Muintir na
cathrach, ní beo dóibh ina n-aonar. Ní féidir dóibh fanacht
mar atá agus aghaidh na talún á hathnuachan ina dtim-
peall. Agus téimse i bhfeidhm orthu trí mo theachtairí,
agus corraím iad i gan fhios dóibh féin, mar is é brí a saoil
atá á hathrú agam. Bhí rún á choinneáil acu, nó creid-
eadh go raibh; ach níl ciall leis an rún sin feasta. Ligeadh
don tine dul as ar an teallach sacrálta agus ní bheidh acu
istoíche ach fuacht agus dorchadas go dtí go n-athadófar
í ón lasair atá ar iompar againne. Thóg siad a mbábhúin
thart timpeall uirthi, agus leagfaidh siad féin iad nuair a
thuigfear dóibh go bhfuil an sanctóir folamh agus an dia

ar lár. Agus beidh an bua leis an neart fírinneach, ní nach n-éilíonn bábhún dá chosaint mar gur cumas fáis agus comhshúite atá ann agus acmhainn gas is fréamh.

B'fhada na teachtaí ar fán i measc áitritheoirí na cathrach, ag fáidheadóireacht ar na céanna agus ar choirnéil sráide le coim na hoíche agus ag bailiú chosmhuintir an chalaidh thart orthu. An chuma uiríseal chéanna orthu i gcónaí agus ómós thar an choiteann acu do chomharthaí agus d'ionadaithe an údaráis. Fiú dá dtarraingeofaí isteach i seomra an gharda iad, dhéanfadh siad cúirtéis do gach duine de réir a ghráid agus a dhínite. Agus nuair a cheistítí iad, ní bhfaightí astu ach deilín éigin nach raibh le tuiscint as ach go raibh athrú ar an saol agus go dtiocfadh an slánú aniar. Mhothaíodh an garda mar bheadh anáil na sléibhte agus na mblár folamh ins na glórtha géara seo agus bhaineadh a gcuid salmaireachta macalla coimhthíoch as na ballaí loma. Dhéantaí iad do chuardach ansin ach, ní ab iontach leis na húdaráis, ní bhfaightí choíche ór ná airgead ina seilbh. Ní bhíodh le déanamh ach iad do chaitheamh isteach i bpruchóg éigin go cionn cúpla lá nó iad do scaoileadh saor láithreach. Agus bhaineadh na póilíní searradh as a nghuaillí agus ligeadh leo.

Ionas go raibh na cleiteacháin seo ar fud na cathrach go seasmhach mar bheadh scaoth éan eachtrainn ag fógairt na stoirmeacha a bhí le teacht. Agus leath an chorraíl i measc na miondaoine go dtí go raibh siad ag súil in aghaidh an lae le gníomhartha móra. Cosúil leis an bholgearnach a fheiceann tú i bploid an phortaigh agus a léiríos go bhfuil brachadh agus coipeadh agus tús beatha úire ar siúl ins an lofacht agus an mharbhántacht, bhí an sceondar ag cruinniú ina ghal, ag brú aníos i dtreo an uachtair agus ag spreagadh anbhuaine i measc bhodaigh an ghaimbín agus ag tabhairt ábhar machnaimh don chinseal féin.

Agus ba mhinic na huaisle seo ag gliúcaíocht óna gcuid múr amach thar an mhá i dtreo na sléibhte, amhail mar léifeadh siad a gcinniúin ar na sleasa, mar bheadh siad ag fanacht le ranganna na sleann do theacht i radharc thar gach mám nó do lingeadh as gach bearnas agus altán. De réir mar bhíodh siad ag stánadh ar fhíor na mullach, ní airíodh siad a thuilleadh an t-am ag éalú. An ghealach agus na réalta, shileadh siad a solas báiteach orthu mar bheadh fuarán tosta. Chonacthas don lucht féachana go raibh aer meirbh moiglí na n-áras ag géilleadh roimh leoithne aniar, anáil na mbeann ard, chomh fionnuar fiáin glan sin nach mbeadh siad in ann éalú go deo ar a híonacht loisceach. Agus cheana féin, chun an blas úr do bhuanú ar a mbeola agus an drithle do choinneáil ina gcuid súl, bhí siad ag siúl dá n-ainneoin féin agus a gceann in airde, ag tnúthán le réalta na spéire.

Bhí féile chomórtha na Gabhála ar na gaobhair, nuair ba ghnách leis an chosmhuintir oíche scléipe do bheith acu nuair a ghléasadh siad iad féin i mbréagriocht ag suimliú ar éadach sheanbhunadh na tíre. Ach ba léir an uair seo go raibh a lán de na bréagchulaithe ní ba chosúla le fallaing chogaidh na muintire s' againne. Gach uair a dtéadh a leithéid seo thart ins na sráideanna plódaithe, chloistí liú ollghairdis ó na páistí, óir bhí an feisteas sin ceangailte ina n-intinn siúd le scéalta sí agus gruagach agus seanchas a seanmháthar. Ach ní hiad na páistí amháin a chuir spéis iontu. Bhí na daoine á gcoimhéad agus ag fuireachas agus bhí an tseift seo ag cur le corraíl an phobail go dtí go raibh ríméad orthu as an dánacht.

Ba ghnách riamh oíche chinn féile na deasghnátha sollúnta do fhreastal i dteampall an chalaidh. Lárionad a bhí ann do chreideamh an daoscair nár ghlac riamh le cultas na móruasal. Bhí cuimhní beo ansin ar aois agus ar ársaíocht nár admhaigh an cinseal a bheith ann. Bhí sé

ina cheanncheathrúin riamh ag lucht fáistine, ag lucht
scaipthe ráflaí agus lucht tuartha uafáis, mar aon le
bheith ina ghnáthóg agus ina ionad coinne ag gaigíní
galánta na huasalaicme ar bheag leo creideamh ach ar
mhór leo nuaíocht de chineál ar bith. Is ins an teampall
sin a dhéanfaí an fhéile do cheiliúradh. Is ann a bhailigh
na sluaite le chéile agus a bhain siad croitheadh as na
boghtaí lena gcantain dhúthrachtach. Thost an ceol, agus
chuaigh deann tríd an slua nuair a tháinig an ceiliúraí
amach os a gcomhair a labhairt leo.

Ba nós é cead cainte do thabhairt do shoiscéalaithe
fáin d'fhonn nuaíochta nó de bharr chlú na háite agus na
hócáide, óir chreid na fíréin go mbíodh foilsiú le fáil ann.
Is é bhí ann an uair seo an t-óganach a raibh aithne ag
cuid acu air mar an duine ba éifeachtúla caint agus ba
fhuinniúla teacht i láthair i measc na haicme aduaine a
bhí ar fud na cathrach le tamall. Ba é a n-éide siúd a bhí
á chaitheamh aige agus bhí aithleá éigin ina thimpeall a
chuir i gcuimhne dóibh gach ar chuala siad faoi na ciní-
ocha sinsearacha a mhair fadó. Shiúil sé de choiscéim
scafánta tríd an chomhthionól agus nuair a d'iompaigh sé
thart, tháinig solas na gcoinneal ar a cheannaithe gur
fágadh ar snámh iad idir dhá dhorchadas. Bhailigh na
daoine chucu féin go cúthail agus labhair sé.

Thosaigh sé de ghuth ciúin, ag cur i gcuimhne dóibh
chomh hársa is bhí an cultas ins an teampall sin, an méid
staire a bhí taobh thiar de, agus a mhinicí agus a fuarthas
taispeánadh ar an láthair sin a chuir cor ins an chinniúin.
Ansin stad sé nóiméad agus nuair a labhair sé arís, bhí
faobhar ar a ghlór agus é ag dul in airde de réir a chéile,
mar bheadh lann ann á tarraingt as an truaill.

— Anocht a cheiliúraimid cuimhne na Gabhála, féile
a chomóras comhlíonadh an dóchais agus a altaíos tíolaice
na Sean. Is trua le cuid agaibh agus is cúis searbhais go

bhfuil muid á ceiliúradh i mbliana i dtréimhse chorraíle
agus mhíshuaimhnis, nuair atá manaí agus tuartha le
léamh ar na spéartha agus crá ar dhaoine mar bheadh
comharthaí na Críche Déanaí buailte linn, mar tá scríofa.
Gidhea, a phobail liom, má tá corrabhuais ar ár n-intinn,
ní gá go mbeadh crá inár gcroí. Iarraim oraibh machnamh
do dhéanamh ar bhrí fholaithe na nithe seo, agus tuiscint
d'fháil as an saol corrach ar rúndiamhair na hathbheo-
chana. Ba i ndúluachair an gheimhridh agus i gceartlár na
hoíche fadó a fuair muid airnéis an dóchais. Ar an lá sin
atá á chomóradh againn inniu, bhí sámhán agus meirbhe
ar an dúlra ar fad agus shílfeá go raibh an tír agus a
mhuintir faoi gheasa agus spiorad an tsuain ar an uile
rud. Agus dhealraigh sé go raibh na daoine sin sásta mar
is réidh agus is caoithiúil ag an duine an clúdach do
tharraingt aníos thar a cheann agus éalú isteach ins an
bhrionglóid. Anocht ins an teampall ársa seo, ar an ócáid
stairiúil seo, cuirim mo mhallacht ar lucht an tsuain, ar
an dream atá sásta lena sealúchas, lena n-airgí, lena ngabh-
áltas. Cuirim mo mhallacht ar an sásamh agus ar an ládas
atá orthu. Cuirim mo mhallacht ar an mhuintir atá tar
éis dul in abar, ar an tír atá gan lúth, ar an láimh atá i
ndiaidh ceangal ins an saothar a chuir sí féin ar fáil. Ins
an oíche seo na fionraí agus na hanbhuaine, ins an bhigil
seo na faire agus na héiginnteachta, cáinim lucht an
chodlata agus lucht na sábháilteachta.—

Tháinig mar bheadh criotharnach ar an chomhthionól
le tréan aire agus cuireadh ina thost an monabhar a d'éir-
igh thall agus abhus ins an choineascar.

— Fillimis inár gcroí, le huirísleacht agus le muinín,
ar an oíche úd nuair a nochtadh dúinn an lá, ar an mhaid-
neachan sin a léireos dúinn arís solas na beatha úire. Tá
an tír tormach cheana le dóchas na hathbhreithe sin agus
tá an chorraíl agus na scéalta reatha ag dul roimpi amhail

néal deannaigh ar cheann slua faoi airm. Óir an oíche
chéanna seo fadó bhí daoine ag saothrú chun go bhfanfadh
an dúil gan fháil, chun nach gcorrófaí codladh an phobail.
Mar beidh daoine ann go deo a gcuireann an bhreith
eagla orthu, nach bhfeiceann inti ach cúis achrainn agus
tús trioblóide, fuil agus caoineadh, cailliúint agus pian-
pháis. Is iad a bhfuilim leo, lucht na ngeataí dúnta, an
dream a chreideas go bhfuil a ndóthain ag an phobal, go
bhfuil a ndúil sásaithe agus a dtoil déanta.

— A bhráithre, nach tearc iad na fíréin a cheiliúras
an fhéile seo an dóchais ó cheartlár a gcroí. Is ins na
sléibhte síoraí atá cónaí ar a gcine agus tiocfaidh an slánú
chucu ar an leoithne aniar. Ní bheidh mar threoir acu ach
an tine a lasas an spéir le coim na hoíche, ag fógairt dóibh
go bhfuil an uair buailte leo, gur gá dóibh dul ar oilith-
reacht anama, ar an turas a rinne na glúnta rompu. Bíodh
an imirce sin ina thrúig áthais agus bróid acu agus téadh
siad amach ag iompar leo an tseoid is áille ina gcuid cóf-
raí, óir déanfar í do leabú i scrín an dúchais agus beidh sí
ina maise uirthi go deo. Déanaimis machnamh anois ar
an chine a rinne an turas nuair a ardaíodh uathu idir
dhóchas agus sheilbh. Scrúdaímis a n-imeacht ar an fhás-
ach mar is samhail í a bhfuil brí agus teagasc inti. Is í an
chuid is uaisle dínn féin a bhuaileas bóthar ina gcuid-
eachta, ag leanúint néal na maidine dóibh, seachrán ar a
dtuiscint ach an dóchas glan ina gcroí. Ins an oíche seo
an amhrais agus na heagla, tugaim cuireadh díbh dul
isteach i mbrí a n-imirce. Is méanair don té a fhágas an
uile rud ina dhiaidh agus a thugas é féin gan urra. Óir
sinne a ndearna ár n-aithreacha an turas sin, déanfaimid
eolas an bhealaigh dó. Agus aontófar le chéile sinn in aon
phobal agus in aon chlann amháin, mar nódófar é arís
ar an bhile sinseartha agus ailfear ón fhréamh dhúchais
é agus tiocfaidh sé i gcraobh agus i mbláth.

— Fógraím díbh anois go bhfuil oíche na cinniúna ann agus tine an dóchais ar lasadh. An ní a éilím uaibh, níl ainm air in aon teanga dhaonna ach tugaim an mana seo díbh le bhur dtreorú: meabhraigí an fhuil bheo agus comhairle na marbh. Ná fanaigí ins an fhuacht agus ins an dorchadas. Ná dealaigí sibh féin ón luisne bheo. Óir an té gurb áil leis bheith beo, ní mór dó a loisceadh féin i lonrú na tine sin. Tugaim díbh scéala na hathbhreithe agus sléachtaim in bhur gcuideachta i bhfianaise na beatha úire. Agus umhlaím mé féin in éineacht libh os comhair Scáthán na Beatha agus Geata na Maidine.—

Chuaigh an slua ar a nglúine den ghluaiseacht gan deifir sin a bhíonn ag an arbhar ag titim leis an speal agus d'éirigh a n-urnaí ina bhúirthíl ar fud na mboghtaí. Phlódaigh siad amach faoin oíche rinneach fhuar. Os a gcomhair bhí na páláis ar an ard, a soilse múchta, ar snámh idir iad agus réalta na spéire mar bheadh liobharn ar fharraige chiúin. D'imigh siad leo bonn ar aon, go tostach dáigh, ag tarraingt orthu. Tar éis an ghníomha shollúnta mhothaigh siad mar bheadh siad páirteach i gcomhcheilg mhór. Áit éigin, ar dhóigh éigin, bhíothas tar éis innealra do chur ag gluaiseacht nach bhféadfaí a stad arís go deo. Bheadh athrú bunúsach ar an chathair feasta. Óir laghdaíonn gníomh deacracht, agus an beart a shíltear a bheith dodhéanta níl sé thar mholadh beirte tar éis a chur i gcrích.

Ba dhóigh leis na daoine féin go raibh claochlú tagtha ar ghnúis na cathrach, amhail mar d'imeodh fuarbholadh na n-uiscí marbh agus an spruan ó na clocha liatha. Bhí tuigthe acu go bhféadfadh siad bheith ina n-oidhrí ar stór na gcéadta bliain ach cloí go toilteanach leis an tíolaice a bhí á hofráil dóibh. Bhí meas oidhrí acu orthu féin cheana, ag smaoineamh dóibh ar an saibhreas a bhí le fáil acu, an taisce cuimhní agus taithí agus bróid a ba thoradh

ar dhícheall na nglúnta. Ní rabhthas ach ag fanacht leis
na toscairí a chuirfeadh séala ar a gconradh agus ar a
gcúnant agus a dhéanfadh na pobail do tháthú le chéile
go buan.

Agus nuair a d'fhill an comharba agus a chomhtheacht-
aí orm faoi dheireadh, bhraith mé úire friotail agus nuaí-
ocht meoin ina gcaint. Chonacthas dom go raibh ord nua
ar a n-intinn, caighdeán nua tomhais agus tábhachta,
gnéithe nua dóchais agus faitíosa seachas mar ba ghnách
againn roimhe. Bhí úire in amharc na súl acu agus i nglór
a gcinn, amhail mar d'fheicfeadh siad rompu dreach nua
ar an tír, dreach ab úire gné nach raibh le feiceáil ag aon
duine ach iad féin; na bailte a thógfaí, na goirt a bhí le
treabhadh, an fearann a ngoirfeadh clann a gclainne a
mbaile dúchais dó. Agus bhraith mé córas áirimh ina
gcuid réasúnaíochta nach bhféadfainn an eochair fána
choinne d'aimsiú. Bhreathnaigh mé thart orm ar an cham-
pa, an planda a d'fhás gan choinne le hais na múrtha,
an crann leochaileach a bhí tar éis buachan ar dhúire
mharbh na gcloch. Agus mhothaigh mé iarracht de
chumha ag éirí i mo scórnach.

Pé scéal é, ba dhóigh leat go raibh athrú ar rithim na
beatha ins an chathair. Na túir dhúrúnta a bhíodh druidte
isteach orthu féin go danartha, bhreathnaigh siad amach
go forbhfáilteach, meirgí ar foluain ar a mbuaic agus brat-
acha síoda ar crochadh ó na feineastair á maisiú. Bhí an
aimsir gléineach fuar agus ceo na farraige scaipthe ag an
ghaoth aduaidh. Ba chlos scol fadálach na ngalltrompaí
ag teacht chugainn ar an aer rinneach ó chearnóg na
haclaíochta. Bhí toit bheag ag éirí ó na tithe scaite ar an
mhachaire agus ar imeall na gcoillte agus í á siabadh
isteach go ndearna caille ghorm os cionn na cathrach mar
a raibh túir agus spuaiceanna ina gcoilgsheasamh ina lár.
An té a léifeadh ar a gnúis, déarfadh sé go raibh an chath-

air á hoscailt féin amach don mhuintir a chluain a croí. Ghlac sí leo go saorálach ar deireadh agus maidir le lucht a meallta, ba dhual dóibh aontacht do roghnú thar gach ní.

Ag féachaint anonn dom ar na bábhúin, bhí tuiscint agam do na huachtaráin a bhíodh i réim thall, cé nach raibh bá agam leo. Ba dhóigh leo gurb iad féin a d'fhéadfadh labhairt thar ceann na cathrach. Ina dtuairim siúd, oidhreacht a bhí inti a dhéanfadh siad a sheachadadh ina lab dona sliocht a bhí i dteideal í d'fháil. Ach domsa agus do mo lucht leanúna, barrach a bhí inti ag fanacht leis an lasóg, rud a bhí ag fanacht orainne chun a bhrí agus a chomhlíonadh do thabhairt dó. Bhí stiúir uirthi feasta agus a treo féin le gabháil aici mar gur chuir muid na mairbh ag caint go cumasach. Uaidh seo amach bhainfeadh sí leas as an uile rud, as bac agus buntáiste araon, chun cur lena fuinneamh. Óir bhí a saoirse gnóthaithe aici, saoirse an tsíl ins an chré, saoirse na lasrach ins an bharrach, saoirse na cloiche ag titim le fána.

Gurb amhlaidh sin a choimhéad mé í mar chathair an lá gléineach fuaimneach úd, ag meabhrú dom féin go mbeadh cluas aici feasta do ghuth na hathartha. Lastall de na múrtha, bhí an gleithearán laethúil ag éirí ina thorann toll, rothlam cóistí ar an phábháil chrua, glóraíl lucht ceannachta agus díolacháin, gíoscán agus criongán na gcarranna. Agus amach agus isteach ar na geataí móra, streachláin fhada an tráchta a bhí ag táthú dhá chine ina n-aon phobal amháin. Bheadh aon dílseacht amháin acu feasta mar ba léir óna gcaidreamh síochánta. Ba mhithid an séala do chur go foirmeálta ar a n-aontacht. Óir nuair a thiteann cine in ísle brí, tagann cruas ar an chraiceann is cumas tadhaill agus teagmhála acu agus déantar múr as in ionad críche. Ansin atá an uair buailte leo. Is mithid ar an láthair sin go séidfí na galltrompaí, go leagfaí na múrtha, agus go mbrúchtfadh an marcshlua isteach ar na bearnaí, na marcaigh áille a mbíonn cumhracht na seamra fiáine agus úire na hoíche lena gcúrsa, drithle na réalt ar a rosca agus a gcuid fallaingeacha ag spairn le gaoth.

III

Ar mbeith bunaithe arís do mo mhuintir uile ins na fearannchríocha a dlíodh dóibh agus tar éis dóibh a ngnoithe do chur i bhfearas, bhí an chloch mhullaigh curtha ar an áras agus deireadh le mo ghairmse feasta. Agus d'imigh mé uathu agus níor fhidir siad cá raibh mo thriall. Ach chuaigh mé amach ar an fhásach in uaigneas, mar is ann a bhí mo dhúil, go machnaínn ar a raibh déanta agus go ngabhainn caintic ár gcaithréime.

Ghluais mé as sin ag tarraingt ar na mánna féarmhara ó thuaidh mar a bhfuil ard na seanríthe ina luí faoi chrann smóla ársa, agus a sliocht uasal ina gcodladh cinniúnach ar ros na dtuaim ag a bhun. Rinne mé turas na n-aoiseanna thart ar ulacha an adhlacáin agus taibhsí ón am a bhí anallód ann ag siúl go doiléir le mo thaobh. Shuigh mé ag bunadh na cianaoise fána dteallach síofrúil agus d'éist le glórtha na gcianta, ag díleá mhilseacht a mbriathar agus do mo dhoirteadh féin don mhíúin agus do staidéar na rúndiamhra a comhlíonadh ionainn, tar éis dom congháir na gcúram do thréigean.

Le coim na hoíche dhreapaigh mé droim glas an chnocáin go bhfeicinn an tír a raibh mo mhuintir á bhfréamhú ann ina luí go leitheadach sa chlapsholas, agus fíor dhoiléir na cathrach ag bun na spéire mar a spréann an machaire ina fhána ar shiúl le cois na farraige. Is ann a rug siad a gcéad bháire, an báire bunaidh, ach bhí fhios agam go raibh cumhacht úr ag céimniú thar an dúiche úd agus ag cur fréamhacha a tháthódh an éagsúlacht agus an choimhlint in aontacht an nirt. Agus ba mhian liom comharthaí an tórmaigh sin do léamh ar aghaidh an dorchadais, chun go mbeinn in ann a thuairisc d'fhágáil le huacht i mo dhiaidh; óir ba chuma nó clann pháistí mo mhuintir anocht, faoi thromnéal suain tar éis ollghairdeas an lae. Ach oíche chiúin a bheas ann, oíche na n-aisling, mar ní buan saothar ach an saothar a leanas ar aghaidh uaidh féin, mar bheadh colainn ag cneasú nó crann ag fás, agus an bhuaine is ea tá fréamh-aithe agam i mo mhuintir. Oíche chinn féile atá ann, nuair a fhanfaidh an síolchur go maidin fiú má tá na seamhnáin líonta sa scioból. Oíche nach miste don chap-taen dul a luí mar tá na horduithe ag fear na stiúrach agus an toiseach leagtha ar an aird, agus na réaltbhuíonta ag casadh tríd an rigín mar ba chóir. Oíche chinn féile nuair is cuí trócairí an Choimdhe do chantain agus gairdeas do dhéanamh ina láthair.

Agus d'iarr mé ar na spéartha éisteacht go labhrainn, agus ar an talamh aire do thabhairt do bhriathra mo bhéil. Óir d'fhearfainn mo theagasc mar bheadh drúcht ar an triomlach, nó mar ghealán gréine ar gheamhar an earraigh. Ag foilsiú ardréim ár n-athartha, ag moladh a mórgachta le rosc.

Is é ár ndúchas é cloí leis an fhírinne, agus ár mbrí féin d'admháil go hard. Ní háil leis an dúchas sin ginealach tacair a d'eiteodh do sheilbh a n-aiceantachta; stathfar a leithéid den ghas a chothaíos, agus crapfaidh amhail géag gan fréamh. An ghrian is ea spreagas an t-earrach fán choill agus ceiliúrann na crainn uile a theacht; ach creach an gheimhridh, tá sé ina luí ina bhrosna feoite agus ní dual dó ach dreo sa láib. Is iad na crainn bheo a dhéanas an fhoraois, ag coimhlint lena chéile faoi sholas na spéire, agus is astu siúd a bhaineann an ghaoth a sianán ceoil.

Is fada mo mhuintir á neartú ag a ndúchas agus é
ar a dhaingean ina lár. Ghlac sé chuige féin iad fadó
riamh, agus d'ardaigh agus rinne a muirniú; mar bheadh
iolar ag faire na hagaille, ar foluain os cionn néalta na
maidine ar a eití clúmhacha agus ag iompar a ghearrcach
ar sháimhe a sciathán. Is é ba aontreoraí orthu le fada
d'aimsir; is é a stiúraigh iad thar na farraigí dorianta agus
ar fud na dtíortha aduana. Agus le teacht na dubhaoise,
is é a thug isteach fá na sléibhte iad agus a thug i dtír
iad ar an bhlár folamh le toradh gortach na gcaorán.
Chosain siad a ndílseacht agus a gcreideamh ansin, agus
ba bhuan dá ngrá ó ghlúin go glúin. Thóg siad a mbotháin
agus chum a ndánta. Tharraing lucht gach linne ar an
stór a fágadh acu agus chóirigh go húr é in aice lena
dtoil féin. Thóg siad a gclann agus leag a sinsir fá chónaí.
Osclaíodh a súile agus líonadh iad le hiontais, agus tháinig
liaspán an dorchadais orthu faoi dheoidh. Agus an fómhar
a bhain gach dream dá dtáinig, rinneadh é do chnuasach
i ngráinseach na nglúnta.

Chuaigh cor sa seanchas faoi dheireadh thall, agus
tháinig an oidhreacht i seilbh spriúnlóirí, drong a dhiomail
an saibhreas nár leo ar mhaithe lena suarachas féin. Lucht
na bpeasán trom a cuireadh i mborr le bréaga, cléirigh
fhalsa a cheap an seod do chaomhnú trína leaba do dhíol.
Agus b'iontach leo ina dhiaidh sin sracadh an phobail do
leá mar shneachta an earraigh, agus aon duine amháin
ag cur ruaig ar mhíle. Mar rinne siad dearmad gurb é a
chosnas duine ná an ní atá sé a chosaint. Chuaigh gnúis
a n-athartha ó aithne orthu, agus chrom siad ar bheith
ag éad leis na ginte agus ag caoineadh a neamhní féin.

Ach sleamhnóidh a gcos ina ham féin, óir tá lá a
mbuartha buailte leo agus uair na cinniúna ar na gaobhair.
Agus tógaimse mo lámha i dtreo na bhflaitheas, mise nach
dual do mo spiorad éag go brách. Mar tá glactha agam

le cúis na fírinne agus an ionracais; agus bhunaigh mé sanctóir mo mhuintire agus threoraigh iad isteach i bhfearann na tairngre. Déanaigí gairdeas, a chríocha, le sliocht na beatha úire, agus mairigí a nuaíocht do phobal na heagna. Óir ní raibh feicthe agam anall ach gaimbíneachas is cladhaireacht is baois, agus is léir dom ón ard seo na faire teampall nua á thógáil faoi sholas agus faoi shéan na spéartha.

Agus fearfad mo theagasc ar fhíréin amhail rosamh an earraigh, agus soilseofar iad gan staonadh mar fhéarach faoi ghealán Aibreáin. A mhuintir liom, éistigí le m'achainí; agus a phobail, déan rud ar mo ghuí.

IV

GHEALAIGH an chamhaoir ar dhomhan úr. Bhí sé ag láchaint thar tír a saipríodh faoi choim na síochána. Bhánaigh thar ros na seanrí anoir mar a gcodlaíonn cine anaithnid faoina n-ulacha ollmhóra, os cionn an ríchnoic siar agus thar mhachairí agus phortaigh i dtreo na sléibhte ag bun na spéire. Bhreathnaigh mé dreach na tíre agus d'airigh mé a hanáil úr ar an leoithne aniar. B'iad siúd na bántaí agus na bláir fholmha ab fhinnéithe ar ár bhfalraíocht. Agus mórthimpeall orthu, thuaidh, theas agus thiar, na sléibhte ag gobadh aníos i mbearnais a chéile; na sléibhte lena gcuid gleannta agus caorán ceilte a ba thearmann dúinn agus a raibh ár rún agus ár n-aiseag ar caomhnú iontu. Chonacthas dom gur bhraith mé a dtinfeadh chugam ar an aer aniar, 'mo bheathú, 'mo chothú, mar a chothaíonn a n-uaráin fholaithe an abhainn úd thall, an rí-uisce a bhfuil scáil ár síochána anuas ar a chaismirneach shuaimhneach. Go lonnaí croí mo mhuintire ins na sléibhte, mar a bhfuil a dtaisce!

Máguaird, trí cheobhrán an mhaidneachain aníos, fíoraíodh dom pobal líonmhar lonnaithe cheana agus

fréamhaithe ina dtír, tost na hurraime ina gcroí, iad cuimh-
neach ar an lasair luachmhar faoina gcoimhdeacht. Go
téagar bródúil ar a dtailte nó ag diansaothrú ins na cath-
racha. Agus feicim thart orainn na sléibhte ag déanamh
garda ar imeallbhord ár ríochta agus lastall díobh, ar an
uile thaobh, acmhainn gan fhoras an aigéin shíoraí. Agus
ins an bhearna seo ar mo chúl, an t-aon áit amháin nach
bhfaigheadh méirligh na mara sleasanna crochta ina
gcoinne, cuirfidh mé daingean á thógáil. Dún do-ionsaithe
a bheas ann, mar a dtaisceofar mianach an tsléibhe; dún-
fort fréamhaithe sa ghrá, a dhiúlas a shúlach sin agus atá
beo; agus ní uaimh pulcaithe le hór amháin. Agus fásfaidh
ann pobal órcheard a mhalartós a ndúthracht ar tháirg-
eadh na háilleachta agus a sheachadfas rún a dtionscail
ó ghlúin go glúin i dteanga a bhfuil tathag na n-aoiseanna
inti.

Le ceannairí an phobail ansin, agus lena gcomharbaí,
forbairt do dhéanamh. Tógadh siad droichid agus gearradh
siad bealaigh mhóra; bunaíodh siad cathracha, ligeadh siad
linnte na bportach, saoradh siad fórsaí folaithe an talaimh.
Ag daingniú an teampaill is ea bheas siad agus ag cur
slachta air, mar ba chuí don dream ar lasadh grá dá
mhaorgacht ina gcroí. Beathaíodh siad daonra iomadúil
a líonfas a stuara le monbhar a ndeabhóide agus le
cantain ghlórach a lúcháire. Mar beidh a bpaidreacha
foghlaimthe acu in ucht a máthar, de réir na bhfocal a
chuala a máithreacha agam féin.

A Choimdhe, tá sé ag láchaint os an ríocht seo liom.
Tugtha isteach i mo láimh atá sé, mar bheadh cláirseach
ann a dhealbhaigh mé féin, leac is corr is coim, agus ar
chuir mé téadra léi agus a ghléas. Seinntear feasta í, mo
chláirseach, go dté a siansa ar fud chríocha uile na cruinne.

Ní hionadh liom gur thogh an mhuintir seo liom an
chláirseach mar chomhartha ar a mbuanspiorad agus gur

bhuail í mar shéala ar phraitinní a dtograchta. B'é ba
mhian liom go mbeadh cluas acu go brách do cheol a
gcláirsí. Óir tá sí ann arís, snoite, déanta, téadaithe, ullamh
ar ár gcríocha do líonadh lena ceol agus macallaí do
mhúscailt i gcéin. Ní dhéanfaidh sí ach a ceol féin do
sheinm agus don té arbh áil leis oirfideadh coimhthíoch
do bhaint aisti ní thabharfaidh sí ach streancán díoscán-
ach. Is í a cruthaíodh dúinn, an chláirseach áirithe seo,
agus ní ceann de shaghas ar bith eile. Ní haon droimseach
eachtrach í, ach oidhre ar na haoiseanna a chuaigh thar-
ainn agus taisce a bhfuil cumadóireacht ár n-aithreacha
ar caomhnú inti. Níl cuimse leis an áilleacht séise is féidir
do mhealladh aisti, foinn bhinne nár chualathas riamh ar
domhan agus nach gcloisfear go deo mura seinneann lucht
téadaíochta ár saincháirseach féin. Ar choinníoll, áfach,
go ngéilleann siad do dhlithe na cláirseoireachta, go bhfuil
siad ar maothas in ealaín na seanchláirseoirí, agus cluas
acu do dhúchas a saincheoil. Ceol a fuineadh as fuil agus
feoil ár gcine, a cothaíodh ar chuimhní na caithréime agus
an bhriste, agus a scaoileas a dtocht bróin agus rachtaí a
ngáire araon.

Tá sé ina lá thar an ghort seo ina ndearna mé mo
churaíocht. Cá minic ar shiúil mé an dúiche seo liom, le
fionnuaire na maidine nó ar uair na leoithne tráthnóna,
ag stathadh lus agus dealgan. Is díomhaoin an máistir nach
gcuireann le maise a sheilbhe, ach bheadh fánach aige col
do ghlacadh leis na clocha agus leis an fhiaile. Ní le tréan
fuatha don salachar a stathann agus a ghlanann, ach ar
mhéid a ghrá don talamh. Mar an gcéanna domsa anois,
féadaim breathnú ar mo churaíocht agus sásamh i mo
chroí. Níor mhaith liom bheith ag manrán faoi na daoine
mar a shamhlaítear dom inniu iad. Cinnte, ar an nóiméad
seo féin, táthar ag beartú coireanna agus ag déanamh
ceilge, chun an chomharsa do chreachadh nó chun an

náisiún do bhrath. Ach is sólás dom na céadta, ar an nóiméad seo féin, atá á n-ullmhú féin don obair agus don íobairt, le trua agus le hionracas agus le tart na córa. Rinne mé an fhiaile do stathadh aroimhe agus dhéanfainn arís é, ach gan gráin i m'anam, gan de mhothú i mo chroí ach an grá.

Óir dheonaigh an Coimdhe tíolacadh na síochána dom i ndeireadh na hoilithreachta fada. Chuir mé díom an buaireamh gan bhunús; mar is léir dom anois, de bharr m'aithne fada orthu, gur téagrach an dúshraith ar ar suíodh an pobal seo liom, agus gur folláin a gcroí. Amhail ligfeadh máthair i ndeireadh teaghlaigh a clann mhac uaithi agus iad ag dul i gcionn an tsaoil, scaoilim leo go muiníneach fial. Óir cad ab áil liom ach go mbeadh aoibhneas orthu go buan, rud nach n-éireodh leo gan a bhfírinne féin do choinneáil. Ní bheadh beo ar bith orthu gan bheith ar a gconlán féin agus caoi acu iad féin do chur in iúl. Is fada iad i dtaithí ar mo thiomna dóibh, sa dóigh is gur deacair a gcur i mborr le bréaga, agus fágaim m'uacht isteach ina lámha go suaimhneach mar nach baol di ansin ainreacht an tsaoil.

Is é fáth a bhainim as an laochas seo atá orm nach miste dom feasta druidim i leataobh; gur mithid dom imeacht ar an iargúil agus díseart do lorg inti mar a mbeidh an saol ónar cruthaíodh mé i mo thimpeall. Ar theacht i m'aireaglán dom, féadaim na nithe sin atá le fada ar coimeád i mo chroí do nochtadh agus do bhreacadh ar phár, d'fhonn mé féin do shainmhíniú agus do chur in iúl go héifeachtach. Mar ba mhian liom go mbeadh a chairt agus a dhintiúr ag an mheon a chruthaigh mé i mo phobal agus a chruthaigh mo phobal ionamsa.

Ardaím mo shúile i dtreo na sléibhte, as a dtáinig chugainn cabhair anuas, ag caoindearcadh ionad mo shosa agus mo mhórchónaí, mar a n-ailfead mé féin as seo amach le seamhar na seanchuimhne, mar a ndiallfaidh mé le mo dhúchas, mar a lonnfaidh sa tost, i gceartlár uaigneas na mbeann. Agus suaimhneoidh mé ansin i mo bhuanáitreabh faoi shíocháin, mar nach gcuirfear isteach ar mo rinn-fheitheamh chianaosach fhad is mhairfeas an cine seo mar bhábhún i mo thimpeall, fhad is gur réalt eolais acu an lóchrann seo a d'athadhain mé ina measc agus nach ligfidh mé dó imeacht ina úsc go brách.

V

Tá mo radharc crioslaithe ag na sléibhte a imdhruideas an gleann seo, gleann mo rogha, ar gach taobh. Tá siad de shíor gan athrú, na sléibhte úd, agus fós ní hionann dóibh dhá uair choíche; iad glas i gcéadbhorradh an earraigh, dóite donn le marbhán samhraidh, gorm faoin spéir ghlan-fhuar gheimhreata. Agus fós tá siad gan athrú go deo, ár gcrioslú, ár dtimpeallú, ár n-anacal. Ach amháin, b'fhéidir, nuair a nochtann an chamhaoir lastall díobh agus téal-taíonn an ghile aníos a sleasa, ag fógairt fhilleadh an lae shíoraí, filleadh na gréine nach dtéann faoi choíche.

Óir bhí tuigthe agam de bharr mo sheantaithí gur riachtanach don duine sanctóir suaimhnis agus tuisceana mar nach gcuirfí isteach go borb ar a phaidir sheanda. Agus chuaigh mé ar mo dhaingean isteach i measc pobail shoineanta, isteach ar an uaigneas atá scaite ó bhrú agus ó bhroid an tsaoil mhóir. Mar is minic nuair a leagtar na teampaill mhóra go n-imíonn an díseart beag gan mhaise ar na creachadóirí, agus maireann slán go dtagann a ionú arís. Is baoth é an teampall ar aon chuma mura mbíonn sé á líonadh le preabadaíl deabhóide, agus i gcillín an uaignis agus i séipéal beag na sráide is ea is doichte a choinnítear greim ar chreideamh. Ní fearr rud dá ndéan-fainn mar sin ná mo mheon do bhuanú i measc pobail de

mo rogha féin. Agus chuartaigh mé amach iad agus chuir
aithne orthu, agus chaith mé mo neart ar mhaithe leo.
Agus is ann atá mo chónaí gnách, ins an ghleann seo mo
phobail bhig mar nach baol do mo chuimhne d'ainneoin
chathuithe uile na glóiréise. Agus is maith is eol dóibh
cé tá acu ionam agus an tairiseacht a dhlitear do m'ach-
ainí.

Agus is liomsa chomh maith é, mar ghleann, mar is
mé a chruthaigh agus a d'eagar. Is mé a rinne a fhionn-
achtain agus a thug ciall dá chúnglacht. Cén chónaí
dhaonna a bhunaítear ar an loighiceoireacht? Cén réasún-
aíocht a thabharfadh tábhacht do na caoráin seo agus do
na curraigh, do na muiní agus do na mínte, gan chroíthe
agus anamacha daoine? Mar sciordann anam agus croí ó
chraplú rialacha agus dlithe, ón loighic agus ón áireamh.
Sa tslí sin, is féidir teach do thógáil as clocha agus moir-
téal ach is é an croí amháin a lorgós ann an tost, an scíth
agus an caoineadas.

Tagaimse chun tosaigh mar sin, mise an t-ailtire, mise
a bhfuil croí ionam agus anam. Cuirfidh mé cló agus crot
an dúchais ar mo chuid foirgneoireachta mar is mise
toradh tóraíochta na nglúnta agus leanaim d'íomhá a
d'aithneodh mo shean agus a mhúnlós mo mhuirín. Is
mise eiseamláir agus céadchuspa mo phobail agus is ion-
amsa a scáthánaítear a mianta agus a rúnta. Tríomsa agus
tríd an tsamhlaoid atá á hiompar agam a cothaíodh an
aontacht a d'fhás as na sléibhte seo agus as na háitribh,
as na háitreabhaigh agus as a dtnúthán. Uaimse an chiall
a chuireas ord i mo réineachas mar is mé a thaispeáin
do mo chlann cuspóir na tine nach múchtar choíche ar
an tinteán; mé a léirigh dóibh brí na bhfómhar agus na
síolchur, codladh agus dúiseacht, soirche agus doirche.
Mar ní sástacht go tuiscint agus ina n-árais dóibh
shoirbhigh mé séan.

Tá mo phobal beag ceangailte le síorchlaochlú an tsaoil; tá siad á fhreastal gan sos mar a bhíonn fear tógála na cruaiche ag síorchoimhlint leis na punainn a chaitear aníos chuige ar an bhforc. Casadh lae agus oíche, ionradh agus teicheadh na séasúr, an óige agus an aois; sruthán suthain an ama a theilgeas aníos chucu an éadáil as a bhfaibhríonn siad gach aon duine áras a bheatha féin. Agus tá sonas orthu mar is é cúis a ghineas an brón ná an t-am do bheith ag éalú gan a thoradh do ligean. Is brónach sraith fhada de laetha folmha, eadradh agus eadarthráth ag sileadh thart chomh héidreormhar le sruthanna na má. Mar ba chóir go mbeadh an t-am ina shlí chun an tsonais fhíorga.

Is chuige sin a mhúnlaigh agus a mhúin mé mo phobal —ionas go mbeadh siad in ann an aghaidh shíoraí d'aithne laistiar de shíorathrú an tsaoil. Tagann na glúnta agus imíonn. Tógtar an droichead go húr nua agus dreonn sé faoi chaonach agus faoi chaileann an uisce. Níl ach rian fágtha anois anseo thall mar a mbíodh an bealach mór ag dul thar ghualainn an tSléibhe Mhóir. Agus an cine a thaistealadh é, codlaíonn siad go buan faoi na galláin liatha atá scaipthe thar an Chaorán Rua. Ach mheabhraigh Dia dom go lorgaíonn an duine rud éigin nach gcorraíonn, rud nach suathann an saol, ionas go mbí sé mar chloch ancaire aige, mar mhiosúr cinnte, mar oileán suaimhnis i measc tonntracha an ama. Ní shásóidh an nóiméad luaimneach an duine. Rud a sciorras as a ghreim go deo; braon amháin den sruth a thálann an ciúnas síoraí gan staonadh anuas fhad is mhairfidh an domhan. Agus an duine, an t-impíoch, ar fionnachrith amhail bradán i mogaill an phóitseálaí, ag tnúthán leis an tsíocháin bhuan.

B'fhada mé ag machnamh ar an tsíocháin agus ar cad is bun léi. Is rud é, measaim, a scagtar as an saol go troghnach, mar a dhiúrnann an stiléir an phóit is míne as an bhraich, ag obair go paisiúnta ina chró uaigneach. Is rud é a thagas ón fhómhar bhainte, ón teach atá curtha in eagar faoi dheireadh lae, ón tine mhóna ins an gheimhreadh nár ceannaíodh gan sclábhaíocht shamhraidh ar an phortach. Ón rud foirfe, ón dualgas a comhlíonadh; ón iomad nithe a thugtar chun críche go cúramach i bhfochair an ghrá.

Mhothaigh mé freisin go bhfuil spreagadh diamhrach i ngnoithe na ndaoine, cumhacht chumasach arb ithir di an oidhreacht a sheachadtar ó ghlúin go glúin anall. Is í an rúndiamhair seo a ba chúis le heachtra mo chine ón tús agus is mó anois m'urraim di ná riamh, an tráthnóna sochma fómhair seo agus mé ag aithris mo sheanchais agus ag scrúdú a bhrí.

Tá mo phobal fillte abhaile ó ghoirt na bprátaí agus an spád ina sheasamh ag barr iomaire mar bheadh fear faire ann ag dréim leis an mhaidneachan. Tá siabhrán na beatha ag éirí chugam as an ghleann aníos; cuaifín ceoil ó Lag an tSeantí, gáire cailín, gíoscán geata. Thíos ansin, tá na leanaí á gcluanadh chun codlata le scéal agus rann; an t-athair ag caint faoi shíolchur an earraigh agus an iníon ag éisteacht le ceol an chrúite agus le tál na mbó.

Agus feicim nach leor focail chun an oidhreacht luachmhar seo do chaomhnú, ná nach féidir a cuimsiú i leabhair. Chaillfeadh mo phobal cuid mhór dá dtaisce dá mbrisfí an caidhséar óna ndeolann siad, glúin i ndiaidh glúine, brí agus bunús an tsaoil. Mar is saibhreas é seo a bhaineas le crot aigne, le haiteas agus le gráin, leis an choibhneas idir smaointe agus nithe. Ní thiocfadh liom an gleann, mo ghleannsa, do spíonadh agus do mhíniú i bhfocail—díreach mar bheadh lia ionam a bhfaigheadh an corp beo bás faoina scian. Is é a shianán trocha a chanaim le mo thrudaireacht. Cad tá ráite agam má chuirim síos ar thithe mar ghealacáin ar aghaidh na tuaithe, ar thréad

agus táin, ar scáilí na mbeann á síneadh féin go fáilthí
trasna an ghleanna? Ní féidir a rún folaithe d'aithne ach
amháin ins an ghrá a nascas athair agus mac agus garmhac
lena shlabhra láidir.

Teastaíonn an grá ón tír. Bíonn roth an mhuilinn ag
síorchasadh thíos ag Léim an Easa, ag cothú na ndaoine
ó lá go chéile, ach dá mbrisfinn an nasc idir an muilleoir
agus a mhac, bheadh an ní is luachmhaire ins an mhuil-
eann millte agam. Nó conas a thógfadh mac an tuíodóra
a cheird as tráchtaisí? Thuig mé fosta gur chríonna an
mhaise dár sinsir a raibh an leigheas agus an seanchas
agus an fhilíocht mar ealaíona oidhreachta acu. Ba chuma
nó crann maorga gach sliocht acu siúd; mar dá mbeadh
duille ag titim thall is abhus, bheadh bachlóga nua ag
oscailt don ghrian, agus rith an ama an bile go téagartha
folláin ag iompar na beatha chucu uile. I bpobal áirithe
agus i ndúiche chuimsithe, is ann is fearr a thuigeann an
duine é féin agus a chuireann é féin i dtuiscint. Na
tuíodóirí s'againne, is iad a chuir an díon ar gach teach
ins an ghleann, de shórt is go mothaíonn siad iad féin
mar dhídean a mbunaidh. Agus nuair atá báisteach na
stoirme ag clagarnach ar na fuinneoga agus ag siosmairt
ins an ghríosach, bíonn a spiorad ag caithréim in éamh na
gaoithe. Stór an tsaoil seo, ní sólaiste é a bhlaistear ach
gort nach mór a threabhadh. Amhail na pótairí a chaith-
eann a laetha ins an tábhairne ar an Mhala Bhog—le
dearmad do dhéanamh ar na caoirigh atá le bearradh acu,
an ithir nár briseadh i gcomhair an choirce, an cúpla atá
gan snadhmadh fós ar na ballaí úra.

Tháinig an glagaire chugainn ón domhan amuigh uair
(ba mhian leis na meisceoirí seo do shábháil) agus é ag
liúrach:—Uaislíonn an obair an duine.— Chuir mé ina
thost é agus d'imigh sé. Mar ní hí an obair a uaislíos an
duine ach an duine a uaislíos an obair. Cé acu is mó

tábhacht, an domhan seo nó an t-ord agus an t-eagar a chuir Dia ann? Agus an tseanbhean atá ag baint na súl aisti féin ag an uige ildathach, ligim léi mar tá sí ag fí an ghrá isteach ins an ghréasán.

I ndeireadh na dála, cad tá siad a dhéanamh, mo phobal, ag gleithearán mar sheangáin anseo ina ngleann? Tá siad ag tógáil áras Dé; mar is scáthán é a ngrá, a ngrá don chré úr ins an earrach, do bholadh te an ghráin idir na clocha brón, do ghliogar an túirne cois tine; a ngrá dá seacht sinsearaibh agus don tír a mhúnlaigh siad agus don oidhreacht a d'fhág siad ina ndiaidh. Codlaígí go sámh anocht, a mhuintir liom, mar is mise is coimdhe ar bhur ngrá. Ghéill sibh fadó do mo bhratainn agus ailfidh mé sibh agus stiúrfaidh mé sibh.

Tá feicthe agam ó bhliain go chéile meitheal fear ag déanamh an fhómhair, taobh thall den abhainn os comhair mo tháirsí amach. Ag obair leo go groí tráthnóna agus neoin bheag go n-éiríodh gealach na gconlach, le toradh na séasúr do chur i dtaisce. Agus i gcúinne an chuibhrinn, i leataobh, an seanduine, a shúil go foighneach, a mhéara críona ag ligean na súgán an tan bhí a gharmhac ag casadh dó. B'amhlaidh dóibh, an aois agus an óige, eolaí agus altramán, ag seanchas le chéile, agus súgán a sníofa á gcomhnascadh. Is amhlaidh domsa freisin, anseo i gcoim mo ghleanna, ag tarraingt as mo thaisce idir shean is nua. Dáilim ar mo phobal an stór a fuair mé anallód, á múineadh, á múnlú, á gcomhghabháil—ag ligean súgáin, súgán an dúchais.

CRÍOCH